孙睿 ◎ 作品

I AM YOUR SON

湖北长江出版集团

长江文艺出版社

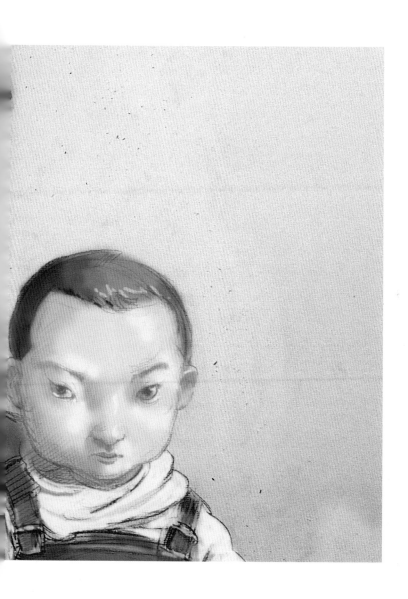

Chapter 01

I am Your Son

一九七八年十一月十五日，中共北京市委宣布，天安门事件完全是革命行动。对于一九七六年清明节因悼念敬爱的周总理、反对"四人帮"而受到迫害的同志要一律平反，恢复名誉。

杨帆三个月大的时候，薛彩云和杨树林离了婚，他被判给后者。

办手续前，杨树林和薛彩云就杨帆何去何从达成共识：任其自行选择。

但杨帆还小，别说选择，就连杨树林和薛彩云是谁，和自己什么关系，尚未建立清醒的认识，所以他的归属，让处理财产的工作人员头疼不已。

杨树林和薛彩云从认识到离婚，历时十四个月零两天，公共财产仅存款三百七十七元，再加一块七毛三的利息。此外，还有一个三个月的孩子，即杨帆。

钱好办，归孩子的抚养者，可该重担应由谁挑起，思前想后，只好谁占有孩子的理由更多些，孩子就归谁。

杨树林当即否定了薛彩云比他在抚养孩子上占优势的地方：胸脯虽丰满，但长了白长，不下奶，孩子饿的时候解决不了实际问题，大人望梅可以止渴，小孩望胸只能更渴，每当杨帆看见薛彩云胸前那两块凸起的时候，会出自本能地因失望而放声大哭。所以，孩子理应归我所有，起码我馋不着孩子，杨树林撩开他平铺直叙的胸脯说。

正随薛彩云心所欲，她本来就没打算把杨帆留在自己身边。好在薛彩云不想要孩子，也多亏她真的没奶，否则她想要孩子又有奶，让杨树林这么一说可就不好办了，还要掀起衣襟，露出乳房，挤出奶水，证明给外人：谁说我没奶的，看，多冲，滋滋的！

杨树林和薛彩云离婚，不是因为当妈的不下奶，如果真这样的话，若干家庭都要妻离子散，奶水的下与不下，虽不利孩子茁壮成长，但远不至影响到家庭幸福，夫妻和睦，白头偕老，恩爱一生，肯定是在别的方面出了问题，且不是一般的问题，

否则薛彩云不会撇下才三个月正嗷嗷待哺的杨帆一走了之。

杨树林认识薛彩云的时候，他三十，她二十一。那是一个正大力提倡晚婚晚育和只生一个好的年代，虽然不够晚婚，但并没有为此受到处罚，晚婚晚育靠的是自觉，是夫妻双方觉悟高低的体现，所以，直到离婚，五好家庭和星级文明户的标牌也没在他家的门框上出现过。

薛彩云生杨帆的时候，居委会主任特意倒了两趟公共汽车跑到医院慰问，目的只为问薛彩云一句话：带环了吗？带了，主任就放心了，没带，就做薛彩云的工作，让她带。计划生育贯彻的好坏，关系到整条街道精神文明的建设，那个年代人们把荣誉看得重于泰山，不像现在，务实，一心致力于物质文明的建设。

主任五十多了，平时杨树林和薛彩云都管她叫大妈。她管理这条街道有些年头了，七大姑八大姨小媳妇老姑爷，没她不认识的，整天在这几条胡同转悠，谁家有点儿什么事儿她都知道，那时候也不兴对组织保守秘密，即便思想有了什么风吹草动，也要找组织交心。

主任做了多年思想教育工作，经验丰富，知道带没带环这种事情不能开门见山地讲出来，要搞清真相，抓准时机，如果薛彩云分娩没有成功，强制带环就是让人家断子绝孙，这种破坏群众生产的路线是行不通的，人口的泱泱大国也得让人民有接班人，况且作为居委会主任，更得讲人权。

主任到底是主任，循序渐进：小薛，听说孩子生得不太顺利。薛彩云点点头，主任说，我代表街道特意来慰问你，薛彩云说谢谢大妈，主任又问，不是双胞胎吧，薛彩云摇摇头，主任继续问，也不是三胞胎吧，薛彩云说，我怀孕的时候您也看见了，肚子不大，主任如释重负说，那就好，还是只生一个好呀，哎呀，忘了问了，男孩女孩，薛彩云说男孩，主任说，男孩好呀，在这个提倡男女平等但并没有落实到人民群众中的年代，你的肚子替你娘家争了一口气，薛彩云笑了，主任说，一个男孩够了，再生怕养不起，可是真有了你又舍不得拿掉，不如不让他有，薛彩云若有所思地问，您的意思是……这时主任抖开包袱：带环呀！

薛彩云说已经带了，主任面露喜悦，握着她的手说，小薛，感谢你对组织工作的支持，你是一个纯粹的人，是一个毫不利己专门利人的人，是一个和低级趣味挥手告别的人。然后迫不及待掏出牛皮本工作手册，翻到其中一页，在上面的三个半正字后面又添了一笔，自豪地说，自计划生育实施以来，我街道已有十九名妇女相继带环，向组织表了决心，你是其中之一，希望你今后好好带环，定期检查，以防万一，为我街道乃至全中国甚至所有还生活在第三世界国家的妇女树立榜样。

主任一口一个妇女地叫着，让薛彩云很不适应，她暗自纳闷，头几年我还过儿童节呢，怎么现在就成妇女了，这么说以后要过妇女节了。

主任问孩子叫什么，薛彩云摇摇头，说还没想好，不想取太俗的名字。主任说，取名字的学问可大了，一定要响亮，还要有时代特征，我看就叫杨帆吧，让他在社会主义改革开放的春风下扬帆起航，乘风破浪，永不停息，为我国国民生产总值在下世纪中叶达到中等发达国家水平而努力奋斗。薛彩云说好，我听组织的。

于是杨帆有了名字。后来他上了中学才知道，身边叫杨帆的人太多了，光他们学校就有仨，经常听见有人骂别的杨帆：杨帆我操你妈！这时候他深感中国人想像力匮乏，取名字缺乏创造力。

主任还说，婚后你的思想觉悟有了很大进步，这和组织的教育是分不开的，当然也有你自身的努力，经组织开会决定，今年你的家庭被评为五好家庭，等元旦一过，就挂牌。

薛彩云六月底生的杨帆，十一刚过就和杨树林离了婚，没能等到元旦。主任说真遗憾，虽然在带环问题上薛彩云同志起到表率作用，但在夫妻恩爱上她需要学习的地方太多了。

都说孩子是娘身上掉下的一块肉，谁的孩子谁疼，可是薛彩云就不一样。她没有做好生孩子的准备，或者说是作为母亲的准备，无论是心理还是生理上，不下奶就是生理上的证明。她甚至对这个孩子感到厌恶，认为是他耽误了自己的宝贵青春和美好前程。她离婚的时候只有二十二岁。

早生早育并非薛彩云的主观意愿，这么做是为了她快死的父亲。

薛彩云父亲四十九岁的时候有了她。她上面有仨哥俩姐，她的出生本在爹妈计划之外，只因她爸一时兴起，便无心插柳成了荫。他爸后来回忆起此事的时候说，老了老了，还整出个丫头，晚节不保。她妈说，知道啥叫晚节不保吗你就瞎说，我这才叫晚节不保，都奔五十的人了，还能枯树逢春，谁信呀，要不是生她的时候我下面疼，我都不信。

十年后，薛彩云的母亲过世了。

又过了十一年，薛彩云已婷婷玉立，兄姐们都相继完婚，只有她还只身一人，

同父亲、三哥、三嫂、小侄女住在一起。此时父亲重病缠身，卧床不起，余日所剩无几，仅有一个愿望，就是希望能看着她成了家，否则永不瞑目。医生说老头撑死还有一个月的时间。

父亲辛苦了一辈子，为了能让他安然离去，在兄姐们的劝说下，薛彩云同意早日找个郎君托付终身，于是托亲戚找关系，半个月内见了仨男的，无一看中。

第一个是大姐介绍的，家庭背景尚可，父母都是国家干部，二十五岁，身体健康，头发茂密，无性功能障碍，可智商仅相当于四岁儿童。说不清为什么许多干部子女都大抵如此，可能是太忙于革命工作了，疏于播种，没播好革命的种子。见面后，薛彩云出于礼貌伸出手，但对方不懂握手，傻笑了一声，张开双臂说：阿姨，抱抱。薛彩云无奈地拍拍他的脑袋，苦笑着离开。

第二个是三嫂的妹妹的男朋友的小学同学，退伍军人，国家二等功获得者，在自卫反击战中负伤，右臂被弹片炸伤，成了英雄，享受国家津贴。见面特意被安排在正午时分，他带着金灿灿的军功章，在太阳照耀下一闪一闪，光芒四射，但是看到他空荡荡的衣袖，薛彩云的心彻底凉了，想握手都没的可握。

见过两个后，薛彩云勃然大怒，她说你们把我当什么了，就说我没念过高中，不能把毛主席语录倒背如流，可好歹是正经人家的闺女，除了缺胳膊短腿儿的，难道我就嫁不出去了吗。

五天后，二哥给薛彩云介绍了个全须全尾儿的，京郊农民，种瓜得瓜，种豆得豆，憨厚朴实，一笑露出一嘴黄澄澄的大牙，擤鼻涕不用手纸，捏在手里，用力一甩，甩得哪儿哪儿都是，完了在裤子上把手蹭蹭。然后开始指点江山，大肆批判城里人早晚刷牙、睡前洗脚、吃饭没声等行为，说这是资产阶级作风，作为无产阶级的代表，我们农民兄弟决不搞这套不正之风。薛彩云心想，健康卫生在全国的普及不是一朝一夕就能贯彻到底的，阶级斗争在一定时间里果真依然存在，没敢和他握手就告别了。

这时候兄姐对薛彩云有了意见：你到底想找个什么样的呀，灰姑娘和白马王子那是童话，咱家什么情况你不是不知道，我们不都凑合着对付吗，告诉你，爸的时间可不多了。

薛彩云的父母都是首钢工人，二十八岁参军，打土豪斗地主，革命道路，并肩携手，光荣退伍后炼钢糊口，生儿育女，平淡幸福。薛彩云出生在这样的家庭，没有优越性可言，但也不愁吃穿，除了自然灾害那三年头发有点儿黄。薛彩云上小学的时候正好赶上文化大革命，书也没好好念，整天跟着一群大点儿的孩子东游西逛，朝几个戴着高帽、架着眼睛、被绳子绑着的人身上扔臭鸡蛋，小学毕业后进了初中，混到毕业，分到郊区干了一年农活，然后被征到街道的副食店卖菜，一卖就是好几年，在青菜中度过了青春。

薛彩云卖菜所在街道距离她家仅几步之遥，打小就跟这片儿长大，现在又在家门口卖菜，邻里街坊都认识，她又如花似玉的年纪，模样也还俊俏，不会不被人看上，街道好几个大龄男青年正为找不着媳妇发愁，薛彩云的出现，让他们眼前一亮。他们没事儿就凑到薛彩云的菜摊前胡侃，那时卖菜还是给公家卖，所以薛彩云也不着调，就跟他们云山雾罩，天南地北地神侃。个别人不怀好意，跟她开各种玩笑，有的比五花肉都荤，听了能让薛彩云从脸红到脚后跟，但她还是愿意和他们嬉笑怒骂，没乐找乐。乐过了，笑完了，言归正传，他们说想和薛彩云谈恋爱，娶她为妻。

做街坊行，做朋友行，做丈夫可不行，虽然从小一块光屁股长大，又秉性相投，可就是因为太熟了，知根知底，连那儿都看过了，要是吃一锅饭，在一个被窝睡觉，还真别扭。所以薛彩云坚决不从他们里找。

薛彩云对哥姐们说，我什么德行自己清楚，再给我一个礼拜的时间。

出于家近考虑，薛彩云与那三个男的都是在陶然亭公园见的面。有一个细节前文没有提到，每次经过公园门口的时候，她都看到一名男子徘徊左右，对每个过往的年轻女性都多看一眼。第三次薛彩云正在公园门口等那个农民的时候，他凑了过来，悄声问道：同志，逛公园吗，票已经买好了。吓得薛彩云把头晃悠得跟拨浪鼓似的，说，不了，我等人。男人说，那好，打扰了，对不起，然后离开，站在不远处继续物色人选。

这个人就是杨树林，男大当婚，眼看就三十了，他也着急。

一个礼拜过去了六天，薛彩云一无所获。这天晚上，三哥问她找得怎么样，明天可就一个星期了，薛彩云说，催催催，催什么催，明天我就带回来给老爷子检阅。

第二天一早，她先到菜站请了一天假，然后去了陶然亭。除了验票的，公园门口空无一人，她站在晨风中，东张西望，翘首以待。半个小时后，看见一名男子出现了，顿时喜上眉梢。

杨树林站在距离薛彩云几步远的地方，手里拿着两张门票，左顾右盼。这次先开口的是薛彩云，她说，我陪你逛公园吧。杨树林说，太好了。薛彩云说，但是有

个条件。杨树林说，什么条件。薛彩云就把自己的想法告诉了他，杨树林听后说，难得你一片孝心，我答应你。然后两人保持着至少一个人的距离绕着陶然亭的湖水走了一圈后，去了薛彩云父亲所在的医院。

老头躺在床上眯缝着眼睛盯着杨树林看，捏了捏他的胳膊，问道，在什么单位工作，杨树林说机床厂，老头问干什么，杨树林说车工，老头说工人好啊，工人阶级是先锋队，继续问道，家里都有什么人。杨树林说父母没了，工伤，兄弟姐妹五人，我是老大。老头点点头，又和杨树林唠了几句家常，然后把闺女叫到床前，说，我看行。

薛彩云问什么行，老头说人行，我活了一辈子，看人从没走眼过，抓紧办了吧，让我喝你们一杯喜酒，薛彩云说，只要您高兴，怎么着都行，老头说那就下月找个良辰吉日，把事情办了，薛彩云说，成，您说怎么着就怎么着。

按大夫的说法，老头已病入膏肓，没几天了，薛彩云叫杨树林来是为了给老头宽心，让他不留遗憾，等老头高高兴兴地走了，杨树林的任务就算完成了。老头不知道自己日子不多了，认为自己至少能挺到下个月。

又过了一周，老头没有死，出乎医院的意料。薛彩云问怎么回事儿，大夫说目前的医疗水平还无法完全解释你父亲的病，凭经验看，虽然心脏还欢蹦乱跳，但情况并没有好转，随时都有咽气的可能。

到了下个月，老头仍能勉强说出话，催薛彩云立即成婚，她说再等等，老头说再等我就嘎屁儿了，你这个不孝的畜生，白给你吃了那么多粮食，早知道这样，自然灾害的时候我就不卖房买米给你吃了，饿死你小丫挺的。老头已经糊涂得一塌糊涂，动不动就骂人，什么难听骂什么，骂完后自己痛哭流涕，心电图一跳一跳的。大夫警告儿女，再不能让老头激动了，要不就完蛋了。

薛彩云一日不结婚，老头就日甚一日地哭闹，病情日益恶化，脉搏跳动已微乎其微。对薛彩云来说，时间紧任务重，容不得挑三拣四，只好将一生交付给杨树林，日后幸福与否就看天意了。

薛彩云找到杨树林，讲明情况，说帮人帮到底，咱俩去登记吧。杨树林想，过这村就没这店了，我也甭挑了，管她是家什么店，总比露宿街头好，便说，走，正好我也要结婚。

老头执意出席婚礼，坐在轮椅上，手背扎着针头，鼻腔插着吸管，大儿子在一旁高举葡萄糖瓶，二儿子背着氧气罐跟在身后。

　　平时在医院里，老头只喝粥，但是这次，居然要喝酒，众人不让，他说这可是我闺女的喜酒，众人说您血压不稳，就少喝一口吧，老头不干，不让喝就拔管子，只好依他。

　　老头举着酒杯对闺女和姑爷说，今天参加你们的婚礼我很高兴，我的一只眼睛可以如愿以偿地闭上了，但是另一只还睁着，你们知道为什么吗。薛彩云说，爸，你这么硬朗，且闭不上呢。老头摇摇头说，不对，那是因为我还没有抱外孙子，然后义正词严叮嘱杨树林，趁着年轻，多辛苦点儿，等你到我这岁数，想辛苦也没劲儿了，别错过播种的季节，早点儿结果，也好让我把另一只眼闭上，说完一盅酒仰头而尽。

　　杨树林也一仰脖子，喝了酒说，这杯酒，任重道远。

　　正是新婚之夜，杨树林立竿见影，让薛彩云孕育了杨帆。

　　当晚，婚宴结束后，杨树林和薛彩云入了洞房，坐在杨树林托人新打的双人床上，面面相觑，不知所措。折腾了一天，薛彩云早就累了，问杨树林，你要坐到什么时候。其实她仅仅是出于身体的本能反应要早点儿休息，但杨树林以为这话是对自己的暗示，觉得自己再按兵不动就不像个爷们儿了，于是插上房门，脱掉的确良衬衫，松开鞋带，拽掉尼龙袜子，正要解皮带扣，薛彩云立即扭过头问，你想干什么。杨树林一愣，说，不是你的意思吗。薛彩云也一愣，我什么意思。杨树林说，休息啊。薛彩云说，那你脱裤子干吗。杨树林说，不脱怎么休息啊。薛彩云终于省悟，大叫，啊，你想和我那个。杨树林说，别喊，叫人听见不好。薛彩云说，那你还要。杨树林说，结了婚，咱俩那个是合法的，再说了，你爸都让咱们抓紧时间了，然后彻底褪去裤子，劝说薛彩云，你也不是孩子了，别把你爸的话当耳旁风。

　　九个半月后，杨帆出生了。期间他姥爷的病情没再恶化，也没好转，仍旧老样子，每天药片比饭吃得多，身上被针头扎得千疮百孔，不知道的人还以为老头天生毛孔就大，后来再输液的时候连块好肉都找不到了。

　　杨帆出生的次日，老头安详地走了。

　　若干年后，当薛彩云已过不惑之年在大洋彼岸睡不着觉的时候，回忆起这件事情还一个劲儿地摇头叹息：荒唐，真荒唐，都怪那时候太年轻了！

　　杨树林住的是四合院北侧的两间半平房，一间睡觉，一间会客，剩下半间做饭。他和薛彩云的蜜月就是在这个院子里度过的，各自的单位给他们放了七天假，那时

还不兴旅游，两人大部分时间都花在那间睡觉的屋子里，只有薛彩云说她饿了的时候，杨树林才下地给她弄点儿吃的。

杨树林是个老实人，具体表现就是非常听话，婚礼上薛彩云的父亲让他抓紧播种，他认为没有理由让老头失望，所以七天里，在身体条件允许的情况下，得到机会便埋头苦干，挥汗如雨，没有机会创造机会也要上。

薛彩云是一块未开发的处女地，杨树林也是第一次下地干活，在播种的过程中遇到了一些麻烦，但杨树林拿出勇于面对困难，敢于迎接挑战的大无畏精神，分析问题并解决了问题，老头的话语也始终萦绕在他的头脑中，像一句口号，给杨树林在劳动的时候注入了无限能量。

撒种的过程让他明白了一个道理：谁知盘中餐，粒粒皆辛苦。

婚后的前两天，薛彩云出于好奇，极力配合杨树林的工作，但由于心理和身体的原因，很快就厌烦了这项劳动，而杨树林仍不知疲倦地日出而做，日落也不歇。薛彩云说，歇会儿不成吗。杨树林说，你歇你的，我还不累，再干会儿，你爸也说了，少壮不努力，老大徒伤悲。薛彩云只好无奈地望着天花板，走起神儿来。

这时候他们还不知道土壤里已经栽培下杨帆，否则也会劳逸结合的。

七天后，薛彩云回到娘家所在的街道卖菜，多了几分少妇风韵。那几个街道小年轻特意跑来慰问，看她神色不错，便胡言乱语：光说不练是假把式，光练不说那是傻把式，你那位是什么把式。薛彩云涨红了脸，笑容满面地骂道：滚，一边儿去！

他们嘻嘻哈哈地走开，但是过不了多久，因为无所事事，又溜达回来，站在薛彩云的菜摊前，拎起一捆大葱说，让你家那位多吃葱，能把流失的东西补回来。还有人说，叫他多吃肉，尤其是牛肉，牛能耕地，少吃猪肉，免得好吃懒做。

听了这些话，薛彩云虽然不好意思，但还是愿意听，她通常会拿起一根老芹菜拍打他们几下，然后一笑而过。男女搭配，干活不累，薛彩云愿意和他们打打骂骂，原本枯燥的工作，谈笑间就捱到下班。

晚上回到家，吃过饭，和杨树林劳动的时候，薛彩云想起那些脏话，莫名地兴奋起来，希望杨树林也说几句，可他就是缄口不言。薛彩云想，虽然每次都真枪真刀，但这么干是傻把式。

薛彩云终于忍不住了，她说，你别不声不响，和我说说话。杨树林说，说什么。薛彩云说，想说什么就说什么。杨树林说，今天卖了多少斤萝卜。薛彩云说二十五斤。杨树林又问，土豆呢。薛彩云说，十七斤。杨树林再问，那大葱呢。薛彩云说，八斤。杨树林说，哦，原来人们爱吃萝卜，不爱吃大葱，我也不爱吃葱。说完，就不行了。薛彩云想，不爱吃葱还这样，吃了葱得什么样。

薛彩云说，你就不想和我说些别的。杨树林思考了片刻，摸着薛彩云的脸说，明天早上你想吃什么。

一天，薛彩云翻看日历，发现最近几天都被她画了红色圆圈，往常该来的事情没有如期而至，等了几天，仍不见踪影，便得出结论，杨树林撒下的种子在她的身体里生根发芽了。

当晚吃过饭，看了一集电视剧《大西洋底来的人》后，杨树林提议洗洗睡吧。薛彩云没动弹，杨树林问怎么了，薛彩云说，我跟你说个事儿。又是菜站的那点事儿吧，上床再说，杨树林开始换脱鞋。薛彩云摇摇头：必须现在说。好吧，杨树林打来洗脚水，把两只43号的大脚泡进盆里：什么事儿，说吧。

我怀孕了，薛彩云说。

杨树林毫无准备，难以置信：什么？

薛彩云重复了一遍：我怀孕了。

杨树林脑子仍没转过来：你怀孕了？

薛彩云说了第三遍：对，我怀孕了。

杨树林忘了擦脚，一双水淋淋的脚伸进拖鞋里：太好了，明天先去医院检查，然后把这件事告诉你爸，他一定高兴。

薛彩云严肃地说，可是我还没有做好当母亲的准备，本来结婚就很仓促，现在又有了孩子，我还没明白过来这一切是怎么回事儿，就都发生了。

杨树林说，这有什么不好吗，时间就是金钱，时间就是生命，别人需要花费几年时间才能完成的伟业，我们这么快就有了眉目，你该高兴才对，睡吧，别多想了。

躺在床上，杨树林正准备同往常一样，继续播种，但想到已经栽下，便放弃了，他对薛彩云说，现在它正娇嫩，经不起风吹雨打，我们要给它创造风和日丽的气候，好好睡觉吧。

关灯前，杨树林又若有所思地说，一分耕耘，就有一分收获，这话一点儿不假。

这一夜薛彩云想了很多，最后也没闹明白是怎么回事儿，反正车到山前必有路。

第二天，杨树林请了半天假，陪薛彩云去医院检查。路上，他小心翼翼地搀扶着薛彩云，告诉她走路慢些，不要着急，别颠坏肚子里的孩子。薛彩云笑了：哪儿

至于，现在孩子也就一个余丸子那么大。杨树林也笑了：再长长就该有四喜丸子那么大了。

他们去了杨芳所在的医院检查。杨芳是杨树林的五妹，在杨家排行老幺，现任妇产科护士。

检查结果相当令人满意，诊断书上写着：胎儿已在该着床的地方待下了，请家长同志放心！然后大夫根据胎儿大小及各项检测报告，勘查出薛彩云怀孕的天数，杨树林倒退一算，正好是新婚之夜种下的。

大夫检查的时候，杨芳始终在一旁看着，极力配合，这是杨树林特意叮嘱的，有熟人在现场才放心。

杨树林问大夫，接下来做什么，该如何照顾产妇。大夫说目前还不要紧，只需避免剧烈运动，抽空儿给孩子做几件小衣服，尿布可以准备了，去书店买本育儿的书看，学习如何在适当时候进行胎教。杨树林拿出纸笔，一一记录。

离开医院的时候，杨树林对杨芳说，你嫂子第一次生孩子，心里没底儿，没事儿的时候你多去家里做做她思想工作。杨芳说，嫂子，生孩子并不可怕，只要你对这个过程足够了解，克服心理障碍，生孩子就很容易，有的十分钟都用不了，跟上趟厕所似的，这方面以后咱俩多沟通。

杨树林和薛彩云去了另一家医院，将此事告知躺在病床上的薛彩云父亲，老头意味深长地拉着杨树林的手说，初战告捷，可喜可贺，更艰难的战斗还在后面，一定要坚持到底，争取最后的全面胜利。

这天下班，杨树林骑车来到新华书店，锁了车直奔医学专柜，在售货员的推荐下，买了一本厚厚的《科学胎教宝典》回了家。晚上，他如同第一次看手抄本那样，兴奋地抱着书上了床，拿了一支笔圈圈点点，在知识的海洋中畅游到天明，有时还不由自主地念出声来，吵醒薛彩云好几次。

第二天薛彩云下了班，见杨树林正在院口钉报箱，嘴里叼着钉子。

薛彩云问，钉它干吗。

杨树林将嘴里的钉子敲进木板：订了一份晚报，每天给送家来。

薛彩云把车推进院里问道，怎么想起看报了。

杨树林满意地看着报箱说，不是我看。

薛彩云更不解，问，谁看。

杨树林收拾着工具说，咱儿子看，我准备对他进行胎教。

薛彩云说，你怎么知道一定是男孩。

杨树林说，感觉。

此后每天下了班，杨树林的第一件事情就是去报箱取报，然后吃完饭让薛彩云躺在床上，对着她的肚子字正腔圆地朗读，内容既涉及粉碎四人帮后全国人民久久沉浸在快乐的海洋中，又囊括改革开放的春风吹遍大江南北，国民生产总值不断创新高，每次他都读得津津有味，甚至连薛彩云翻过身也全然不知，经常是对着她的腰椎或臀部念念有词。

一次杨芳来看薛彩云，见杨树林正读得津津有味，而薛彩云已酣然入梦，就说，哥，你干吗呢。杨树林说，正给儿子胎教，提高他的文化素质。

杨芳说，嫂子这刚一个多月，怀孕要三个月，胎儿才五脏俱全，那时候才有效果，现在只能对牛弹琴。

杨芳是带着医药箱来的，里面装了医疗工具，来给薛彩云做检查。她打开箱子，见杨树林还在一旁看着，就说，哥，你回避一下。

杨树林说，你嫂子是我媳妇，看看不犯法。

杨芳说，那也不好，这种场合不让家属看。

杨树林说，行，我去外屋，你可悠着点儿，别伤着咱杨家的接班人。

杨芳说，还用你说，我是他姑。

检查完，杨芳告诉杨树林，薛彩云一切正常，杨树林说，那就好，并叮嘱杨芳，隔三差五就过来看看，好发现错误，及时纠正。

薛彩云出现了干呕现象，有时候正给顾客称着菜，就忍不住跑到墙角呕吐，吐了半天，除了唾沫，没有别的。与此同时饭量与日俱增，原先吃饭只盛多半碗，现在吃完两碗还要再添点儿，杨树林对此的解释是，很正常，毕竟吃饭的是两个人嘛。

为了预测薛彩云酝酿的下一代是男是女，杨树林做了两道菜摆在薛彩云面前，一个是银耳拌山里红，一个是老虎菜，一酸一辣。薛彩云拿起筷子，看了看面前的两盘菜，又放下筷子：我想喝酸辣汤。

杨树林说，只能在山里红和老虎菜中选择，两者取其一，不能另行添加。薛彩云说，可我就是想喝酸辣汤。杨树林挠挠脑袋说，喝酸辣汤不难解决，但这意味着什么呢，他思索着进了厨房。

杨树林考虑了许久,薛彩云不耐烦了,问酸辣汤做好了吗,杨树林,你愿意喝更辣一点的,还是酸一点的,薛彩云说,酸辣适中。杨树林找出胡椒面和醋,心想,问题真的复杂了。

日子一天天过去,薛彩云的肚子像个吹了气的气球,眼看着膨胀起来,八个月的时候,腰围已达三尺六,原来杨树林从后面一条胳膊就能揽住她的腰,现在要两条胳膊才勉强围住。从知道薛彩云怀孕那天起,杨树林就按书中所说,给她制定了一份营养又科学的菜谱,现已进入怀孕的最后冲刺阶段,杨树林变着法儿地给薛彩云换口味,让她既要吃饱,更要吃好。

星期天的早上,薛彩云起床后发现杨树林不知去向,只在桌上给她留了一碗豆浆,两个鸡蛋和一盘炸糕。她梳头洗脸完,边吃边想:能去哪儿呢,大礼拜天的。

临近中午的时候,杨树林回来了,一手握着竹竿,一手拎着水桶,里面装了几条一拃多长的鲫瓜子。

薛彩云说,你还有这种闲情雅致。

杨树林倾斜着水桶,让薛彩云看里面欢蹦乱跳的鱼:给你和儿子钓鱼去了,中午给你们做鱼吃。

薛彩云说,这么小,不如去菜市场买条大的,也不贵。

杨树林说,鲫瓜子都这么大,钓来的鱼好吃,鲜。

杨树林做了一锅垮炖鱼端到薛彩云面前。为了把鱼骨炖酥,几条小鱼放在火上炖了两个小时,直到煤气用完,这时出现在锅里的不再是一条条棱角分明的鲫鱼,而是一锅粥一样的絮状物体,袅袅腥气升腾而起。

薛彩云问,什么呀这是。

杨树林说,鱼呀。

薛彩云又问,鱼在哪儿。

杨树林说,它们已经赴汤蹈火了,吃吧,咱儿子需要补钙。杨树林盛了一勺,送到薛彩云嘴边说,中国足球为什么不行呀,因为队员缺钙,中国人普遍缺钙,不能让咱儿子重蹈覆辙。

薛彩云在劝说下,拿起铝合金的小勺,皱着眉头一口一口吃了起来。而杨树林并不急于吃饭,似乎有使不完的劲,从箱子里倒腾出一些破旧衣服,撕成一条一条,又找出针线,戴上顶针,一针一线地缝了起来。薛彩云边吃边问,你这是干什么,杨树林说给孩子做尿布,薛彩云说,放那儿吧,一会儿吃完了我缝,杨树林说,你的任务就是把孩子孕育好，别的事情不用操心，够吗，不够我再去钓，薛彩云说，够了。

薛彩云硬着头皮喝掉一锅鱼粥，打了几个腥气冲天的嗝，然后擦擦嘴，像个皇后一样，心安理得地躺在床上，看着杨树林收拾碗筷。

一切收拾妥当后，杨树林搬了把板凳，坐在床前，抄起前一天的晚报，又给薛彩云读开了。那时报纸版面少，内容单一，杨树林给薛彩云读了一段邓小平同志在《当前的形势和任务》中的讲话。读毕，薛彩云感觉腹中蠕动剧烈，疼得喊了起来，杨树林说，一定是咱儿子在里面为这么振奋人心的讲话拍手称快，还没出生就有这么强的理解力。

这时薛彩云的肚子发出了动物才有的声音，杨树林说，咱儿子跟我说话了，他俯身贴在薛彩云的肚皮上，听到了大海的声音。杨树林不满足于只是听听，他的手掌沿着肚子的起伏游动了起来，明显感觉到里面的小东西做出反抗，手到哪里，小东西就顶撞哪里。杨树林说，才这么大就跟我对着干，将来不定怎么跟我打仗呢。

薛彩云的预产期提前了，刚够九个月，就早早住进医院。杨树林请假陪伴左右，每天制造轻松愉悦的话题。杨芳也频繁视察薛彩云的病房，得空就告诉她生产的时候劲使在什么地方。在众人的鼓励下，薛彩云对自己顺利分娩充满信心。

但还是出了问题。

那天一大早薛彩云就被推进手术室，众亲属前来加油助阵，坐在产房外等待好消息传出，但久久没有音信。一个小时过去了，杨树林坐立不安，心里反复叨念着：薛彩云同志，加油！薛彩云同志，加油！

为了及时通风报信，杨芳写了一份申请报告，要求参加薛彩云的分娩过程。三个小时后，杨芳焦虑地从产房出来，说了许多专业术语，包括杨树林在内的众家属们都没听明白，杨芳只好举了一个形象生动的例子：就跟大便干燥似的，有屎，但死活拉不出来。

产房传来鬼哭狼嚎的叫喊声，让人听了毛骨悚然，从声音上无法分辨是否出自薛彩云之口，但今天只有她一个产妇，所以，此时她一定万分痛苦。

声嘶力竭的喊声持续半小时之久，护士端出血淋淋的器械和棉纱，又端进锃亮的刀钳和雪白的纱布，看得家属目瞪口呆。

片刻后，大夫走出产房：谁是产妇的丈夫？

杨树林跑上前：我。

我们已经尽了最大的努力，大夫说，产妇和婴儿的情况极其危险，要大人还是要孩子。

杨树林不知所措，难以取舍。

大舅子说，还有什么可考虑的，要大人。

杨树林不想放弃：那孩子怎么办。

大舅子拍着他的肩膀说，你的心情我理解，但鱼与熊掌，不可兼得，留得青山在，不怕没柴烧。

杨树林忍痛割爱，在家属通知单上签了字。

大夫拿着杨树林的签名，匆匆走向手术室，门刚推开，就传出一声嘹亮的啼哭，杨帆呱呱坠地了，危言耸听不攻自破。杨树林露出灿烂的笑容。

但薛彩云火速嫁给杨树林，仅九个月多一点儿就生了杨帆，这件事情，在邻居中间留下了一个大大的问号。

Chapter 02

I am Your Son

一九七九年一月，一份关于香港厂商要求回广州开设工厂的来信摘报送到了邓小平同志手中。邓小平同志习惯地点燃一支"熊猫"，深深地吸了一口，走到墙壁上悬挂的大比例中国地图前，目光落在毗邻香港、澳门的东南沿海，凝神良久……

在薛彩云歇斯底里的喊声结束后，地球上又多出一个生命。她已疲惫不堪，看一眼儿子的力气也不复存在，闭了眼便昏昏欲睡。

杨帆哭喊着被杨芳擦去血迹，抱进保育室。终于走出蜗居差半个月就十个月之久的地方，似乎尚未习惯六十瓦灯泡的照射，杨帆始终闭着眼，哭哭啼啼，以示抗议。哭累了，自己就睡着了。

杨树林望着育婴床里的杨帆，爱不释眼，久久不肯离去，甚至看花了眼，以为床上躺着一对双胞胎。

在杨树林的注视下，杨帆出生以来的第一个觉睡醒了。首先睁开的不是眼睛，而是嘴巴，嚎啕大哭。杨芳闻讯而至，说，孩子饿了，让嫂子喂口奶吃就好了。

杨芳把杨帆抱到薛彩云的床前，唤醒她给孩子喂奶。薛彩云羞涩地撩开被子，解开衣服，露出一个乳房，接过杨帆，把他对着裸露的乳房凑了上去，杨帆无师自通，贪婪地一口咬了上去。

杨帆叼住薛彩云的乳头后，立即平息了哭声，但好景不长，他嘬了几口，并没有品尝到预期中的液体，勃然大怒，哭得更肆无忌惮，以示对被欺骗的不满。

杨树林拍拍杨帆说，乖，别着急，过一会儿就有了，管道是有长度的，先要排干净空气。

杨帆听不懂杨树林在说什么，只管拼命吸吮，可薛彩云那里仍滴水未出。杨树林看得着急，便伸出手在杨帆正吸食的乳房上使劲挤捏，薛彩云哎哟一声，说你干什么，杨树林说，帮儿子挤挤，薛彩云说，我又不是奶牛，有自己就会流出来，没有挤也没用。杨树林说，那好吧，再等等，我不急，我怕儿子急。

杨帆执著地吸着、哭着，可奶水丝毫不为其所动，迟迟不出。杨树林按捺不住了，调整了杨帆脑袋的方向，说，没关系，换个龙头，东边不亮西边亮。

可新的方位并未给他们带来光明和希望，杨帆不仅哭得更凶，还撒了一泡温暖而畅快的尿，以示对再次上当的不满。当众人手忙脚乱地擦拭杨帆排遗物之时，杨树林不慌不忙地从中山装口带里掏出早已备好的尿布，给杨帆的屁股捂得严严实实。

换上尿布，杨树林盯着薛彩云并不瘦小的乳房说，不应该呀，我试试。然后众目睽睽之下，效仿杨帆趴在薛彩云的胸前，两腮一瘪一鼓，嘬出了声音。他的努力依然徒劳，不见一点潮湿，他心急如焚，竭尽全力一吸，疼得薛彩云啊的一声喊了出来，他说，媳妇，为了咱儿子的健康成长，你就忍着点儿吧，人无压力没劲头，井无压力不出油，然后全身用力，又猛地一吸，甚至把薛彩云的乳头叼起老高，仍无济于事。

最后，杨树林失望地说，我知道怎么回事儿了，这是一口枯井。一旁的杨帆，似乎听懂了父亲的话，哭得更撕心裂肺。

杨芳说，孩子太饿了，得赶紧找点吃的，这么小的身体，坚持不了多一会儿。于是她拿了两个医院特意为吃不上人奶的婴儿准备的公用奶瓶，和自己为值夜班准备的奶粉，沏了浓浓的一瓶。杨树林两手各持一个奶瓶，将滚烫的牛奶折腾了六七十个来回，尝了尝，觉得到了合适的温度，才交给正抱着杨帆的薛彩云。

久旱逢甘露，人生一大快事。当一滴牛奶洒到杨帆脸上的时候，他裂开嘴笑了，笑得无比欢畅，直到喝掉半瓶牛奶，脸上的喜悦仍没有褪尽。比杨帆更高兴的是杨树林，看着儿子喝得津津有味，他也笑逐颜开，毫无意识地拿起一个奶瓶，插进嘴里，吧吧地嘬了几口，才发现是空瓶。

杨帆就这样吃到了有生以来的第一顿饭。他一直使用着医院的奶瓶和杨芳的奶粉，直到薛彩云出院。

杨树林在纸上写下：奶瓶×1、奶粉×2、痱子粉×1、蚊香×1，他觉得还差点儿什么，想了想，又补充：温度计×1，奶粉×2＋1（一袋还杨芳），然后装好，去了百货商店。

杨树林从书上看到，市场上出售的许多奶瓶并不符合要求，要么奶嘴橡胶粗糙，婴儿叼着口感不佳，易出现食欲不振的症状，要么瓶子工艺不精，水温过高玻璃便易碎。这次，杨树林拎着暖壶有备而去，将滚烫的开水浇在选中的成色不错的奶瓶上，一壶开水过后，玻璃完好无损，杨树林又将奶嘴含进嘴里，试了试，觉得口感还不错，这才买下。如此理智的消费者，在当时并不多见，杨树林的行为招致了售货员的不解和嘲笑。

买回的奶瓶被杨树林放进锅里蒸煮了许久，蒸馏消毒过后，杨树林给杨帆冲了一瓶浓度适宜的牛奶，插进温度计，直到红色温控柱下降到书中所说温度，才拧上奶嘴，放进杨帆的嘴里。

新奶瓶的口显然是小了些，流量太少，杨帆喝完这一瓶牛奶居然用掉一个多小时。杨树林找了一把锥子，用二锅头擦拭后，通了通奶嘴的眼儿，可是扎大了，杨帆再喝的时候，流量过猛，被呛着了，牛奶源源不断地从他的鼻子里流出，上厕所回来的薛彩云并不知道怎么回事儿，万分惊奇地说：这孩子的鼻血怎么是白的。

杨树林又拿着奶瓶去配奶嘴，这次他不仅把新奶嘴叼进嘴里吸了吸，还对着阳光照了照，当一束粗细适中的光线照在脸上，才放心。

奶瓶的问题解决了，新的问题又出现了：杨帆每次喝完奶，明明是给他擦干净了嘴角，可转脸再看，总有一道白色液体顺嘴边蜿蜒流出。薛彩云认为是孩子的胃不好，杨树林不这样看，他和薛彩云都没有胃病，所以杨帆先天性胃病的可能性趋近于零，平时除了喝奶就是喝水，杨帆没碰过第三样东西，因此后天性胃病的可能性更微乎其微，况且他大便黏稠适中，颜色鲜艳，气味正常，看不出任何肠胃不好的迹象。

就此问题，杨树林问讯了杨芳。杨芳问他如何给杨帆喂奶的，他说托着杨帆的屁股，让身体呈四十五度倾斜，同时倾斜奶瓶插入杨帆口中，直到喝完，然后把他放到床上。杨芳说前面的步骤都没问题，只是不能让杨帆喝完奶后马上躺下，应将其竖直抱起，靠在肩头，轻拍后背，要等他打个嗝，排出胃里的空气，这样就不会吐奶了。

回家后，杨帆吃完奶，杨树林轻轻拍打他的后背，并将耳朵贴在杨帆的嘴边，直到听到一声清脆的嗝声，随后闻到一股奶味，才放心地把杨帆放在床上。此举果然见效，从这以后，杨帆嘴角没再出现过乳白色液体。

虽然牛奶也能让杨帆吃饱，可还是母乳喂养更适合孩子的健康成长。为了能让杨帆品尝到人间甘露，杨树林买了各种疏筋活血、通风催奶的食物和药剂，他对薛彩云说，大庆都挖出油了，我就不信咱儿子吃不上他妈的奶。

但这些具有药效功能的食物让薛彩云难以下咽，吃了几回就不再吃，所以，尽

管大庆的石油产量正不断攀新高，薛彩云的奶水还是迟迟不出。杨树林曾背着薛彩云自言自语：哪怕是厚积薄发也行呀。

一个多月后的一天，杨树林觉得自己这天似乎少了点儿什么事情，他细细地想了想，原来忘了收拾杨帆的粪便，以往这个艰巨的任务都由他承担，可是今天并没看见杨帆把屎拉在被褥上。

起初杨树林没太在意杨帆没有拉屎，他甚至认为儿子懂事了，知道父亲不易，所以休息了一天。可是一连三天过去了，杨树林三天没有为儿子打扫黄灿灿的粪便，手都痒痒了，还是不见杨帆的大便，他感觉出问题了。

第四天，杨帆仍没有动静，小肚子胀得鼓鼓的，杨树林心想，只进不出，肯定出问题了！于是带杨帆去医院看病，医生了解情况后说这是小儿便秘，在母乳喂养的婴儿中并不多见，多出现在喝牛奶的婴儿中，因为牛奶中含有较多钙和蛋白，糖和淀粉的含量相对较少，婴儿食入后容易形成钙皂，从而引起便秘，然后又给杨树林介绍了几种治疗方法。听得大夫一席话，杨树林更加坚信了母乳喂养的重要性。

遵照医嘱，杨树林回家后就训练杨帆做操，找来第五套广播体操的音乐，搬动杨帆短小而僵硬的四肢，按节拍做操，当杨帆能够直立行走的时候，这套操已被他熟记在心，凡是拉不出屎的时候，他都要做上几套。十二年后，当杨帆进入中学，开始学习第七套广播体操的动作时，总是不由自主地做成第五套，对此体育老师颇感迷惑：这个孩子居然会第五套广播体操，那可是十几年前我上中学的时候就有了的。

此外杨树林还帮助杨帆每日完成二十个仰卧起坐，增加腹部力量，利于排便。每当杨树林粗壮的大手抓住杨帆，把他像一把剪刀一样，打开又合上的时候，杨帆只有靠哭泣来予以反抗。杨树林也无可奈何地说，儿子，没办法，谁让你妈长了两朵云彩却不下雨呢，所以你就干旱了，只好后天自己努力吧。

与此同时，杨树林还训练杨帆定期排便。每日清晨，他醒后的第一件事情就是把杨帆放到便盆上。因为杨帆屁股还小，常规尿盆会使他整个身体陷入其中，而且身体尚不能保持平衡，坐上去东摇西晃，所以杨树林为他制作了专用便盆：将婴儿车的座位掏了一个直径小于杨帆屁股的洞，下面安一个铁皮盒子，里面套了塑料袋，以供随时接收杨帆排落下来的屎尿，收到后，只需将塑料袋取出，封口扔掉即可，简洁、方便。车做好后，杨树林管它叫便车，这个名字被杨帆记住了，所以日后当有人问他要不要搭个便车的时候，他都会当即拒绝。

　　杨树林是个工人，但不同于一般的工人，他是个心灵手巧的工人，总有各种奇思妙想，并将其实现。若干年后，这种清洁又快捷的大解方式，陆续被全世界的高级酒店所使用，杨树林在报纸上看到这则消息后，向已经上了高中的杨帆炫耀：你以前拉屎享受的就是这种待遇。

　　但杨树林的不足之处在于，他没有考虑到装了屎的塑料袋扔掉后怎么办，这也不能怪杨树林，因为那个时代人们还不把环保常挂嘴边，大街上也看不到按废弃物种类而分别设立的垃圾筒，什么东西，扔也就扔了，至于后果怎样，不去考虑，那时的人们单纯，不老谋深算。

　　但种种方法，都无济于事，杨帆的大便顽固不化。杨树林丝毫不被困难吓倒，他说连铁疙瘩我都能粉碎，何况区区一泡人屎。

　　就在杨树林正孜孜不倦地帮助儿子尽快拉出屎的时候，薛彩云却每晚饭后跑去公园跳舞，披星戴月，对杨帆的大便是否重见天日不闻不问。

　　产后薛彩云的肚子小了不少，可身上的肥肉却不见少，行动并没有因为杨帆的出生而变得灵巧，卖菜的时候从筐里给顾客拿几个土豆都猫不下腰，还要让顾客自己去拿。一次两次没关系，时间久了顾客便不能忍受，有人将此事反映给薛彩云的上级领导，领导找薛彩云谈了一次话，希望她能弯下腰给顾客拣土豆，顾客是上帝，让上帝给你低头弯腰，不像话。

　　领导的话使薛彩云动了减肥的念头，但真正让她下定决心的，是街道那几个小青年的冷嘲热讽。他们说薛彩云影响了菜站形象，长这么胖哪儿像是卖菜的，卖肉还差不多，还说薛彩云脱离群众路线，劳动人民没有像她这么胖的。他们只是瞎逗，并无恶意，哪怕薛彩云变得更胖，他们也愿意在她上班的时候凑过来贫两句。可这些话却让薛彩云强烈地意识到，自己真的是有点儿胖。她太在乎自己在别人眼中的形象，于是给自己制定了瘦身计划：在最短的时间内恢复至怀孕以前的样子。

　　减肥的方式多种多样，起初薛彩云选择散步，但是运动量太小，起不到她所期望的立竿见影的效果。一口吃不成胖子，一下也减不成瘦子，可薛彩云就希望自己在一夜之间变得苗条婀娜，所以将杨帆便秘一事抛在脑后，只想着自己的腰围什么时候才能从二尺六缩减到一尺九。于是，第二天，她的减肥方式便由散步改为跑步，距离也从原来的两站地升至四站地，往返就是八站地，显然她高估了自己的实力，从家门口的站牌出发，跑到第四个站牌的时候已经气喘吁吁，返回头咬牙坚持了两

站地，实在跑不动了，便又变成散步。

　　途中薛彩云被不远处传来的音乐声吸引，她没有原路回家，而是拐了一个弯，向音乐的源头走去。

　　音乐是从放在公园门口地上的单声道录音机里传出来的，一群男男女女正在音乐声中翩翩起舞，舞姿并不专业，但个个兴高采烈，随着节奏变换着舞步。

　　这时薛彩云听见有人喊自己的名字，她向声音传来的方向看去，一个青年男子正朝她走来，她分辨了几秒钟，认出是自己的初中同学王志刚。

　　王志刚家庭出身不错，父母都留过洋，回国后做了外交官，曾短期陪伴周总理左右，上学的时候王志刚经常拿出周总理会见外国元首的照片，指着后排两个面目不清的人说：看，这就是我爸和我妈，他们和周总理在一起上班。于是王志刚理所当然地成了全班同学仰慕的对象。初中毕业后，他在父母的关系下进了高中，而薛彩云等父母无权无势的多数同学则流落到社会上的各个阶层，开始了酸甜苦辣的生活。

　　王志刚走到薛彩云的面前，两人寒暄起来。王志刚说，想不到这么早你就发福了。他本是无意，却触及薛彩云强烈的自尊心，她无法接受这个现实和别人对自己的评价，必须尽早减掉赘肉的愿望在她心中愈发强烈。

　　王志刚看出薛彩云的难堪，便宽慰她说，其实也没什么，生活水平提高了，人民的体质也得以改善，这不正体现了社会主义制度的优越性吗，自然灾害那几年中国哪儿看得见胖子，血脂高终归比低血糖好。

　　王志刚不愧长在高干家庭，薛彩云觉得他说的句句话都在理，可是女同志还是要注意自己的形象，而且太胖了行动也不方便。当王志刚得知薛彩云跑步的目的后说，那你不如来跳舞，运动量也不小，玩的过程中就把肥减了，再说了，跑步会把腿跑粗的，还枯燥。

　　薛彩云信以为真，决定不再跑步，可是她不会跳舞。王志刚说，只要会走路，就能学会跳舞。于是给薛彩云传授了一些简单的舞步，薛彩云很快便掌握了动作要领，三步、四步、探戈、华尔兹，整个一个舞林大会。

　　薛彩云问王志刚从哪里学到这么多种舞，王志刚说上大学的时候，薛彩云惊叹说，你连大学都上过。王志刚说，咳，工农兵大学，没事儿的时候就和女学员偷偷跳会儿，然后转问薛彩云初中毕业后去了哪，薛彩云说，先去农村劳动了一年，然后去了街道的菜站。王志刚问，你结婚了吗，薛彩云说，孩子都生了，所以才这么胖，王志刚摇摇头说，难以置信。薛彩云问王志刚在哪里工作，王志刚说，报社，每天学习学习领导人们的讲话，编编读者来稿，为社会主义创造精神文明。薛彩云又钦佩地说，真好，文化工作者，不像我，风吹日晒。

教会了薛彩云后，王志刚便退出舞场休息，看着薛彩云在舞池内踱来踱去。薛彩云接到几个陌生男士的邀请，她左手小心翼翼地拉着他们的右手，另一只手搭在对方的肩膀上，在音乐中飘荡。

直到录音机的干电池耗尽，喇叭发出类似病人呻吟的声音，薛彩云才停止了舞步。王志刚说，你够能跳的，照这样，一个月准能减掉十斤。薛彩云却说，一个月太久，只争朝夕，再说了，十斤太少了，怎么着也得二十斤。王志刚说，要不我再陪你跳会儿，没有录音机可以拿嘴唱。

薛彩云原本还想继续跳，但因为刚才跳的时候过于兴奋，一直乐着，嘴没闭紧，肚子进风了，腹内突然告急，于是想起了同样正在和大便做斗争的杨帆以及正在照看他的杨树林，她看了一眼表，觉得该回去了，便礼貌地向王志刚告辞。王志刚说我送送你吧，薛彩云说不用了，你明天还来吗，王志刚说来，薛彩云说，那好，明天见，然后快步向家的方向走去。

薛彩云到家的时候已将近十点钟，杨树林在诱导杨帆大便无功而返后刚刚哄他睡下。杨树林问薛彩云怎么这么晚才回来，薛彩云说跑得太远了，后来没劲了，就溜达着回来。杨树林问跑到哪里，薛彩云说快到通县了，杨树林说好嘛，赶上马拉松了。

薛彩云说她累了，想睡觉，然后洗完脸刷完牙便躺下，很快就睡着了。她确实太累了，忘了刚才还要大便的。

杨树林看到薛彩云露在毛巾被外的脚丫子磨出了水泡，真以为她跑到了通县，心想，为了减肥，可真豁得出去。然后关了灯，兀自拍着杨帆也闭上了眼。

跳过一次舞后，薛彩云发现，跑步太枯燥了，两条腿上了发条一般，机械地重复着同一动作，毫无乐趣可言，跳舞则不然，虽然只在方圆几十平方米的区域内转来转去，但是变换无穷，不同舞姿配以不同音乐，时快时慢，天旋地转。特别是拉惯了杨树林的手后，再拉一个素不相识的异性的手时，会心潮澎湃，这种感觉很美妙。薛彩云爱上了跳舞，每晚吃完饭，歇都不歇一会儿，放下筷子便急匆匆奔赴舞场，也不怕得盲肠炎。此时跳舞不再被薛彩云单一看作是减肥的一种方式，还成为

了一种让她痴迷的游戏。

薛彩云又如期出现在公园门口，王志刚迎了上来，两人已经有了默契，无需更多言语，相视一笑后，拉起手便遨游在舞池之中。这个时候，薛彩云将一切置之脑后，尽情地在音乐中舞动身体，这是她一天中最开心的时刻。

薛彩云忘情的一刻被邻居王婶看见了，当时她正拉着王志刚的手，在他高高举起的胳膊下面转着圈，秀发纷飞，乐不可支。王婶来公园遛弯，大老远就看见一个女的在人群中欢蹦乱跳，异常活跃，心说谁这么疯呀，等走近了瞪大眼睛一瞧，原来是薛彩云，她的裙子像一把撑开的雨伞，春光乍泄，露出粗壮的大腿，上面还有尚未完全消退的妊娠纹，碎花内裤也忽隐忽现，引得一旁跳舞的男士不住地向这边瞥来目光，而她对这一切却全然不知。

王婶又留心观察了和薛彩云跳舞的那个男的，也就是王志刚，然后像发现了天大的秘密似的，拖着两条老腿跑回家。

王婶要向全院人传递这个石破天惊的消息，自打毛主席去世和粉碎四人帮后，这个院子已经有年头没出过事儿了，最糟糕的新闻就是厕所堵了，最振奋人心的消息就是厕所又通了。

王婶进了家门，唠叨不止：都十月怀胎，怎么到她这儿就偷工减料成九个半月，孩子什么时候有的，是不是杨树林的，难说。

王叔说，你磨叨什么呢。

王婶说，你猜我今天看见什么了。

王叔说，难道看见了 UFO 不成。

王婶说，U 什么 O 是什么玩意儿。

王叔说，就是在宇宙里飞的船。

王婶说，不对，再猜。

王叔说，既然没看见 UFO，就别一惊一乍的，怪吓人的。

王婶说，我看见树林他媳妇在外面搞男人了。

王婶将看到的场景绘声绘色并为了突出效果而加以篡改讲给王叔听，王叔听了说：别人家的事情，你少管。

王婶掀开窗帘，看见杨树林还在为杨帆早日排出大便而尽职尽责，便叹息道：树林太老实了！

这晚王婶并没有遵循自退休后便已养成的习惯——每晚九点必准时上床睡觉。

她蹲守在自家屋内，将窗帘撩起一道两公分宽的缝隙，随时关注对面杨树林家的动态。

王婶的生物钟过了晚上九点便是睡眠时间，不一会儿就哈欠连天，但强烈的好奇心战胜了睡欲，只要院门咯吱一响，王婶便瞪大眼睛，透过窗帘的缝隙，全神贯注地窥视着外面的动静。

终于，薛彩云步履轻盈地出现在院子里，在原地转了一个圈，似乎还没有从公园门口的状态脱离出来，然后才进了家门。

声音透过几层墙壁传过来时已经很微弱，但王婶屏息凝气，还是听到了杨树林和薛彩云的对话：

杨树林说，回来了。

薛彩云说，嗯。

杨树林说，今天跑到哪儿。

薛彩云说，前三门跑了五个来回。

真是张嘴说瞎话，王婶心想。

杨树林说，每天这么跑，管用吗。

薛彩云说，怎么不管用，白天我在菜站的秤上约，瘦了三斤。

杨树林说，你们单位的秤准吗。

薛彩云说，当然不准，我们经理为了提高利润，把秤调高了，也就是说我的实际体重还要轻。

杨树林说，有效果就好。孩子刚喝完牛奶睡下了，你也睡吧。

薛彩云说，嗯。

然后是拉灭电灯的声音，没过多久，就传来了呼噜声，据王婶判断，这是薛彩云舞跳累了后补充体力的声音。

其实薛彩云并非有意对杨树林隐瞒事实真相，她曾经问起过杨树林，是否愿意和她去公园跳舞，杨树林说，单位的工会刚刚成立了舞协，他认为玩物丧志，就没报名，当务之急是照看好杨帆，让他尽早摆脱大便堆积在大肠中的折磨。杨树林没有意识到这是薛彩云想去跳舞的表现，依然将工作重点放在杨帆身上，很少在乎薛彩云的感受。而薛彩云为了避免被杨树林说成不务正业，又异常渴望通过运动达到减肥的目的，同时又对跳舞这项对她来说的新鲜事物魂牵梦绕，在内外因素综合作用下，不得已才对杨树林撒了一个小谎。而这个小谎在王婶看来，却性质严重。

　　第二天，王婶在街坊中间奔走相告，逢人就说，你知道吗，树林他媳妇天天在外面和别的男的跳舞，手拉得那叫一个紧，脸都快贴一块儿了。王婶的讲述并没有照本宣科，为了图自己嘴上痛快，子虚乌有，添油加醋。邻居们的反应各不相同：有的立即放下手里的活，与王婶展开讨论，追古溯今，涉及女性人物从孟姜女，到潘金莲，再到江青，最终一致认为，杨树林家有好戏看了；也有的人付之一笑，说，跳舞怎么了，王婶您操这份儿闲心干吗，还是管好自己家那点儿事吧，王婶见和他们没有共同语言，便不再逗留，另寻下家。

　　那些态度冷漠者，虽然嘴上波澜不惊，但心里的平静已经被打破。在王婶的误导下，邻居们开始留心观察杨树林的屋子，无论是上厕所，还是淘米做饭，都会有意向里面张望，有时候为了多看几眼，还特意多上几趟厕所，多做几顿饭，原本寂静的小院，顿时热闹起来，人们开始来来往往，似乎突然之间变得勤快了。

　　有志者事竟成。大家终于发现了薛彩云和杨树林的貌合神离。其实这很正常，毕竟是两个实实在在的大活人，举手投足必然会有不一样的地方，但是薛杨二人的不合拍被他人的心理作用给放大了。

　　邻居们看在眼里，嘀咕在心里，议论在嘴里。薛杨二人稍有风吹草动，用不了多久就会变成一场电闪雷鸣，谣言越传越远，也越传越甚，干脆有人说成薛彩云在认识杨树林之前就和那个男的好了，而且嫁给杨树林的时候已经怀了那个人的孩子，要不怎么结婚不到十个月，薛彩云就生了杨帆。后来有人打听到王志刚姓王，便又说杨帆应该叫王帆，他是那个男人的儿子，流淌着王家的血液。杨树林为孩子这么操劳，无异于薛彩云和那个男的雇来的保姆。

　　当然，这些话都是背着杨树林和薛彩云说的，当薛彩云和杨树林在他们正议论得精彩纷呈的时候出现时，他们会立即交换眼色，及时更换话题，然后若无其事地拉上薛杨闲扯几句，等他们离开后再继续刚才的话题。薛彩云和杨树林成了联结邻里之间友谊的桥梁，他们的名字频繁出现在众人的口中。

　　王婶自退休后始终找不到业余爱好，栽花养鱼喂鸟都不好，唯独热衷于晚饭后去公园侦察薛彩云，每天都有收获。王婶没进报社做通讯员，是中国新闻业的巨大损失。一天下雨，薛彩云休息了一天，但王婶还是穿着雨衣出现在公园门口，当她看到空旷的广场上散布着大大小小的水坑时，才感到自己的好笑，但她依然站在雨中坚持等候了半个小时，可薛彩云并没有如她所愿风雨无阻地出现在眼前，于是她抱怨薛彩云：年轻人，不够敬业。

　　这天晚饭后薛彩云一如既往地抹抹嘴便走出家门，杨树林叮嘱她别跑那么远，早点儿回来看孩子，他晚上八点要去单位值夜班。

　　从杨帆出生开始，杨树林就没让薛彩云插过手，所以在薛彩云看来，管孩子这些事情理应由杨树林负责。

　　薛彩云不十分情愿，但还是在七点四十的时候松开了王志刚的手，她说：我要回家看孩子。王志刚没有直接回应，却说：这么早结婚就是个错误，这么早生孩子更是个错误。薛彩云听了不高兴了，甩下一句：我的事不用你管，便匆忙离去。

　　回到家，杨树林与薛彩云进行了交接工作，告诉她分别在几点钟给杨帆喂奶几次，放几勺奶粉，多少毫升水，如果起不来就上个闹钟……薛彩云抱着杨帆听着杨树林的传授，想起了王志刚说的话，她认为王志刚的话不是没有道理，而是她不愿意承认这个事实。

　　这一夜薛彩云被杨帆折腾得几乎没有睡觉，先是给他换尿布，然后是计算时间给他喂奶，喝了奶他又尿床，于是再换尿布，听说换下的尿布要立即洗涤，否则尿渍深入到布料深层便洗不去臊味，于是连夜清洗，最后好不容易趁着天尚未大亮的时候合上眼，可是刚有睡意，就被闹钟吵醒又该喂奶了，喂完奶，太阳已经照在她的脸上。

　　经过一夜的实践，薛彩云感觉自己已处于崩溃的边缘。她照着镜子，发现自己憔悴了许多，但她还是认为自己比公园跳舞的那些女性有姿色，她风华正茂，乳房坚挺，身体结实，她才二十二岁。

　　薛彩云认为没有理由荒废自己的宝贵青春，她应该像王志刚那样潇洒地活着，不能被鸡毛蒜皮的琐事缠住身而虚度光阴，连菜站的那几个小青年都说薛彩云活得不够精彩。那天他们约薛彩云下班后去北海划船，薛彩云想去，但考虑到自己已有家室，就没去，借口说家里还有事儿，他们便起哄说，是不是回家喂孩子呀。他们并不知道薛彩云没有奶。一想起这件事情，薛彩云便对目前的婚姻和那个给她带来诸多麻烦的杨帆咬牙切齿，这一夜的遭遇，更加深了她对自由的渴望。

　　杨树林下了夜班回到家，洗了一把脸，就要带着杨帆去医院体检。杨帆出生的时候，大夫叮嘱了：三个月后带孩子来医院做一次全面体检，今天正是杨帆出生的第九十天。

　　薛彩云今天倒休，本想在家弥补昨夜损失的睡眠，但杨树林执意要她一同去医

院，多长长见识，知道怎么养育杨帆苗壮成长。她只好强打精神，一个哈欠接一个地跟在抱着杨帆的杨树林身后，坐上开往杨芳医院的公共汽车。

一番全面检查后，大夫告知家长，杨帆健康状况良好，发育良好，各器官正常，但是肚子里积压了多日的粪便再不排出，就会影响孩子成长，于是给杨帆开了几瓶开塞路，嘱咐杨树林定时上药。

回到家，杨树林左手抱着杨帆，右手掏出钥匙，插进锁眼儿，死活打不开门，鼓捣了片刻，还是拧不动。他需要腾出另一只手去开门，便把杨帆递给薛彩云：接着。

薛彩云伸手去接，还没有抱到杨帆，但是杨树林以为她已经接住了，便撒了手。只听"砰"的一声，杨帆像一枚日军投在珍珠港的炸弹，直挺挺地砸了下去，紧接着传来杨帆的嚎啕大哭，充盈着整个院子。

几户邻居被哭声吸引，撩起自家的窗帘，注视着外面的杨树林和薛彩云。

杨树林暴跳如雷，声音盖过了杨帆的哭泣：怎么接的孩子，这都抱不住，还能干点儿什么！

薛彩云想辩解，但看到杨树林扭曲的脸和青筋斑驳的脖颈，表情像一只酣战正凶的公鸡，没敢再回应，默默地从地上抱起杨帆，掸去他身上的土，等待杨树林把门打开。

杨树林立即平静下来，这是结婚以来他第一次对薛彩云说话超过八十分贝，刚才的行为只是他的一种非正常表现，是失去理性后的原始冲动。

他打开门，先让薛彩云进去。薛彩云进门后，放下杨帆，坐在椅子上一言不发。

杨树林知道她在生自己的气，忙说了几句好话，以为一劝就好，但没有奏效。杨树林慌了手脚，之前他并未遇到过这种情况，没有实战经验，不敢轻举妄动，只好先置之不理，等待她的怒火自生自灭。

时间一分一秒地过去，冷战仍在继续，薛彩云保持一个姿势坐了已有两个小时。太阳正当空，杨树林放下报纸，挽起袖子去厨房做饭。

他依照从工厂老师傅那里学到的偏方，做了一份猪蹄汤，在帮助杨帆做恢复大便训练的同时，杨树林还对薛彩云能流出奶水残存一线希望，他听说同事的媳妇在孩子快一岁的时候才有了奶，所以，并没有放弃对薛彩云进行催奶工作。

他把骨头汤端到薛彩云面前：别生气了，吃吧，下奶的，咱儿子大便干燥，和你密不可分。

薛彩云看了一眼碗里还带着黑毛的猪蹄，厌恶地摇摇头。

杨树林说，你不希望看到咱儿子拉不出屎吧。

薛彩云接过碗，吃了一口，难以下咽，又把碗放下。

杨树林哀求：为了咱们的儿子，你就咬咬牙吧。

薛彩云说，从一开始我就为别人，谁为我了。

薛彩云想起了很多，她为了自己的父亲，和杨树林草草结婚，然后又极其被动地生下杨帆，之后体形臃肿不堪，饱受奚落，为了这个家和杨帆，她不得不放弃本该属于她的美好青春，现在，当她蓦然回首才发现，自己始终在为别人活着，这令她后悔不迭。现在父亲没有了，她可以彻底推翻从一开始就是荒谬而错误的婚姻及生活，她想。

薛彩云坚决没有喝一口猪蹄汤。杨树林只得放下碗，拿出开塞路，向杨帆走去。

在杨帆的一声惨叫中，杨树林将开塞路放进杨帆的屁股，并轻轻挤压液囊，挤出一滴油性液体，然后像拔出匕首一样，从杨帆身上拔出开塞路：儿子，知道你拉不出屎来难受，你爸的心里也不好受。

工夫不负有心人，在杨树林的不懈努力下，杨帆终于停止便秘。就在杨树林又在为一天的努力不见成效而唉声叹气，刚把杨帆从便车里抱出，放在床上，一扭脸去干活的工夫儿，杨帆终于千呼万唤屎出来，让一片黄澄澄的搀杂着少许的黑的物体呈现在光天化日下。

杨树林是根据味道得知这个喜讯的，开始他并没有想到会是杨帆，还以为昨晚的剩菜坏了，但是当他把所有剩菜闻了个遍的时候，才发现味道并非来自那里，于是吸着鼻子，一步步来到杨帆床前，看见杨帆正躺在屎里打滚，粘得一屁股都是，此时他的小肚子就像撒了气的皮球，瘪了下去。

杨树林的第一反应就是，堵了一个礼拜的管道，终于自己通了。然后开始收拾杨帆和尿布。被擦洗干净的杨帆躺在重新铺好的床上，睁眼看着父亲为他清洗尿布的背影，竟然微笑了起来。

杨树林从这件事上积累了丰富的经验，后来当得知一位同事正为老父亲的便秘而绞尽脑汁苦不堪言的时候，他宽慰人家：急也没用，说不准什么时候就豁然开朗了。

杨帆通便后，医院给他开的那几瓶开塞路，就被杨树林当作了冬天用的擦手油。

杨帆拉出屎带给杨树林的喜悦，不久便被薛彩云提出离婚的坏消息冲散。在一个阳光明媚的午后，薛彩云把一份离婚协议摆在杨树林面前，冷静而坚决地说：把字签了吧。

杨树林并没有立即同意或否决，而是与薛彩云进行了一次长谈，在了解了她的真实想法后，和平友好地在协议上写下自己的名字，然后交给薛彩云，后者客气地说了一声：谢谢！同时薛彩云告诉杨树林，她调换了工作单位，不再去街道卖菜，而是到了一家报社，尽管处理的都是日常琐事，但总比站在菜堆里风吹雨淋强。

这晚，王婶光临了杨树林的寒舍，她听到杨树林和薛彩云在离婚前的对话，顺理成章地推算出两人即将分手。作为看着杨树林长大的长辈，她觉得有些话要对杨树林讲，于是非常巧妙地把杨树林叫到自己家去说话：大妈家的电视播不出台，你去给看看。杨树林信以为真，带上钳子改锥和万用表，跟着王婶去了她家。

进门王婶就说，树林呀树林，让大妈说你什么好，你太傻了。

杨树林不知王婶所云，见她家的电视正清晰地播放着新闻联播，更一头雾水：您家电视这不好好的嘛。

王婶说，说你傻，你还就是傻，傻到家了。于是从头到尾、有板有眼地将亲眼目睹薛彩云和一个男的跳舞的经过复述给杨树林听，并任凭想像，加入一些无中生有的情节，煽风点火，夸大其词。最后王婶说，这个水性杨花的女人，要不得，趁早离了好。

杨树林听后，并不相信，认为王婶是在通过贬低薛彩云来安慰自己，便说，大妈，我扛得住，您不用这样说她，买卖不成仁义在。

王婶说，傻孩子，大妈能骗你吗，而且……王婶欲言又止。

杨树林问，而且什么。

王婶提出一个让杨树林不敢面对的问题：而且杨帆肯定是你的儿子吗。

杨树林一时找不到证明自己是杨帆爸爸的证据，便反问王婶，何以见得杨帆不是我儿子。

于是王婶将自己的思路透露给杨树林：薛彩云在认识你之前就已经和那个男的好了，而且关系密切，很可能这个时候就有了杨帆，不然杨帆为什么会在你们结婚仅九个半月的时候就出生了；那么怀了杨帆后薛彩云为什么会选择暂时离开那个男的而火速与你结婚，她为了遮人耳目，纸包不住火了，肚子眼看着一天天大起来；那么那个男的为什么不立即和她结婚，而将薛彩云转嫁给你，因为他还在上学，是个大学生，上学的时候不让结婚；那么他们为什么在杨帆出生后又重归于好，因为那个男的毕业了；还有，当初他们为什么不去做人流，我想，可能是那个男的是基督教徒，我听说很多大学生都信仰上帝，认为堕胎是最大恶行，所以他们把你当成中转站，暂时收容薛彩云，现在时间到了，你作为临时丈夫的任务也就完成了。

杨树林认为王婶的推断有些道理，但也有破绽：杨帆只酝酿了九个半月就出生不是没有可能，听说有的孩子九个月不到就出来了。王婶说，那只是个别现象，姑且认为薛彩云的的确确怀了杨帆九个半月，可是你怎么确信结婚当晚她就怀上杨帆了呢，你以为这种事情跟种地那么容易吗，挖个坑，撒下种，埋上土，浇点水，就够了吗，你错了，当初生我家老大的时候，你知道我和他爸费了多大劲吗；所以，种种概率很小的事件放在一起，可能性就是零；所以，相信我吧，树林，离婚是你正确的选择，别犹豫了。

杨树林不敢相信王婶这个平日里看似二百五即将步入老年的北京妇女，居然会有如此强悍的逻辑推理判断能力，她上学的时候一定是个数学尖子，说不定在旧社会还给资本家算过账。

杨树林对此也有自己的判断，他不相信薛彩云在和他结婚之前与别的男人关系暧昧，也不相信杨帆不是自己的儿子，就说婚后薛彩云背着他有了其他男的，但是仅在婚后九个半月杨帆就出生了，在这么短的时间里，恐怕薛彩云无法完成这么艰巨的任务；所以杨树林唯一相信的就是，薛彩云跳舞的时候认识了一个大学生，听了一番花言巧语，加上薛彩云文化不高，人生观很容易受到他人左右，思想波澜起伏，在所难免。强扭的瓜不甜，男人要心胸宽广，杨树林对待薛彩云就像毛主席对待林彪一样，当薛彩云有了自己想法的时候，就由她去吧，只要把杨帆留下。自打杨帆出生以来，杨树林对他爱不释手，他太喜欢这个孩子了，他的生活中不能没有杨帆；同时，他也认为杨帆的生活里不能少了他。

王婶的推断和杨树林的分析均看似有道理，但杨帆究竟是不是杨树林的儿子，不是嘴上说是就是的，也不是嘴上说不是就不是的，这个答案只有薛彩云最清楚，但是当杨树林问她，杨帆是不是我儿子的时候，得到的答案却是：废话。

废话？废话是什么意思：那还用说，不是你的还是别人的?! 还是：那还用问，当然不是你的了！

杨树林无法完全理解“废话”的含义，他只让薛彩云说是或不是。薛彩云说，我不说！杨树林说，你为什么不说。薛彩云说，你这么想是对我的侮辱。杨树林说，

我没有侮辱你，但如果你这么做了，就是对我的侮辱。

原本萍水相逢和睦相处的一对夫妻，在离婚前开始了他们第一次也是最后一次争吵。杨树林希望得到杨帆是他儿子的肯定回答，这样他就可以在离婚判决时强烈申请占有杨帆，而这个答复薛彩云却无法轻易给出，她知道无论自己怎么说是，都会受到以王婶为代表的一撮人的质疑，并对杨树林说三道四，左右他的观点，与其这样，她不如不说，闭上自己的嘴，让那帮无聊的人去猜测。

无论杨帆是与不是自己的孩子，杨树林在王婶面前都流露出他想要这个孩子的意思，但在薛彩云面前，他却表现得若无其事，怕薛彩云和他争抢。

在薛彩云和杨树林对簿公堂前，王婶提醒杨树林：如果不是你的儿子，你这么做不是有病吗，要是别人的崽儿，趁早让她带走。

验证杨帆是不是杨树林的孩子，不能光凭嘴上论述、脑袋臆断，要用科学严谨的态度和方法，其实很简单，去医院做个鉴定就知道了。王婶提出这个办法，杨树林不愿去，怕万一被王婶说中。他不想让杨帆离开他，无论杨帆是谁的儿子，和他有没有关系。

王婶说，你这个孩子中邪了，不可救药。王婶说，你可以再找个老婆，让她给你生个货真价实的孩子。王婶还说了很多杨树林愧对列祖列宗的话。杨树林心想，这个老娘们儿真讨厌，但是他打小受的教育就是要尊敬长辈，况且王婶和他父母生前关系始终不错，王婶的老头和他父亲还在一个工厂里炼过钢，父母去世前让王婶对待杨树林就像对待自己儿子一样，他犯了错误，随他们打骂，所以杨树林只能忍气吞声，对王婶的话听之任之。

在王婶的注视下，杨树林抱着杨帆去医院做亲子鉴定。出了胡同口，杨树林在一个冰棍摊前站住，给杨帆买了一瓶酸奶，趁机回头看了看，没有发现王婶跟踪，便改变方向，背道而驰，带着杨帆去看电影。

电影散场后，杨树林准备带杨帆回家，突然想起什么，便掉头去了百货商场，先在生活用品专柜买了一根绣花针和一包棉花，又在副食百货专柜买了瓶二锅头，然后找了一个偏僻的胡同，把杨帆放在不知谁家的三轮车上，用蘸了白酒的棉花反复擦拭了绣花针后，高高抬起拿针的右手腕，将针头对准自己左臂，刚要往下扎，觉得不妥，便抱起杨帆，又擦拭了一遍针头，将针头瞄准他的左臂，却死活下不了决心，最后牙一咬，眼一闭，心一横，将针头浅浅扎入杨帆柔嫩的手臂后迅速拔出，伴随着杨帆响亮的哭声，一股股红涌出他的皮肤，杨树林立即用棉花捂住他的伤口。

随后，杨树林又将针头消了一遍毒，扎进自己的左臂。

他看见自己和杨帆的胳膊上都出现了两个暗红的针眼儿后，扔掉针头和棉花，放心地拎着二锅头，和杨帆回家了。

刚一进院门，王婶就迫不及待地蹿了出来：什么结果？

杨树林说，还用问，当然是亲的。

让我看看化验报告，王婶并不相信。

杨树林假装掏兜，然后做出惊醒状：哎呀，一时兴奋，单子丢了。

王婶说，树林，你可不能骗大妈，我这也是为了你好，你跟大妈说实话，到底去没去医院。

杨树林说，就说我骗您，可我也不能骗我自己呀，杨帆千真万确是我的儿子，已经化验过了，不信您看我们胳膊上的针眼儿都这么像。杨树林伸出胳膊让王婶看，王婶又看了看杨帆的胳膊，两个针眼儿，一大一小，倒真像一对父子。

杨树林说，这下您放心了吧。抱着杨帆回了屋。

接下来杨树林和薛彩云正式办理手续。工作人员要薛彩云先去妇科做个检查，确认没有怀孕，方可离婚。

薛彩云说，不用查，我带环了。

工作人员说，那也要查，这事儿可保不齐，万一掉了呢。

薛彩云说，掉了我能不知道吗。

工作人员说，别不以为然，类似事情不是没发生过，5 号院老徐家的二媳妇，洗澡的时候环掉了，她倒是看见地上有个圈，还以为白捡了个戒指，整天戴在手上，结果两个月后就有了，去医院找大夫说理，开始大夫不信，刚要给她检查，看见她手上戴的东西，大夫说，能怀不上吗，戴手上还避个屁孕！这可是前车之鉴。

薛彩云只得去了一趟医院，是杨芳给她做的检查，杨芳还叫她嫂子，她说不用这么称呼了，以后叫我彩云就行了。检查完毕，没有发现可疑问题，薛彩云和杨树林离婚了。杨帆如杨树林所愿，留在他的身边。

分道扬镳的时候，杨树林对薛彩云说，你要是有了奶，别忘了回来喂儿子几口，省得糟蹋了。这句话让薛彩云把放在嘴边的"再见"两字又咽了回去，扭头就走，留给杨树林一个愤怒的背影。

薛彩云走了。她调去工作的报社正是王志刚所在的报社，是他给她介绍了这份

工作。

离婚是不幸的，杨树林的邻居们不但没有说些宽慰他的话，还自以为幽默地说：彩云飘到杨树林家没呆多久，下了场雨，又飘走了。

薛彩云走后的第一顿饭，杨树林一个人喝着闷酒，酒是给针头消毒剩的那瓶二锅头。他用筷子蘸了一点，放进杨帆的嘴里，看着杨帆辣得那样儿笑了起来。杨帆被这种未曾品尝过的液体刺激得五官堆积在一起，却没有哭，刺激过后，他咧开没牙的嘴冲着杨树林笑了起来，杨树林心想这小子在这方面有点儿天赋，便又给他蘸了一口。

杨树林喝光剩下的酒，自始至终让杨帆陪着他用筷子尖哏，共计喂了杨帆有一瓶盖酒。杨帆已脸色红润，目光恍惚，头重脚轻，不一会儿就自己倒在床上睡着了。

足球要从娃娃抓起，喝酒同样如此。经过杨树林的培养，杨帆上高中的时候就能把体育老师给灌趴下，一算酒龄，都有十七八年了。

Chapter 03

I am Your Son

一九八一年八月二十六
日，邓小平同志首次提出
"一国两制"。

离婚后，杨树林做的第一件事情就是剪掉了杨帆的一截舌头。

薛彩云走后，杨芳去探望这个由一个三十岁男人和一个三个月的男婴组成的家庭。她不仅给他们带来温暖，还带来一双医务人员所特有的科学严谨的眼睛，她在杨帆喝完牛奶舔残留在嘴边的几滴液体时发现，那几滴液体近在咫尺，他却怎么也舔不到，经过一番努力，才想出一个间接的，却超乎这个年龄智力范围的办法——用手指抹去液体，然后将手指放入嘴中吸吮。杨芳说，这个孩子的智商没毛病，但是舌头有问题。

什么问题，杨树林放下手里的活，凑近杨帆观察。

舌系带过短，杨芳轻轻捏开杨帆的嘴说。

什么意义，杨树林听不懂术语。

杨芳说，就是舌头伸出时无法超过下嘴唇。此时她的手上已经沾满杨帆淌下的口水。

严重吗？杨树林忐忑不安。

倒是不严重，就是会导致以后说话大舌头，说顺口溜有点儿费劲，也会影响到学外语，这种舌头通常发不好卷舌音，杨芳说。

是不是他的舌头没有完全伸展开，杨树林还抱着一线希望。

也没准儿，咱们可以再试试，杨芳坚持用事实说话。

于是他们将杨帆平躺放下，在他的下唇位置滴了几滴牛奶，杨帆并没有伸出舌头舔，而是用手擦去。杨树林按住杨帆的手，又让杨芳弄上几滴牛奶，这回双手被束缚的杨帆先是做出一番解放双手的挣扎，但杨树林的一双大手像铁钳一样将他牢

牢箍住，让他动弹不得。

看似傻乎乎的杨帆已经产生了记忆力，经验告诉他，舌头是够不到的，所以并没有立即伸出舌头，而是伸了伸脚，但他发现用脚去触碰自己下巴的念头更为荒谬，便放下了至多抬起与水平面成四十五度的腿。

又过了好久，杨帆才伸出舌头。之前他可能在想还有什么部位可以调动，当鼻子、耳朵、眼睛纹丝不动地呆在原地帮不上一点儿忙的时候，不得已才又伸出离嘴边最近的器官——舌头。

这条舌头在杨树林和杨芳四只一点五的眼睛注视下，刚刚露出个头便戛然而止。杨芳说，哥，你注意看，他的舌尖是 W 形的，而我们的都是 V 形，说着伸出自己的舌头给杨树林看。

杨树林对比着两条舌头，蹩脚地说，什么是 W 和 V。

杨芳想到杨树林对英语一窍不通，就把这两个字母写在纸上。

杨树林对照纸上的字母，看了看儿子和妹妹两条形状迥异的舌尖，发现确实如此。W 和 V 是杨树林最先认识的，也是唯一认识的两个字母，十年后，当北京的街道上驰骋着桑塔纳的时候，杨树林指着它的标志对杨帆说：原来你的舌尖和下面那个字母一样，多亏你小姑及时发现，我们才把它变成上面那个字母的形状，要不你现在话都说不利落。

杨芳告诉杨树林，幸好发现得早，做个手术就好了。杨树林被"手术"二字吓得毛骨悚然，杨芳说不要紧，小手术，和剪指甲没太大区别。

杨树林还是忧心忡忡，但为了能让杨帆学好外语，拥有一口漂亮的卷舌音，杨树林忍痛割爱，带杨帆去了医院，让大夫将未来会阻碍杨帆发音的多余的舌头切除了。

为使杨帆免遭疼痛，杨树林请求大夫给杨帆打少许麻药，大夫说孩子太小，麻药会影响到他的智力发育，杨树林说您稍等，我去去就来，然后到医院对面的百货商店买了一瓶白酒，给杨帆灌了两勺，就这样杨帆在睡梦中完成了人生中的第一个手术。

杨帆被切去舌头的多余部分不久后，迎来了自己的百天华诞。杨芳来庆祝，以一个医护人员特有的敏锐，发现杨帆的脑袋有些怪异，左右不够对称。杨树林立即对杨帆的脑袋进行了一番细致入微的观察，并撕下上个月的挂历纸，将杨帆放在纸的背面，沿着他的头颅描绘出一条轮廓线，发现果然有偏差：左侧的曲线弧度略小于右侧。

杨芳说，这是因为杨帆睡觉总朝一个方向，头颅受力不均所致。

杨树林叹息没有照看好杨帆：脑袋不是铁疙瘩，没办法回炉重炼，一边大一边小，多影响孩子形象，长大了媳妇都不好找。

杨芳同作为工人的杨树林比起来，在医务护理方面算是专家，她说：要是铁疙瘩反倒不好办，小孩在一岁前脑袋瓜儿软，现在调整还来得及。杨树林说，那太好了，杨帆才三分之一岁不到。

在离婚之前，杨帆由杨树林和薛彩云两人中倒休的那个看管，如果赶上两人都去上班，那么就由杨树林在上班的路上带给杨树林的二大爷照看。老头今年六十出头，头两年刚把自己儿子的儿子照看到能上幼儿园了，小孩一走，老头自己在家呆着无聊，幸好杨树林又有了儿子，又能从侄孙子身上找到乐趣了。杨树林下班后再把杨帆接回家。现在薛彩云走了，杨树林除了周日外每天都要工作八小时，还要去二大爷家接送孩子，觉得跑来跑去太麻烦，又想每天都能看到杨帆，正好这个时候有人介绍了一个保姆，东北老太太，五十多岁，照看孩子经验丰富，杨树林大喜，便从每月微薄的工资中挤出一部分，雇佣了这位慈眉善目，但有口音的老太太。有人警告过杨树林，看孩子人的口音将直接影响到孩子日后的发音，但一时找不到更适合的人选，杨树林只得叮嘱老太太，不要多说话，把孩子看好就算完成任务，免得日后杨帆说话一口大楂子味儿。

每日老太太赶在杨树林七点半出门前来他家上班，等他五点半下班回来后离开，如果杨树林上夜班，她也随之调整工作时间。杨树林给老太太布置的第一个任务就是，调整杨帆脑袋的形状，让他睡觉时尽量多用右侧触枕，争取早日左右对称。

每天下班后，杨树林从老太太手里接过杨帆的第一件事情，就是要看看他的脑袋是否在朝着好的方向发展，但脑袋不是橡皮泥，不能说捏成什么样就变成什么样，所以杨树林的心始终悬着，到了晚上也无法安然入睡，每隔几分钟就睁眼看看杨帆睡觉的方向是否正确，确认无误后，才闭上眼睛继续睡，没过几分钟，又要看一下。在把杨帆的脑袋睡对称之前，杨树林几乎没睡过一宿好觉，因而导致白天精神不振，好几次手里正一边干着活，一边就睡着了。为此领导找他谈话：小杨，组织知道你刚刚离了婚，正悲痛欲绝，但伤心也要有个尺度，不能无边无际，人已经走了，别再念念不忘了，晚上还是要把觉睡好的，以免白天耽误社会主义的建设。

杨树林心想：社会主义建设固然重要，但也不能让我儿子脑袋七扭八歪呀，所

以他第一次把领导的话当作了耳旁风，依然我行我素地晚上不睡觉，白天哈欠连天，眼泡肿得跟金鱼似的，落选了这一年的先进工作者。

在杨树林的精心呵护下，半年后，杨帆的脑袋对称了。杨树林沿着他的脑袋在纸上画出的线条已经是一个完美的圆形，就像像拿圆规画出来的一样。看着杨帆西瓜一样圆滑的脑袋，杨树林终于可以睡一个踏实觉了。

正因为这晚杨树林睡得太踏实了，以至天亮醒来后，发现杨帆已不在自己身边了。他坐起来向地上看了看，除了鞋，一无所有。

此时杨树林的第一感觉就是，薛彩云回来把杨帆抱走了，但当他下了床发现门的插销划得严严的时候，就打消了这一想法。他看见窗户正开着，便想：会不会有人从窗户跳进来把杨帆抱走了，但又一想不会，因为窗框上钉着纱窗，甭说是人，就是苍蝇蚊子想飞进来都困难。

杨树林坐在床上心急火燎，视线突然停留在外屋门的窟窿上。这个窟窿在杨树林搬来的时候就有了，听说房子的上一任主人养猫，窟窿是供猫出入的，省得这东西三更半夜闹完猫回来在外面嗷嗷叫你给它开门，冬天的时候，在窟窿处挂块帘子，就可挡风避雪。后来这家人带着猫搬走了，把窟窿留给了杨树林，杨树林觉得这无关大雅，还利于室内通风，便一直没管，现在后悔了，认为是谁家的猫顺着窟窿把杨帆叼走了，心想：等找回杨帆，我一定亡羊补牢。

杨树林先给工厂打电话请假，然后又向派出所报了警。不大工夫儿，两个民警出现在杨树林的家里，杨树林向他们讲了自己认为杨帆丢失的可能途径。民警问杨树林，家里的地方都找了？杨树林说都找了，连院子里都找了。民警看了看门上的猫洞，说，有可能，上个月我们处理了一个案子，有一家孩子被狗叼走，家长没有及时发现，还是邻居看见一条狗正在街边津津有味地啃着一堆血肉模糊的东西，旁边丢着孩子的尿布和玩具，就去问这家家长那些东西为什么乱扔，家长这才发现孩子没了，等跑到地方一看，狗已经逃之夭夭，地上剩余的残骸让孩子家长痛哭流涕。杨树林听后打了一个冷颤，警察说你也不要害怕，配合我们录好口供，尽早发现线索，找到孩子。

杨树林态度友好地就民警提问的各种问题做出回答，他们将杨树林说的话一一记录，录完口供后让杨树林签字按手印，杨树林拿起笔说，我儿子每天这个时候都该喝奶了，也不知道他现在在什么地方，可别饿着。

这时屋内忽然传来婴儿的哭声，在场的人不由自主一惊，以为自己听错了，三人互相看了看，然后从他人脸上同样惊讶的表情中得知，自己的听觉并没有问题。他们顺藤摸瓜，来到床前，俯下身掀起床单一看，杨帆正躺在床下嚎啕大哭——小东西饿了。

民警问：这是谁的孩子，怎么给搁地上了。

杨树林喜出望外：这就是我儿子。

民警问：你几个儿子。

杨树林：就这一个。

民警说：你不是说都找了吗，这是怎么回事儿。

杨树林：这孩子，跟我玩起捉迷藏来了。

民警不悦：我看是你在搞恶作剧，你知不知道和警察开这种玩笑什么后果！

杨树林：不敢不敢，我真不知道孩子掉床下了，要不我绝不会麻烦政府，下不为例。杨树林给两位民警上烟。

民警摆摆手说不抽，杨树林说那就坐下喝口水，说着就去沏茶，警察说你别忙活儿，我们走了，杨树林说着什么急，多坐会儿，民警说你不上班我们还上呢，杨树林说，那谢谢民警同志，我送送你们。然后给民警送出胡同口，像老乡送别帮助他们打倒了土豪劣绅的解放军那样依依不舍，就差给他们拎筐鸡蛋带些红枣了。

送走民警后，杨树林干的第一件事情就是找来三合板堵住了窟窿。

杨树林在父亲和母亲之间转换着不同角色，杨帆在他的呵护下茁壮成长，转眼间已经一周岁了。邻居都说杨帆变样了，刚出生的时候像个都是褶的包子，现在浓眉大眼、皮肤滑润、人见人爱。但是有一点邻居们没有当着杨树林的面说出来，只在背后议论——杨帆虽然长得好看，但并不像他。从杨帆的五官中，丝毫看不出和杨树林相近的地方，除了眼睛都是两只，鼻孔都是两个等人类共有的特征。

不像杨树林不要紧，可杨帆长得也不像薛彩云。尽管薛彩云的音容笑貌已经从众人的头脑中渐渐消散，但她的照片还贴在街道的计划生育光荣榜里，王婶特意将杨帆和这张照片做了对比，没有看出两者有任何联系。这时王婶灵光一闪，发现杨帆有点儿像和薛彩云跳舞的那个男的，也就是被认为是薛彩云老相好的王志刚。作为邻居中王志刚的唯一目击者，王婶将她的发现讲给了众人，于是邻居们本已销声匿迹的对杨帆身份的怀疑，又死灰复燃了。

况且，那天杨树林带杨帆去医院做亲子鉴定回来后并没有拿出医院开出的证明，

他们胳膊上的针眼儿说明不了问题，针头扎谁胳膊上都有眼儿，再说了，即便有盖了鲜红印章的医院证明，也不足以说服他们相信杨帆是杨树林货真价实的儿子，给大夫送点礼什么证明开不出来呀。中国自古以来走后门就很猖獗。

杨帆每天都在变化，但怎么看怎么不像杨树林，好像两个家族的人一样。邻居们认为此事非同小可，至少杨树林家应该鸡犬不宁才对，但是院里仍像往日一样宁静，杨树林似乎对此事件毫无察觉，像往日一样和杨帆过着平静的生活，他们不能看杨树林再无动于衷下去了，或者说他们不甘心生活中缺乏可供茶余饭后交头接耳的素材，当前社会形势一片大好，国泰民安，社会主义建设正一帆风顺，他们只能从杨树林身上找点乐子出来。

他们由在杨树林背后议论，故意改为当着杨树林面交谈，但并不完全公开，还半遮半掩，欲擒故纵。杨树林感到众人对待他的态度在一夜之间发生了根本变化，看他的眼神不再和蔼可亲，见面打招呼脸上堆满虚情假意的笑容，以往他们还抱抱杨帆逗逗他，但现在杨帆只出现在他和保姆老太太的怀里。

终于有一天，杨树林下班回家，见几个人围在一起，瞟着他议论：真是有眼无珠……被骗了都不知道……没见过这么缺心眼儿的……

虽然没有指名道姓，但杨树林知道是在说他，如芒在背，忍无可忍，回过头喊道：有什么话明说出来不好吗！

众人默不做声了，你看我我看你，无人回应。

杨树林说：那就别吃饱了撑的嚼舌头根。然后转身愤愤而去。他第一次发这么大火。

这时王婶站了出来：说就说，杨帆根本不是你的儿子。

杨树林顶了一句：难道是你的儿子！

王婶听了没站稳，差点儿摔倒，旁边有人赶紧扶了一把，说杨树林：怎么和王婶说话呢，我们这都是为你好。

杨树林：还是先管好自己家的事情吧，杨帆是不是我儿子我心里清楚。然后进了屋。

众人呆在原地不知所措：杨树林心里清楚，清楚杨帆是他的儿子，还是清楚杨帆不是他的儿子，但他就是愿意养活。邻居们陷入冥想中难以自拔，还是王婶第一个将众人从浮想翩翩中拉回现实：散了吧，都散了吧，回家做饭。

其实杨帆和杨树林什么关系，连杨树林自己也不知道。管他呢，反正这个儿子我养定了，杨树林想。

近来杨帆夜里频频出现尿床的情况，搞得杨树林已经几宿没有睡好觉了，杨树林说他：人不大，膀胱却不小。

为了限制杨帆的排遗次数，杨树林在适当减少杨帆饮水量的同时，增加了睡前把尿的环节，每天都要抱着杨帆蹲在尿盆前，直到他把尿排出为止。但有些时候杨帆的尿比石油还珍贵，迟迟不肯面世，杨树林腿都蹲酸了。为此他采用吹哨引尿的办法，这一招果然奏效，像魔法一样，每当哨音响起的时候，杨帆就会水流如柱，淅淅沥沥下个不停，但时间久了便无济于事，杨帆听了毫无反应，小鸡鸡像一个不流水的龙头，看得杨树林心急如焚。

杨帆撒不出尿，杨树林也烦，一次他无所事事地吹了一首《东方红》，杨帆听后茅塞顿开，再次慷慨释放了膀胱。

于是《东方红》成为杨帆睡前的催尿剂，就像安眠药对于失眠患者一样。可是听惯了这首歌，杨帆又闸门紧闭了，杨树林吹了三遍《东方红》，杨帆竟滴水未下，无奈之下，杨树林无意中换了一首歌吹，却引得杨帆飞流直下，于是杨树林发现了杨帆对歌曲喜新厌旧的特点。

为此，杨树林开始学习流行歌曲，时常去商店购买最新出版的磁带，邓丽君、苏芮、张明敏等人的歌曲，一度陪伴着杨帆度过睡前一泡尿的时间。

每次杨树林给杨帆把尿的时候，都会自言自语几句，日久天长，便形成习惯，对杨帆行使任何做父亲的职责时，都会不由自主地唠叨几句，但一个人说话是枯燥的，杨树林想，要是杨帆能在自己寂寞的时候陪着聊会儿天就好了，又一想，杨帆为什么不能开口说话呢，现在也是时候了。

之前杨帆与这个世界的交流除了啼哭，就是傻笑。杨帆在遇到困难的时候，会天崩地裂一般，发出嘹亮哭声，涕泪横流，譬如当吃奶的时间过了、尿布没有及时更换、身上被蚊子咬了包、眼睛里进了沙子等时候。而当他的愿望得以实现，心满意足的时候，则会发出咯咯的笑声，此景多发生在奶喝够了、被换上舒适的尿布、痒痒的部位被杨树林涂上自己的唾沫、沙子从眼睛里出来了的时候。可人是高级动物，不能同猫狗一样，喜怒都形于色，语言才是人类区分于动物的标志，所以，杨树林决定从现在起，教授杨帆汉语普通话。

杨树林最先教给杨帆的是个名词：爸爸。他反复指着自己对杨帆叨念这个词，

但杨帆充耳不闻，似乎并不知道眼前的男子就是所谓的自己的"爸爸"。而这个时候，与杨帆同期出生的孩子，有的已经会说短句了，譬如杨树林的厂长的儿子鲁小彬，他和杨帆前后脚出生，现在已经能说：我饿、我喝、拉臭臭、尿哗哗、吃咪咪、睡觉觉了，甚至会一不留神蹦出一句：我爸是厂长。

当鲁厂长得知自己家的公子比杨树林的儿子在语言方面强出很多的时候，更加洋洋得意，认为有其父必有其子，杨树林在厂里就嘴笨，只知道干活，十年前他们一同作为工人进厂，十年后他当上厂长，杨树林还是工人，所以杨帆必然同杨树林一样，在说话方面都不开窍，而自己的儿子，在这方面和自己一样，都是天才。

杨树林要改变这个现状。"爸爸"两个字有那么难吗，确切说就是一个字。在这件事情上，杨树林少了以往对杨帆的不厌其烦，他认为连自己这么笨的人都会的事情，别人也应该会，否则就太不可救药了，并没有考虑杨帆的生理特征。

当三个月后，"爸爸"两字依然没有从杨帆的嘴里脱口而出，而鲁小彬已经会说"我要喝橘子汁"了的时候，杨树林彻底绝望了，他认为杨帆的沉默只能说明一个问题，那就是他不具备开口说话的条件，天生就是一个哑巴。

从此，杨树林放弃了教杨帆说话。

邻居们说，杨树林的命真苦，养的不是自己孩子，还是个哑巴。

王婶说这样也好，反正杨帆也不是杨树林的亲儿子，叫不叫爸无所谓。

杨帆无法开口说话，已经算残疾人了，杨树林不想儿子肢体上也残疾，便在接到通知后带他去街道卫生所吃糖丸。这天是杨帆所在地区预防儿童脊髓灰质炎普及的日子，家长带着各自的孩子汇聚在卫生所门口，其热烈程度不亚于十几年后的高考。

杨帆就是在这一天结识了日后的两个挚友，冯坤和鲁小彬。杨树林抱着杨帆等候在抱着冯坤的冯爱国身后，他看冯坤和杨帆的年龄相仿，便主动搭讪，问冯坤多大了。冯爱国说，快一岁半了，然后让冯坤管杨树林叫叔叔。冯坤十分听话地叫了杨树林一声叔叔，露出两颗洁白的小门牙。尽管冯坤的吐字并不清晰，甚至有点儿口齿不清，听起来更像在喊"猪猪"，但冯坤能说出话这件事情，还是刺痛了杨树林。杨树林苦苦一笑：小朋友真懂礼貌。

冯爱国问杨帆多大了，杨树林说和冯坤一样大，冯爱国哦了一声，没再说什么，便开始等着杨树林让杨帆管他叫叔叔。杨树林立即转移了话题，仰起头看着蓝天白云说：今儿天不错。

大夫出来了，把糖丸发到家长手中，再三叮嘱一定别忘了给孩子服用，半年后还要再来吃一趟，否则后果不堪设想。杨树林听得胆战心惊，为了做到万无一失，他向大夫多索要一份糖丸，大夫说，一个孩子吃一份就够了，糖吃多了对牙不好，再说了，我们的糖丸是有成本的，一块钱一份。杨树林说，那我花一块钱多买一份吃不行吗。大夫说，没有这个必要，好钢要用在刀刃上，全国几百万儿童，每人多吃一份的话可就是好几百万，这些钱要是用在社会主义建设上，我们赶超英美更指日可待了。杨树林见说不动大夫，只好撒了个谎：我家是双胞胎，还有一个他妈带着呢。大夫说，这我们不管，我们只数脑袋发糖丸，一个脑袋一份，眼见为实。杨树林只得罢休，装好已发的糖丸，带着杨帆回了家，并和冯爱国告别：下次吃的时候见。

回家路上，杨树林看见路边有几个新疆人正出售葡萄干：瞧一瞧，看一看了，正宗吐鲁番的葡萄干。那时候走街串巷的小商贩还不多见，大家购物的途径基本上就是国营的副食百货商店，杨树林对眼前这几个挑着麻袋、挂着杆秤、眼窝凹陷、鼻梁挺拔、貌似异国人士的吆喝充满好奇，走上前问道：甜吗。新疆人说：甜不甜你自己尝尝看。杨树林吃了一个，果真很甜，便又随手给杨帆嘴里塞进一个。杨树林问，你们有营业执照吗，新疆人说，有执照我们就不在这里卖了，杨树林说，那你们这是违法的，新疆人说，不买就不要多管闲事，杨树林问，我买，多少钱一斤，新疆人说两块五，杨树林一听比商场便宜，但还是说，商场也两块五，你不比商场便宜，那我还是去商场买，说着就假装要走，新疆人急忙拦住说，朋友，不要走，两块钱一斤。就这样，杨树林在与新疆人的较量中，顺利地砍下了五毛钱。

这时杨树林听见有人喊自己，转身一看，原来是鲁厂长正带着他的儿子鲁小彬准备去领取糖丸。之前鲁厂长知道自己的儿子在语言表达方面强于杨帆许多，他决定让鲁小彬将这方面的才华展现给杨树林看，以满足自己的虚荣心。

鲁厂长抱着鲁小彬凑到杨帆面前，一改往日在厂里作为厂长讲话时的威严语气，像若干年后出现在少儿电视节目里的那个胖叔叔一样，用装傻充愣的口吻说：儿子，跟这个小朋友打个招呼，他是杨叔叔的儿子，叫杨帆，你说，杨帆，你好。

鲁小彬鹦鹉学舌，磕磕绊绊地说了：杨帆，你好。然后鲁厂长有意挑逗杨帆，让他也说一句：鲁小彬，你好。杨树林知道鲁厂长的用意所在，他觉得这个比赛是不公平的，因为鲁小彬是三个字，而杨帆是两个字，别小看这一个字，它对于一个一岁半不到的小孩来说，是极其困难的。鲁厂长这么做，是把自己的快乐建立在他

人的痛苦之上，这可不应该是一个厂长的所作所为。

杨树林替杨帆开脱：别难为我儿子了，他腼腆，不爱说话。鲁厂长呵呵一笑，目的达到了。就在这时，杨帆从嘴里吐出杨树林刚刚喂给他的葡萄干，不歪不斜，正好吐到鲁小彬打哈欠的嘴里，而后者竟然给吃了下去，整套动作发生在极短的时间里，杨树林目睹了全过程，可鲁厂长一无所知，注意力还停留在杨树林的尴尬表情上，并从中获得快乐。

从杨家父子身上占到便宜，鲁厂长心满意足了，他说还要去卫生所领糖丸，先走了，并对杨树林说了一句貌似关心杨帆的话：别给孩子买小摊上的东西吃，不卫生，当心变哑巴。

直到厂长走出很远后，杨树林才纳过闷来，原来厂长这是含沙射影，在嘲笑杨帆——真他妈阴险！

你越这么说我就越头！一气之下，杨树林对新疆人喊道：给我约两斤。杨树林心想，你儿子刚才也吃了一个。

杨树林抱着杨帆，杨帆抱着葡萄干，边走边吃，朝家走去。鲁厂长的话还是让杨树林往心里去了，杨树林不太敢让杨帆吃，他想回家后先把葡萄干清洗一遍，再给他吃，但不知不觉中，杨帆的小手已经伸进袋里，从里面抓出葡萄干放进自己的嘴里，当杨树林发现的时候，葡萄干的数量明显减少了。

杨树林想，吃就吃吧，不干不净，吃了没病，小孩太娇生惯养不利于他们的成长，大不了拉几泡稀，却可以增强孩子肠胃的免疫能力，提高身体素质，培养顽强作风，省得像温室里的花朵，弱不禁风。杨树林比日本人更早意识到折磨教育对儿童成长的重要性。当到了九十年代，杨树林在报纸上得知日本正兴起让女学生三九天穿裙子、男学生穿短裤的风尚，以培养他们顽强的意志时，不屑一顾地说，这都是我玩剩下的了。

此时杨帆正把葡萄干吃得津津有味，杨树林说，别总你一个人吃，也给爸爸一个。杨帆拿了一个塞进杨树林的嘴里，杨树林嚼几下咽了下去，正当他准备让杨帆再给一个吃的时候，突然意识到一个问题：他让杨帆拿一个，杨帆就拿了一个，难道杨帆会数数了。这个发现让杨树林惊喜不已，他决定再试验一次，看看是偶然还是杨帆真的识数了。

杨树林又让杨帆拿两个给他吃，杨帆果真捏出两个放进杨树林的嘴里。杨树林不敢相信这是真的，就让杨帆再拿三个给他吃，杨帆准确无误地完成了任务。这一次，杨树林高兴得笑出了声，心想：我儿子真是天才呀，不用教就会数数了，简直是个数学天才。他拍着杨帆的脑袋说：儿子，你可真他妈的聪明。

当杨树林的大手覆盖住杨帆的小脑袋瓜时，产生了一种抚摸西瓜的感觉，光滑圆润，可脑袋应该是郁郁葱葱才对，杨树林这才意识到，都这么大了，杨帆的脑袋还没有长出头发。热闹的马路不长草，聪明的脑袋不长毛，长安街上就没有草，只有我儿子这么聪明的脑袋才配不长毛，杨树林想。

但是，当时人们对男人的审美标准是浓眉大眼，毛发齐全，比如那时的男性影视明星唐国强、朱时茂、欧阳奋强都具备此类特征，诸多女性将他们看作是自己心中的偶像，以他们作为衡量自己男友或丈夫是否合乎标准的尺度，而葛优、陈佩斯等模样的人物尚未出现在银幕上，这类形象人们还不能接受，认为长这样还出来混，太对不起观众了，所以，受这股审美风气的影响，杨树林决定必须让杨帆生出头发。就是沙漠，我也要让他变成绿洲，杨树林下定决心。

就这个问题，杨树林寻访了远亲近邻，他们说这是遗传，天生所致，杨树林不信，说自己并不谢顶，杨帆不该寸草不生。话说到这里，王婶来了精神，她说你有头发并不意味着杨帆就不能是秃瓢，杨树林听出王婶的话外音，便不再和她过多纠缠这个问题，但王婶刹不住了，逢人就阐述她对杨帆这种不正常现象的观点，在杨帆不是杨树林亲生儿子的疑点上又找出一条证据。王婶还说，当年那个和薛彩云跳舞的男人，好像就是个秃子。王婶用了好像一词，言外之意那个人也好像不是秃子，王志刚确实不是秃子，是王婶无中生有，但她不能把话说得太满，得给自己留退路，所以适当加以修饰，但这个好像在众人听来，却有十分肯定的意思。到了这个时候，邻居们已经完全相信杨帆和杨树林根本就不沾亲带故了，他们认为杨树林抚养杨帆是可笑的，但是既然杨树林本人乐意，那就随他便吧。

杨树林打听到一种治愈婴儿不长头发的偏方，生姜切片，将其汁液涂抹于患处，坚持一个月即可见效。杨树林抱着试试看的态度，买了一斤姜，按偏方所说，在杨帆光秃秃的脑袋上进行了实践。这个季节姜的价格比肉都贵，所以抹完杨帆脑袋的姜，杨树林并不舍得扔，还要洗一洗，继续炒菜用，但是其中的精华已经赠到杨帆的脑袋上，剩下的姜片也没有多少味道，就跟炒了一块树皮似的，起不到调味生香的作用。

偏方果真有效，不出一个月，杨帆的脑袋就出现了可喜可贺的毛茸茸的一层，像被春风绿过的江南岸，杨树林看着自己的劳动成果，心中充满快乐，倒了一盅酒，

就着没有味道的姜汁松花，喝得兴高采烈。

后来杨帆头发长得一发不可收拾，像在脑袋上顶了一片热带丛林，但是他却对姜的味道产生了抵抗，一吃就过敏，哪怕饺子馅里有姜末儿，都无法接受，吃了就头皮发痒。

冬去春来，杨帆快两岁了。杨树林已经习惯了杨帆没有言语，只有啼哭的生活。他对杨帆的啼哭理解得很到位，每当哭声响起的时候，一定是杨帆需要帮助了，父子二人在这方面已形成默契。这天晚上，杨树林正一边看电视一边洗脚，忽听一个声音喊道："巴巴"。杨树林看了看窗外，没有理会。过了一会儿，这个声音再次响起，杨树林拧大了电视的音量，也不是从剧中人物嘴里发出来的，杨树林下意识地抠了抠自己的耳朵，这个声音又一次传来，杨树林辨别出声源的方向，难以置信地扭头向杨帆看去，只见杨帆的小嘴巴在蠕动，又一声"巴巴"，声音千真万确是从杨帆嘴里发出来的，这个发现让杨树林高兴得老泪纵横。

杨树林擦了脚，蹦到床上，与杨帆面面相觑。

杨树林激动得声音有些颤抖：儿子！

杨帆盯着杨树林的眼睛：巴巴。

杨树林按捺不住兴奋，抱起杨帆吧吧地亲起来：哎，好儿子！

这时杨帆发出另一种声音：水，渴。杨树林赶紧放下杨帆，下地倒水。

这一宿杨树林失眠了，他的心情是可以理解的，就如同本以为丢失了一笔巨款，开始的时候痛哭流涕、心碎欲绝，久而久之，事情渐渐被淡忘，心情慢慢平静了，但是突然在某一天，这笔巨款一分不少地出现在自己面前，其激动、兴奋可想而知。这晚杨树林的脑子里反复出现了一句话：贵人语迟。他认为就是说杨帆呢。

第二天，杨帆醒后的第一件事情就是拉屎，将体内废物排出后，指着盆里花里胡哨的一堆说：巴巴，巴巴。杨树林心头一沉：怎么和昨晚称呼自己一样。赶忙给杨帆擦了屁股，指着自己鼻子问杨帆：我是谁。

杨帆说，巴巴。

杨树林又指着盆里的粪便说，那这是什么。

杨帆又说：巴巴。

杨树林立即纠正：错了，我是你爸爸，不是屎尼尼，你再叫一遍——爸爸。

杨帆瞧着杨树林，有板有眼地叫了一声：爸爸。

哎，这就对了，杨树林又指着盆里说，这才是尼尼。杨帆重复了一遍：尼尼。

杨树林继续加深杨帆的印象，将屎盆端到杨帆面前，让他闻了闻说，尼尼是臭的。然后放下尿盆，去抹了点雪花膏，让杨帆闻：爸爸是香的。

半年很快就过去了，眨眼就到了第二次吃糖丸的日子，杨帆已经会说简单的日常用语，其程度就像中国初一学生的英语水平。这天，杨树林意气风发，雄赳赳气昂昂地带着杨帆去了卫生所，希望能遇到冯爱国和鲁厂长以及他们的儿子，让他们看看什么叫士别三日当刮目相看。

为了能让杨帆舌战群儒，杨树林昨晚特意对他进行强化训练，教了他几首唐诗，有王之涣的《登鹳鹊楼》，还有李白的《望庐山瀑布》。

杨树林果然遇到了鲁厂长，或者说是鲁厂长为了再次炫耀鲁小彬的聪明伶俐特意抱着他出现在杨树林面前，像个领导一样，慰问着下属的儿子：小朋友，别来无恙？

之前鲁厂长设想出杨家父子的种种难堪反应，但让他意想不到的是，杨帆居然十分礼貌地说了一句：叔叔好。且吐字清晰，发音标准。

鲁厂长定睛瞧了瞧，没错，还是杨树林上回抱的那个小孩，不敢相信半年的变化如此之大。

来而不往非礼也，杨树林也问候了鲁小彬：小朋友早上吃饭了吗？鲁小彬有个毛病，提到吃饭就流口水，这次他刚张嘴回答：吃了，哈喇子就流了下来，一直延伸到地面。杨帆想起昨晚学的唐诗，便信口朗诵：飞流直下三千尺，疑是银河落九天。听得鲁厂长面红耳赤，赶忙找了个上厕所的借口，带着鲁小彬匆匆离开。

在等待发糖丸的过程中，杨树林又看到了冯爱国，便十分主动地凑了过去，让杨帆叫叔叔，杨帆声音洪亮地喊了一声，杨树林的脸上露出积压了半年之久的笑容。

领了糖丸，为庆祝打了一个漂亮的翻身仗，杨树林吹着口哨，带着杨帆去洗澡。路上，兴致高涨的杨树林吹了一首新曲子，弄得杨帆不得不在路边呇儿小便了一下。

他们来到澡堂，杨树林先脱了自己的衣服，然后三下五除二地剥掉杨帆的衣服，带着他进了浴室。这是杨帆第一次进澡堂子，之前洗澡他都是坐在家中的大盆里完成的。面对一池热气腾腾的洗澡水，身体渺小的杨帆顿生恐惧，害怕自己被淹死或被煮熟，他见过煮饺子，所以当看见杨树林的身体浸泡在水池里的时候，杨帆惊恐地闭了一下眼睛，认为此时的杨树林就是下了锅的饺子，再过一会儿捞出来就可以

吃了。

杨帆睁开眼睛，看见杨树林在向他招手，从表情上看，杨树林并没有被煮的痛苦。杨帆被杨树林抱进水中，当水将他的身体没过，只剩下一个脑袋在水面上的时候，他幼小的身体在水中欢快地翻腾起来，就像经过漫长的冬季，终于等到冰雪融化的禽类，在水中尽情释放着能量。

杨帆出生以来，杨树林第一次如此轻松地泡澡，疲倦的他在水中小憩了片刻，但很快就醒了，他知道自己的重担并没有减少，而会越来越多。

杨树林从浴池里站了起来，带着杨帆来到淋浴下。当一束水花打到杨帆身上的时候，他大吃一惊，高呼：下雨了，下雨了。杨树林被儿子逗乐了，他第一次发自内心、了无牵挂地笑了。

杨树林给杨帆全身抹上香皂，清洗过后，让杨帆自己去一边玩。杨帆步履蹒跚地在大人们的腿间转来转去，直到发现一个和自己同样海拔的小朋友才停下来。杨帆上下打量，发现这个小朋友头发长长的，眼睛大大的，皮肤白白的，特别让他迷惑不解的是，这个长头发的小朋友为什么比自己少长了一个小鸡鸡，没有小鸡鸡他用什么尿尿呀！

为了搞清楚这个问题，杨帆猫下腰，打算仔细观察一下。但是那个小朋友跑掉了，杨帆正要追，被洗完澡的杨树林抱走了。

穿衣服的时候，杨帆问杨树林：为什么有的小朋友没有小鸡鸡。杨树林不知道杨帆的问题从何而来，随口说了一句：因为他们不听话，小鸡鸡被猫叼走了。杨帆又问，那没有小鸡鸡怎么尿尿。这个问题把杨树林难住了，他不知该如何回答，只好说，那是他们的事情，不用咱们管，只要你听话，小鸡鸡就不会被叼走，想什么时候尿尿就什么时候尿。正说着，杨帆趴到他的耳边，指着远处说，那个小朋友就不听话。杨树林转身一看，笑了，原来那是小女孩。杨树林想给杨帆解释，但考虑到他还小，便没告诉真相，只是让他不要再往那个方向看。

日后，杨帆经常在澡堂里遇见这个小女孩，她是由爸爸带来洗澡的。每次杨帆都想看看她的小鸡鸡长出来没有，但是又不敢多看，爸爸叫他不要看，他不能不听话，否则自己的小鸡鸡也要被猫叼走。一次，杨帆看见房顶上有只猫正叼着一只麻雀晒太阳，以为猫嘴里叼着的就是那个小朋友的小鸡鸡，于是伸张正义，从地上捡起一块石头，向猫扔去，要帮助小朋友夺回小鸡鸡。杨帆扔石头的同时，另一只手按住自己的小鸡鸡，以免自己的也被叼去，但不幸的是，那块石头扔得太低了，正好砸到王婶家的窗户上，玻璃应声而碎。王婶还以为是杨帆听到她说了杨树林什么话被激怒了，此后对杨树林的议论便收敛了许多。

可是，不知道从什么时候起，杨帆洗澡的时候再没见过这个没有小鸡鸡的小朋友，每次洗澡，杨帆都感觉少了一些乐趣，以为她去找小鸡鸡了。

Chapter 04

I am Your Son

一九八四年七月二十九日，第二十三届洛杉矶奥运会开赛的第一天，许海峰面对各国知名选手和诸多不利因素，沉着、镇定，最终以五百六十六环的成绩获得冠军，实现了中国体育代表团奥运会上金牌零的突破。

　　光阴荏苒，白驹过隙，杨帆来到这个世上已经四年了。为了让杨帆接受更好的教育，早一步走上社会，杨树林决定把杨帆送去幼儿园由老师看管，同时让杨帆感受集体生活，以防孤僻性格。杨树林婉言辞退了与杨帆朝夕相处两年有余的老太太，并多给了一个月工资，以表谢意，杨帆含泪跟她说了一声：奶奶再见！

　　杨帆并不知道杨树林要把他送去幼儿园，以为爸爸要给自己换个新奶奶，可是不见新奶奶到来，却被杨树林带去各个幼儿园考察。起初杨帆还饶有兴趣，看着园内的滑梯、木马转椅和与他一般大小的小朋友，愉快地参与到各类游戏中，以为到了游乐园，而当他听到杨树林和园长的对话后，才感到事情的蹊跷，兴致顿时烟消云散，对自己的未来担忧起来。

　　在看过比较令人满意的硬件设施后，杨树林找到园长，详细了解该幼儿园的情况，并询问如果自己下班晚了，没能及时接孩子，老师是否会陪同小朋友坚持到家长来了再下班。当得到十分肯定的回答后，杨树林满意地说了声谢谢，与园长告别。

　　出了园长办公室，杨树林看见一个年轻女老师正带领一群小朋友做游戏，她声音甜美，对待小朋友亲昵可敬。当即对这个老师充满好感，转身回到园长办公室，要求将杨帆送到该老师的班级，园长同意了，说她是小沈老师，带的正好是小班。杨树林说那好，我明天就带儿子来报到，随后便交纳了园费。

　　离开幼儿园，杨帆充满戒备地问杨树林：爸爸，你明天上班，谁陪我在家玩。杨树林说，儿子，你长大了，该上幼儿园了，这里有很多小朋友和你玩。杨帆说，我不喜欢幼儿园，我要在家玩。杨树林看着天空飞过的几只麻雀说，小鸟长大了要离开窝去广阔的蓝天飞翔，你也长大了，不能呆在家里了。杨帆说，我就在家玩，

别的地方我不去。杨树林说，你只有像小鸟一样离开家，才能知道外面的世界更精彩。杨帆说着说着要哭了：爸爸，你别不要我！

杨树林被儿子的这句话感动了。他想，这么好的孩子，无论别人怎么说，是不是我的，我要定了，一定把他抚养成人，培养成才。

第二天，杨树林拿了一套新衣服摆在杨帆面前，叫他起床穿上，准备去幼儿园。杨帆却不肯起床，说自己发烧了，需要在家养病。

杨树林伸手在杨帆的额头摸了摸，不敢肯定，又试了试自己的脑门，还是不能确信，就找出温度计，放进杨帆怀里。杨树林问杨帆，难受吗。杨帆点点头。杨树林问哪里难受。杨帆指了指自己的肚子。杨树林第一次听说发烧会肚子疼，便问，怎么个疼法。杨帆说，就是特别疼，爸爸，我得在家养病，就不去幼儿园了。

杨树林拿出温度计，看了杨帆的体温后真相大白，说，儿了，你在骗爸爸，你没有发烧，你的肚子也不疼，只是不想上幼儿园。杨帆见自己被识破，只得承认错误：爸爸，幼儿园不好玩，我就想在家玩。杨树林说，可是爸爸要上班，谁来照看你，谁给你做饭吃呀，幼儿园有老师，她会带你做游戏，还教你画画，杨树林一边说着一边给杨帆穿上新衣服。

杨帆极不情愿地被杨树林带去幼儿园。在门口，杨帆拉着杨树林的手指着对面走来的一个小女孩说，爸爸，那个没有小鸡鸡的小朋友也来了。杨树林一看，一个小女孩正在妈妈的带领下向这边走来，正是原来经常在澡堂遇见的那个小女孩。

杨树林迎了上去，和小女孩的妈妈打招呼。

女孩的妈妈看着杨树林感到陌生。

杨树林解释说，我带孩子洗澡的时候经常看见你的女儿和她爸爸，可是最近好久不见了。

女孩妈妈有点悲伤地说，她爸爸去世了。

杨树林立即对这对不幸的母女充满同情：噢，对不起，你女儿也在这所幼儿园。

女孩妈妈说，对，来了一个月了。

杨树林摸着杨帆的脑袋说，我第一天送儿子过来，这是我儿子——杨帆，叫阿姨。

杨帆叫了一声阿姨。

女孩妈妈冲杨帆一笑，松开女儿的手说，我闺女——陈燕，叫叔叔。

陈燕乖巧地叫了一声叔叔。

杨树林同样一笑，说，以后陈燕和杨帆就是同学了，在一起好好玩，不要打架，和平共处。

妈妈把陈燕带进教室，就去上班了，而杨帆却迟迟不让杨树林离开，揪着他的衣服死死不放。眼看就要迟到了，杨树林心生一计，向小沈老师要来一根香蕉，剥了皮给杨帆吃，等杨帆吃完，他借口说去扔香蕉皮，然后给小沈老师使了一个眼色，后者心领神会，领着杨帆去做游戏。

杨帆和小朋友做了会儿游戏，突然想起杨树林不见了，就问小沈老师爸爸呢，小沈老师说爸爸去上班了，下了班就来接你，杨帆听后大哭不止。小沈老师耐心劝说、安慰，均无功而返，杨帆大有见不到杨树林就一直哭下去的势头，眼泪哗哗的，绝非光打雷不下雨。

为了不致勾起在场小朋友的思家之情，小沈老师把杨帆带到她的办公室，给他拿了一个苹果，作为物质安慰，杨帆却看也不看，死心塌地哭泣，见不到杨树林誓不罢休。杨帆哭得如此执著，小沈老师束手无策，只得任他哭下去，她坐在一旁看着眼泪从这个孩子的眼中劈里啪啦地迸出。

杨帆又哭了会儿，发现这样并不能解决实际问题，眼泪流了已经足有一杯水，杨树林依旧没有出现，便停下来，另辟蹊径。

杨帆看着面前的苹果，说，我要吃苹果。

小沈老师说，这个苹果就是给你吃的。

杨帆说，苹果洗了才能吃。

小沈老师说，是洗过的。

杨帆说，可是你洗的时候我没有看见。

小沈老师说，那好吧，你跟我来。拿起苹果带着杨帆去外面的水房冲洗。

她万万没有想到自己中了杨帆的圈套，当洗完苹果，扭头递给杨帆的时候，发现身边已经没人了，再转身一看，杨帆正扭动着小屁股向幼儿园的大门跑去。

小沈老师急忙高呼：抓住他，快抓住他！

杨帆听到小沈老师的呼喊，加快了逃跑的速度，小沈老师只得更加夸张地疾呼：别让他跑了，快抓住他！

看门大爷听到喊声，放下报纸和老花镜，蹿出门外，以为杨帆偷了幼儿园的东西，兴致勃勃地参与到这场抓贼的运动中，要证明给园长看，自己并没有老，每月四十多块钱工资不是白拿的。

杨帆因为人小腿短，速度不快，不到半分钟，就束手就擒。大爷认为自己功不可没，不住地向人炫耀刚才自己身手如何敏捷，而杨帆垂头丧气，并伺机再次逃离。

杨树林本已走出幼儿园大门，但是对杨帆放心不下，便返回要再看他一眼，正好目睹了刚才的一幕。他始终躲在幼儿园对面的电线杆后，知道自己出现会更加激发杨帆逃离幼儿园的想法，直到杨帆被小沈老师抱进教室，他等了一会儿，没见杨帆再次跑出来，才去上班。

这件事情给杨帆留下了难以磨灭的印记，一年后杨帆得肺炎住进医院，杨树林买了一捆香蕉，坐在病床前剥给他吃，吃完去扔香蕉皮的时候，有过经验教训的杨帆说，爸，你又要去哪儿。

因为床位紧张，中午睡觉的时候杨帆被安排在和陈燕睡在同一张床里。幼儿园的大床可同时容纳两个小朋友，杨帆和陈燕一左一右睡在两侧。虽然他们这个年纪还不会有非分之想，但性别意识从现在就应该有意去培养，无奈条件有限，杨帆正好赶上了幼儿园的最后一张床，再晚报名一会儿，恐怕就要站着睡了。

没到下班时间，杨树林便离开工厂匆匆赶往幼儿园，他被小沈老师的一个电话叫走，说杨帆闯祸了。

睡醒午觉，小沈老师让看门大爷锁上大门，放孩子们自由活动。杨帆去玩滑梯，看见一个小男孩正一动不动地站在院里，手里拿着一块石头，便上前问道，你干什么呢。

嘘！这个孩子嘴里发出自行车撒气一般的声音，同时做出叫杨帆不要出声的手势。

杨帆莫名其妙地看着他，他的身体像被钉在地里的木桩，只有脑袋上下左右转来转去。

杨帆又说，嘿，我问你干吗呢。

他没理会杨帆，依然牢牢地站着，脑袋滴溜乱转。

杨帆问，你犯什么错误了，被老师罚站。

这个孩子像没听见一样，只是抬头往天上看。

杨帆说，老师不在，你可以坐下休息会儿。

这个孩子却向上跳起，将手里的石头向空中扔去，然后指着天上一个移动的黑点说，蜻蜓。

杨帆扬起头，望着在头顶上飞来飞去的蜻蜓说，蜻蜓是什么。

那个孩子说，蜻蜓就是蜻蜓，蜻蜓能吃蚊子，放在家里晚上睡觉的时候就不用点蚊香了。

杨帆从地上捡起一块石头，说，我家也有蚊子。

那个孩子说，这只蜻蜓是我发现的，没你的事儿，你一边儿去。

杨帆说，蜻蜓又不是你家的，我不走。

那个孩子说，就是我的。

杨帆说，写你名字了吗。

那孩子说，没有。

杨帆说，那就不是你的。

那孩子说，等我把它打下来就写上我的名字。

杨帆说，可是现在没写着你的名字，就不是你的，你把它打下来写上你的名字，才是你的。如果我打下来，写上我的名字，那就是我的。

那个孩子说，我不和你废话了，我要在你前面把蜻蜓打下来。然后又抬起脑袋，寻找蜻蜓的踪影。

杨帆说，你没我劲大，我能把石头扔得又高又远。

杨帆和那个孩子将石头一次次扔向空中，都差之千里。蜻蜓在他们头顶上一次次掠过，似乎有意和他们开着玩笑。

扔了一会儿，蜻蜓不见了，那个孩子扔掉手里的石头说，都怪你，把蜻蜓吓跑了，说完就往滑梯方向走。

杨帆跟在他后面，发现蜻蜓正落在他的肩膀上，便捡起一块大石头，睁一只眼闭一只眼瞄准后，用力抛出，只听"哇"的一声，蜻蜓飞走了，那个孩子捂着脑袋痛哭流涕。

杨树林来到家长接待室，一个男人的声音在里面叫喊着：这个家长是怎么教育孩子的，太不像话了，这么小的孩子竟会暗箭伤人！

杨树林觉得这个声音耳熟，每次听到这个声音，他都想搧声音的发出者一顿。杨树林扒在窗口向屋里望去，见鲁厂长正踱来踱去，一个满脑袋缠着纱布的小孩坐在一旁，只露出鼻子眼睛嘴。杨树林猜测这个看不清五官的小孩就是鲁厂长的儿子鲁小彬。

这时杨树林听到有人叫他，回头一看，是小沈老师，领着杨帆向他走来。小沈老师把杨树林叫到一旁，讲述了事情经过，然后说，鲁小彬伤得并不严重，只是破

了点儿皮，大夫说用不着缝针。

杨帆躲在小沈老师身后，杨树林看了看他没说什么。

小沈老师又说，也不能怪杨帆，小朋友在一起玩磕磕碰碰难免的，出了事儿，我们老师也有责任。然后看了一眼屋里说，我看那个家长气势汹汹，不讲道理，就把杨帆领出来了，怕吓着孩子。

杨树林说，我和他是一个厂子的。

小沈老师说，那就好办了，都是熟人。

杨树林说，他是厂长。

小沈老师说，那用不用我去解释一下。

一群小朋友站在不远处持观望状，窃窃私语着。其中一个叫冯坤的小朋友，就是多年前杨树林抱着杨帆去吃糖豆遇到的那个被父亲抱着的小孩，因为家在附近，也在这所幼儿园就读，说，杨帆把鲁小彬的瓢开了，打成了木乃伊。旁边的小朋友问，什么是木乃伊。冯坤也解释不好这个问题，就说，等见了鲁小彬你们就知道了，他就是木乃伊。然后众人又将目光集中在杨树林的方向，关注事件的进展。

杨树林谢绝了小沈老师的好意，推门而入，冲鲁厂长点了点头。

鲁厂长看到杨树林，脸上出现了即使算不上笑逐颜开但至少是心里偷着乐的表情：原来把我儿子脑袋开瓢的是你儿子！

杨树林点点头。

之前鲁厂长对会是什么人的儿子把鲁小彬的脑袋开了瓢做出种种构想，并针对这个人的职业策划了相应的对付手段，唯独没有想到这个人会是自己的手下。他半闭着眼下意识地把在厂里面最常用的那句话说了出来：怎么办吧！

杨树林说，你说怎么办吧。

鲁厂长睁开了眼睛，杨树林的回答是他未曾预料到的。那句话他说过成百上千次，每次得到的回答都比较令他满意，但今天遇到了特例。

鲁厂长只好以鲁小彬的悲惨现状做武器：你看看你儿子把我儿子砸成什么样了，只有对待阶级敌人才会这么狠，子不教，父之过。鲁小彬被鲁厂长拉到杨树林面前，头重脚轻地晃动着包裹着厚厚纱布的脑袋。

杨树林说，医疗和营养费我会负责的。

鲁厂长说，根本就不是钱的事儿，这么小就学会用石头打人，长大了指不定干出什么更无法无天的事儿来。当了几年领导，鲁厂长已经习惯用发展的眼光评判事物，继续说道：这种暴力倾向很可怕，要及时扼杀在摇篮里，防止滋生，否则后果不堪设想，这会给社会造成巨大的危害。

杨树林一直以来就受不了鲁厂长因为上过几个月的夜大，帮政治老师写论文凑字数抄了几本马克思的著作，干什么都一副居高临下，随时准备对他人进行批评教育的领导姿态，这次因为对方以幼小的杨帆为突破口，杨树林终于忍无可忍，说，别动不动就上纲上线，把你在厂里的那一套拿到这儿来使，那不是放之四海而皆准的真理，这件事情是我儿子不对，你想怎么办直接说好了，一个孩子，又不是故意的，至于这么不依不饶的吗，要不你给我脑袋也来一下就算两清了。

本想借机整整杨树林，却没想到他居然敢这样和自己说话。鲁厂长挺直了腰杆：我可是你的厂长。

杨树林说，在厂里你是，出了工厂你就不是了，再说了，厂长更要摆事实讲道理。

鲁厂长气得无话可说，觉得再继续下去的话，就尊严扫地了，抱起鲁小彬便走，出门前留下一句话：杨树林，你要对你的话负责！

杨树林并没有理睬这句话。

这样一来使得鲁厂长的那句话显得轻飘飘的，为了加重分量和效果，鲁厂长又补充了一句：君子一言，驷马难追。

这回杨树林回应了这句话，方式是付之一笑，使得这句话不但轻飘飘的，还很可笑。

鲁厂长出门撞见小沈老师，没头没脑地说了一句主语不明的话：什么人啊！

杨树林带着杨帆从门里出来，听到这句话，觉得不能让小沈老师蒙受不白之冤，说，不好意思，杨帆给你添麻烦了。又对杨帆说，向老师承认错误。

杨帆不知道错在哪里，但还是特诚恳地跟小沈老师说了一声，我错了，老师！

小沈老师微笑着拍拍杨帆的脑袋，看着鲁厂长的背影对杨树林说，犯不着和他这样。

这时杨帆捡起一块石头，向鲁厂长的背影扔去，及时被小沈老师拦住了，但伴随着动作而发出的那句话还是让杨树林感动不已。杨帆冲着已经走远的鲁厂长喊道：让你跟我爸爸厉害！

一个月后，厂里给百分之八十的工人涨了工资，杨树林在名单之外。

但那天在幼儿园发生的那一幕迅速建立了小沈老师对杨树林的好感，她觉得，

作为男人，不一定有钱有权，但一定要有尊严。

杨树林对小沈老师也萌生了好感，这种好感随着小沈老师不经意流露的对杨帆体贴入微的关怀，日甚一日。

一天杨树林下班晚了，等到了幼儿园的时候，看见杨帆依偎在小沈老师的怀抱里睡着了，睡得香喷喷，笑得甜蜜蜜，好像开在春风里。

眼前的情景让杨树林浮想联翩，要是小沈老师是杨帆的妈妈就好了，然后他又自然联想到他作为杨帆的父亲和杨帆妈妈的关系。这个激动人心的设想让杨树林兴奋得涨红了脸。

这时杨树林已经走到小沈老师面前，小沈老师看到他面红耳赤，以为他是着急跑的，就说，坐下先歇会儿，让杨帆再睡会儿，他刚着，然后把手伸向杨树林的肩膀，摘去落在他肩上的一片树叶。

一股香气沁入杨树林心脾，是友谊牌雪花膏的味道。这种味道杨树林曾经在薛彩云那里闻到过。

杨树林想，要是小沈老师真成了杨帆的妈妈，那不仅是杨帆的福气，也是自己的福气。

小沈老师说，你每天上下班接送杨帆太辛苦了，他已经习惯了幼儿园生活，让他全托吧。

杨树林想，好是好，自己不用每天往返幼儿园了，但这样一来和小沈老师的接触就少了。又一想，不过也没什么，如果想见小沈老师，可以从杨帆身上找到太多的理由，于是杨帆开始了全托。

陈燕也是在这个时候开始全托的。过了没几天，她的妈妈就被叫来了，因为陈燕每晚都尿床。陈燕妈妈看着被尿迹装点得五彩缤纷的褥子，大惑不解：陈燕在家的时候并不尿床，就是晚上喝三瓶北冰洋汽水也能安稳地睡到天亮，有时候会坚持到第二天中午才水落石出。

幼儿园老师说，可能是睡眠环境突然改变让陈燕暂时无法适应，引起心理变化，导致尿床。

陈燕妈问陈燕，是你尿的吗。

陈燕说，好像是吧。

陈燕妈说，什么叫好像是，尿没尿你没感觉吗？

陈燕说，没感觉，闭上眼睛就睡着了，一睁眼天就亮了。

老师说，小孩儿，都这样，睡着了什么都不知道。

陈燕妈妈取回褥子清洗干净，并一再叮嘱陈燕睡觉前除了刷牙洗脸洗脚，还要把尿尿完，哪怕前几项不做，最后一项也一定要做。陈燕妈把干净的褥子和陈燕送回幼儿园，向老师保证，已经帮助陈燕克服了心理障碍，她不会重蹈覆辙的。

第二天，老师又给陈燕妈妈打了电话，说快来瞧瞧吧，你闺女又尿了。

陈燕妈妈来到幼儿园，看了看晾在尼龙绳上的褥子，十分肯定地说，这不是我女儿的，她的褥子上有名字。

陈燕妈多了个心眼，给陈燕的褥子缝上名字，她不相信全托前一天也尿不了几泡的陈燕全托后竟然会水流不止。

于是大家逐床查看，最终在杨帆的床上找到了缝着陈燕名字的褥子。

原来，褥子上那些波澜壮阔的图案均出自杨帆之手。以前他在家睡觉的时候，杨树林有起夜的习惯，每次捎带手叫醒杨帆，也让他尿尿，现在杨帆睡幼儿园，没人督促他起床了，身体的某个器官已经习惯在凌晨某个时分开闸放水，所以每天清晨，他的褥子都湿乎乎的。杨帆知道这是一件挺丢人的事情，就趁陈燕去洗脸的时候，迅速调换两人的褥子。到了晚上，杨帆趁陈燕去洗脸的工夫儿，再将褥子偷梁换柱，第二天早上又将自己潮湿的褥子和陈燕的干爽褥子调换。现在终于水落石出，真相大白了。十几年后，当陈燕妈妈得知使自己女儿陷入爱河的正是杨帆的时候，第一句话就是：那小子现在不尿床了吧。

杨树林听说此事后，质问杨帆的犯罪动机。

杨帆的大意是，尿床不好，我不想路人皆知。

杨树林说，知道不好为什么还要转嫁他人，谁教你的。

杨帆说，孙悟空。

杨树林说，孙悟空向来光明磊落，他什么时候做过这种事情，你要说猪八戒倒是有可能。

杨帆说，孙悟空换过金角大王和银角大王的宝葫芦。

杨树林记不得杨帆说的是西游记中的哪段故事，却对杨帆已熟悉《西游记》诧异不已：你是从哪儿听来的？

杨帆说，老师讲的，幼儿园有一套《西游记》小人书。

杨树林本想过些天给杨帆买一套儿童版四大名著，现在看来，太早让孩子知道

成人世界的事情没什么好处，幸亏杨帆没学猪八戒在天宫调戏嫦娥那一段。

杨树林谆谆教导杨帆：孙悟空身上不是没有缺点，不应盲目崇拜，要扬其长避其短，好的学，不好的不要学，比如他偷吃蟠桃的那段就不要效仿，所以你看见了幼儿园的好吃的，即使再馋，也不能未经允许擅自下手，老师让你吃你再吃，知道吗。

杨帆点点头。

杨树林又说，你是一个男孩子，作为男子汉，要敢于承担责任。

杨帆说，爸爸，我错了，下回尿床不换陈燕的褥子了。

杨树林说，换别人的也不行——再尿床就自己把褥子拿出去晒干，男子汉做事光明磊落。

杨树林突然想到，干吗非要亡羊补牢呢，防患于未然岂不是更好。

他找到小沈老师，问能不能在幼儿园加张床。

小沈老师说，现在已经人满为患了。

杨树林说，是我睡，杨帆现在有这个毛病，我夜里得起来叫他上厕所。

小沈老师说，我值夜班的时候交给我好了。

杨树林说，那多不合适，耽误你睡觉，再说了，你也不是天天值夜班，杨帆可每晚都尿。

小沈老师说，这好办，给杨帆准备个闹钟，订好时间，每晚叫他起床。

杨树林想，这个主意很好，小沈老师不仅热情，还冰雪聪明，对她的好感又进了一步。

杨树林给杨帆买了一个闹钟，时间订在凌晨两点。每天这个时候，子夜幼儿园的寂静便会被一阵清脆的铃声打破，杨帆从床上爬起来，睡眼惺忪地去上厕所。杨帆的褥子从有了闹钟的那天起，再没有湿过。

但每天都半夜鸡叫太吵人，幼儿园的许多小朋友都被吵醒，也去上厕所，陈燕便在其中。

陈燕胆小，夜里上厕所必须有老师陪着，但老师们不愿意觉睡一半被打断，便把这个艰巨任务交给了杨帆，理由有三：一，远亲不如近邻，杨帆的床离陈燕最近；二，从小培养孩子们互助友爱的精神；三，谁让杨帆是让陈燕非得夜里起来一趟的罪魁祸首。

于是每天夜里，都会看到两个孩子在闹钟声响过后，睡眼惺忪地从床上爬起来，手拉手，进了厕所。杨帆先完事，在一旁半睁半闭着眼睛等陈燕，陈燕需要酝酿，时间长了杨帆能站着睡着，陈燕完了事儿，会叫醒杨帆，杨帆睁开眼，说，怎么这么慢啊，我都做梦了，然后两人又手拉手回到各自的床上。

这段时间，杨帆每天早上醒来的第一件事情，就是伸手在褥子上摸摸，然后光明正大昂首挺胸地从床上下来，等待老师来叠被子和之后对他的表扬。

一次杨帆在厕所等陈燕的时候梦见自己从高处掉下来了，腿一蹬，眼一睁，就醒了。这时他发现陈燕正在坑位上方蹲着，便好奇地问道：你不赶紧尿尿，蹲那儿干什么呢。

陈燕说，我就是在尿啊，别催，越催越出不来。

杨帆说，那你倒是站起来啊。

陈燕说，我只会蹲着。

杨帆降低机位，往陈燕那儿看了看，但是什么也没有看到。

杨帆惊讶地站了起来：你那儿怎么少东西啊。

陈燕知道杨帆说的是什么，小时候爸爸带她去洗澡的时候，她发现了这一区别，爸爸告诉她男女有别。

陈燕说，不少，我就这样。

杨帆说，肯定少，然后摸了摸自己那里，又万分肯定地说，不骗你。

陈燕说，你不懂，我说不少就不少。

杨帆不服：你才不懂呢，你的被猫叼走了你都不知道。

陈燕说，咱俩不一样，我是女孩。

杨帆觉得陈燕的话很深奥，若有所思地说：那你每次都得脱裤子蹲下，多麻烦啊。

陈燕说，习惯了就好了，虽然这事儿上女孩麻烦了点，但是我们可以穿漂亮衣服。

杨帆说，那倒是。

在陪陈燕上厕所的同时，俩人建立了深厚的感情。日后，当杨帆有了性别意识，回想起自己和陈燕初遇的场所，不禁面红耳赤。再后来俩人成了情侣，一次逛商场，陈燕去卫生间上厕所，杨帆在外面等，当陈燕出来的时候，杨帆感慨万千：我陪你上厕所想来已有近二十个年头了。

有人对杨树林说，你儿子这么大了还尿床是遗传。杨树林说他是裁缝丢了剪子——胡扯，自己才不尿床。那人说，没说你也尿床，看你的脸色肯定是肾不好，影响到儿子。杨树林说，说我肾不好更是扯淡，我都光棍儿这么多年了。

这么多年的光棍生活，其中难言的苦闷只有杨树林自己心里最清楚。虽然照料杨帆耗去他很多精力，无暇顾及自己，可有一种精力是耗不去的，这几年他一直积攒着，连厚积薄发的机会都没有，现在杨帆住进幼儿园，给他省去很多麻烦，使他有时间和精力考虑自己了，注意力也从杨帆身上偶尔转移开，开始留意自己膨胀的下身了。

每当夜深人静的时候，他辗转反侧，无心睡眠，总感觉小腹处蕴藏着一股暖流，汹涌澎湃，山呼海啸，一次次拍打着他身体的岸堤，翻江倒海，呼之欲出。他被这种好像被人捂住鼻子呼吸不畅的感觉击垮了，他顾不得一切，只想畅快一次。

于是他将手举到自己面前，反复端详。这双手并没有特别之处，一双普普通通的三十多岁男人的手，一双光棍儿的手，一双十几年前使他兴奋过的手，这双手慢慢向自己的身下伸去。

第二天清晨，杨树林醒来看到昨夜留下的一片狼藉，心想：总这样也不是个办法。

小沈老师突然在这个时候跳入他的脑海。

杨树林周五傍晚意外地出现在幼儿园，杨帆以一个小孩特有的敏锐提醒杨树林：爸爸，今天不是星期六，今天中午发的是苹果，明天中午才发桔子，发了桔子才到周末，就可以回家了。

醉翁之意不在酒，杨树林的真实目的是来找小沈老师。杨帆已经适应了幼儿园生活，当时他正在吃饭，顾不得和杨树林多说，捏起一个饺子蘸着醋说，爸你回去吧，我这忙着呢，没时间和你说话，别分散我注意力。

杨树林看着杨帆忘情地吃着饺子，羊肉萝卜馅的，弄了一嘴油，放心地向小沈老师办公室走去。

小沈老师正收拾东西准备回家，杨树林的出现将她到家的时间延期了。在杨树林掏心掏肺软磨硬泡下，小沈老师答应和他去北海荡起双桨。

海面倒映着美丽的白塔，四周环绕着绿树红墙，小船儿轻轻飘荡在水中，迎面吹来了凉爽的风。六月的北京，傍晚时分，在晚霞的映照下，杨树林和小沈老师，一个手握船桨，一个端坐船头，和周围的很多对恋人，把北海湖面装点得生机盎然。

小沈老师能接受杨树林的邀请，是因为杨树林打出了希望能和小沈老师好好聊聊如何更好地教育培养杨帆的旗号，爱岗敬业的小沈老师为了祖国的下一代，只好放弃准时回家，跟随杨树林找了个诗情画意的地方畅谈教育工作。

但是到了船上，杨树林除了问一句杨帆最近还听话吧，便没再说和杨帆有关的话，而是盯着小沈老师傻笑，不好好看路，有几次差点撞到旁边的船。

小沈老师只好自己制造话题，问道，每次都是你接杨帆，他妈妈怎么不来。

杨树林说，我也不知道他妈去哪了。

小沈老师没明白杨树林的意思，脸上出现了费解的表情，被杨树林注意到，他以为小沈老师不相信，便郑重其事地说：真的，不骗你。

小沈老师对杨树林的话似懂非懂，知道他不愿提及和杨帆妈妈的关系，但不知道为什么会这样。

杨树林觉得有必要把自己的婚姻状况告诉小沈老师，这样两人的关系才能进一步展开，于是将薛彩云的事情说给小沈老师，后者听完，沉默了一会说，那你一个人带杨帆很累吧。

杨树林说，要是两个人就能好些。

小沈老师扭过头，说，有什么需要帮助的你就说话。

杨树林心里想的是，当然有，需要你给杨帆当妈妈。嘴上说的却是，小沈老师，你人真好。

小沈老师没有转过头，但是从她脖颈和耳朵的颜色，可以看出内心的波澜。

绕完北海一圈，天黑下来，杨树林和小沈老师登了陆。看到有卖棉花糖的，像朵云彩，杨树林觉得好玩，就给小沈老师买了一个。小沈老师不要，杨树林说，都已经买了，我不吃糖，你要不吃只能扔掉了，别浪费了。小沈老师只好接过来，咬下一块棉絮状的糖丝，到了嘴里，变成一股糖水。

杨树林问，甜吗。

小沈老师说，甜。

杨树林笑了：甜就好。

在结束了和小沈老师的第一次约会后，杨树林迫不及待地寻找第二次约会的机会。船不能再划了，免得让小沈老师觉得自己乏味，可以滑冰，但是现在刚六月中旬。半年太久，只争朝夕，要想出一切办法，约会她。

一天杨树林正在车间里干活，来了一个记者，胸前挂着照相机，身披马甲，背

后印着《人民日报》，是来拍摄打倒四人帮后实行改革开放以来中国工业恢复健康生产的壮观场面的，看着记者同志一会趴在地上，一会踩在梯子上，把快门按得咔嚓直响，吸引了不少女工的注意力，杨树林知道该怎么办了。

下了班杨树林直奔摄影器材城，当得知一款新型海鸥单反相机要四百多块的时候，他摇了摇头。

售货员说，这可是人民大会堂的指定相机，共和国第一代领导人就是汽车坐红旗，照相用海鸥。

杨树林说，好是好，可是买了就倾家荡产了。

售货员说，别看倾家荡产，但是享受到的是国家领导人的待遇，你说值不值。

杨树林说，我是照相的，被照人享受，我享受不到。

售货员说，买了你就是领导人的御用摄影师。

杨树林说，我回家再想想当不当这个御用摄影师吧。

回到家，杨树林从褥子底下拿出存折，把里面的几笔存款加了一下，数量上够了，但是日子还没到，死期的。

杨树林拿着存折去找杨芳，要借四百块钱，并把存折留下，说，放心，我有能力偿还这笔债务。

杨芳说她的钱在银行存的活期，得明天中午下班时候取。

杨树林说，那行，明天我去医院找你。

杨芳问，哥，你怎么突然喜欢上照相了。

杨树林说，嗨，瞎玩。

次日，杨树林拿到钱，直奔器材城。还是昨天那个售货员，见杨树林用手捂着兜向柜台走来，说：想通了？

杨树林说，嗯，我要继承领导人们的良好作风，支持民族工业。

背着相机回到家，杨树林捧着说明书仔细阅读，一会调光圈一会拨快门，理论结合实践，一个小时后基本掌握了相机上每个键的功能。在收起相机前，杨树林站到大衣柜前，回忆着那个记者的姿势，反复练习了一遍，当他对镜子中那个端着相机的人的动作足够满意时，心满意足地把相机装进皮套里。

想好了明天如何邀请小沈老师，杨树林很充实地睡下了。

第二天是周六，杨树林去接杨帆，见到小沈老师，问她是否愿意明天和他带杨帆去颐和园玩，小沈老师犹豫了一下，杨树林怕她不答应，便把昨晚准备的冠冕堂皇的理由说了一遍，他说自己是一个摄影爱好者，要去拍夏日的颐和园，但是带着杨帆不方便，怕他乱跑，希望小沈老师同去，可以照看杨帆。

小沈老师正好周末没事儿，她又不会撒谎，找不出理由拒绝杨树林，只好答应。

杨树林说，那好，一言为定，明天我和杨帆去找你。

小沈说，还是我去找你们吧，我一个人，方便。

杨树林说，也好。然后告之地址，带着杨帆欢天喜地回了家，路上买了两卷黑白的乐凯。

周日一早，杨树林早早起床，把自己和杨帆梳洗打扮了一番，又给相机上了卷儿，坐在藤椅里等待小沈老师。阳光透过窗户照在他的脸上，使他感觉有一点点燥热。

杨帆并不知道这一天对于杨树林的重大意义，他像往常一样，拿个不倒翁在地上没心没肺地玩着。杨树林给他擤了一把鼻涕水，别把衣服弄脏了。

第一个看见小沈老师进了院子的是王婶，她正在院子里晾毛巾被，见一个年轻女子出现在面前，不禁一愣，问道：姑娘，你找谁。

小沈老师问，杨树林家住这吗。

王婶明明听清小沈老师的话，但还是不相信自己的耳朵，又重复了一遍她的话：谁，杨树林？

小沈老师说，对，他儿子叫杨帆。

王婶说，在，住北屋。然后冲那边喊道：树林，有姑娘找你。特意强调了姑娘二字。

杨树林应声出来，看见小沈老师，笑容满面地往屋里请：坐下喝口水，歇会儿咱们就走。

王婶以一个生过几个孩子的女人的敏感看着小沈老师的背影自言自语：看来杨帆有妈的日子就要来了。

一个多小时后，杨树林三人已置身颐和园中。又看见卖棉花糖的，杨树林买了两个，杨帆一个，小沈老师一个。

杨树林说小沈老师拿着棉花糖的样子很漂亮，要给她在湖边照一张。杨树林看了一眼天空：晴天，有云，阳光斜射，湖边，又掏出胶卷盒查上面的曝光参数：光圈11，快门125。然后调整相机。

小沈老师拉过杨帆一起照，杨树林撅着屁股在相机里看了看，说，有落差，镜

头装不下，还是一个一个来吧。

这时候的杨帆已经知道有个让梨的小孩叫孔融，一直想学习却苦于找不着机会，现在时机终于成熟，于是大大方方说，老师，你先照吧。

小沈老师摸摸杨帆的脑袋，说，还是你先照吧。

杨帆认真地说，不，我还是后照吧，老师你别跟我抢，行吗。

小沈老师笑了：那好吧。

杨树林在一旁举着相机说，看这里看这里。

小沈老师看向杨树林。

杨树林让小沈老师笑一个。

小沈老师腼腆地笑了笑。

杨树林在相机后面说，再笑点儿。

小沈老师又把嘴咧大了一些。

杨树林右手食指按下快门：一——二……

然后从相机后面抬起头：不好意思，忘过卷儿了。

小沈老师笑了，很自然。

杨树林及时抓拍下这一场景。

然后给杨帆照，杨树林蹲下，视线和杨帆呈水平，做鬼脸逗他笑，杨帆却不笑，杨树林说，笑了照出来才好看。

杨帆说，爸，你还没过卷儿呢，我笑了也白笑。

一旁的小沈老师乐了，杨帆也跟着乐了。

在佛香阁的长廊休息的时候，杨树林禁不住显摆一下自己的相机，举着它左顾右盼。

小沈老师问他，机身上印的 Seagull 是什么意思，杨树林不懂英语，但又不愿在小沈老师面前表现出无知，便揣摩说，可能是"海鸥"的意思，相机的牌子。

小沈老师又问，那镜头上的 HAIOU 是什么意思。

杨树林上小学的时候没学过拼音，就说，是不是镜头的意思。

但是小沈老师会拼音，把这几个字母的意思告诉了杨树林。

杨树林说，既然这样的话，那 Seagull 就不是海鸥而是机身的意思了。

整个游园过程中，杨树林不停地给小沈老师和杨帆照相，鲜花丛中，楼台长廊，杨柳岸边，到处是杨树林弓着步举着相机对着微笑的小沈老师的场面。

换卷儿的时候，小沈老师说，别总照我了，拍点景儿吧，多美啊。

杨树林说，景美，人更美。

小沈老师脸红了。

可惜相机是黑白的，杨树林心想，小沈老师脸上的那片红晕在照片里只能是一片灰色，让人以为脸没洗干净。

小沈老师说，我给你和杨帆照一张吧。

杨树林调好了光圈和快门，把相机交给小沈老师，抱起杨帆，对着镜头做出兴高采烈状，小沈老师蹲在相机后面喊着：一——二——三！

同时杨树林喊了一声：茄——子！

照完，杨树林建议三个人一起照一张，小沈老师左右看了看，身边无人，遗憾地说，可惜没有人帮咱们拍。

这时杨树林骄傲地说，我的相机有自拍功能。

当拍完胶卷里最后一张，杨树林取出胶卷，攥在手里，对小沈老师和杨帆说，这里记录了我们快乐的一天。

出了颐和园，杨树林邀请小沈老师去家里吃饭，小沈老师说就别麻烦了，杨树林说，不麻烦，反正我和杨帆也要吃。

杨帆也说，老师你去吧，我总吃你们那儿的饭，你也吃回我家的饭吧。

为了这顿饭，杨树林筹划了很久，从新华书店买来的菜谱快被翻烂了，上面用红蓝圆珠笔做满标注，书页空白处也写上个人心得，不仅有理论指导，还付诸实践，频繁光顾街道的菜站，卖菜的阿姨问杨树林家里最近有什么事儿，为什么总大吃大喝。由于杨帆在幼儿园，菜做完了杨树林只好自己吃掉。最近一段时间，街坊邻居都说他发福了，该加强锻炼了。

到了家，杨树林让小沈老师自己先坐，他出去买菜。小沈老师说别太麻烦了，杨树林说，一点都不麻烦，后半句话差点脱口而出：我都练习半个月了。话到嘴边，又让他生生咽了回去。

杨树林在厨房忙乎的时候，小沈老师进来问他，要帮忙不，杨树林说，现在不用，一会儿帮助吃就行了。杨树林按当时国务院召开国务会议的标准，四菜一汤，给小沈老师做了葱爆羊肉、京酱肉丝、糖醋鲤鱼、小鸡炖蘑菇和小白菜虾米皮汤。

看着桌上丰盛的菜，小沈老师称赞杨树林：没想到你还真有两下子。

杨树林呵呵一笑，并不谦虚地说，你没想到的事情还很多。

小沈老师说，你还会干什么。

杨树林说，慢慢你就知道了。

一桌子菜看得杨帆垂涎欲滴，而两个大人却说着不着调的话对此视而不见，杨帆等不及了：爸，你们不饿啊。

小沈老师每吃一道菜，杨树林都要解释一番。

小沈老师夹了一块羊肉，杨树林说，这是内蒙的羊，吃无污染的草长大的，所以人吃了也没污染。

小沈老师又夹了一块蘑菇，杨树林说，这蘑菇是从大兴安岭运下来的，集天地之灵气。

小沈老师夹了一口鱼，杨树林说，这是西湖的鲤鱼，然后给小沈老师卷了一份京酱肉丝说，这豆皮是高碑店的，筋道。

喝汤的时候，杨树林给小沈老师盛了一碗，放在面前。小沈老师正要喝，杨帆突然问道，爸，这小白菜是哪里的。

杨树林想了想，不知道哪里盛产小白菜，便说，是地里的。

杨帆问，那是不是地里的小白菜比树上的小白菜好。

这顿饭很成功，无论是气氛和谐程度，还是对食欲的满足，以及思想交流，都达到预期效果。但这一切上层建筑的成功都离不开它们的物质基础——饭做得成功。对此杨树林感受颇深：台上一分钟，台下十年功。

好钢用在刀刃上，杨树林对这句话的理解就是，拴住一个人的心，要先拴住他的胃。那个年代，人们的需求还没有从胃进化到现在的房子车子，再往前推十年，年轻姑娘的择偶标准并不是看对方有多少钱，而看他是干什么的，如果是一个厨师，肯定会大受姑娘们的青睐，因为不但能满足姑娘们的胃口，下班后还能从厨房顺块肉出来。在那个物质匮乏的年代，一块肉，就是一个梦想。

现在吃肉不再是个难题了，但如何把肉吃得有滋有味，是老百姓普遍关注的问题。杨树林认为，自己在烹调技艺上的训练，是抓准了时代的脉搏，就像写一篇作文，没有跑题。

饭后，杨树林和小沈老师就对方个人问题展开讨论，杨树林知道小沈老师今年二十二岁，文革结束那年她考上幼儿师范学校，毕业后一直就职于杨帆现在所在的幼儿园，至今单身。小沈老师也把杨树林从不尿床以后的事情了解得差不多，还知道下个周末，就是杨树林的三十五岁的生日了。

这天小沈老师呆到很晚才走，她和杨树林父子的影子投在窗帘上，王婶上茅房的时候看见了，回到屋里对王叔说，看来咱们院又要添一口人了，早上又多了一个和我抢厕所的了。

王叔以为王婶说她肚子里又有了，批评道：别瞎说，你都多大岁数了，再说了，种豆得豆，我都没种，上哪得去。

王婶撩开自家窗帘让王叔看杨树林家窗户上的影子：没说是咱家。

周末到了，杨树林像往常一样，推着自行车来接杨帆。

但是他没有看到像往常的一幕，杨帆在小沈老师的陪伴下坐在教室门口等他，而此时，教室门口空空荡荡。

杨树林走到教室门口，向里面张望，空无一人。

这时一个声音从身后传来：叔叔，您找谁？

杨树林扭头一看，陈燕正坐在滑梯上，哧溜一下滑到他面前。

杨树林问，杨帆和小沈老师呢。

陈燕说，刚才小沈老师带着我和杨帆玩滑梯来着，后来她让我们别乱跑，就走了，杨帆玩了一会儿滑梯也走了，我让他听老师话别乱跑，他不听。

杨树林问，杨帆去哪了。

陈燕伸出左手，一指：那边。

杨树林问，小沈老师去哪了。

陈燕换成右手，一指，那边。

杨树林问，干什么去了。

陈燕问，您问谁。

杨树林说，杨帆。

陈燕说，不知道。

杨树林问，那小沈老师呢。

陈燕说，也不知道。

杨树林问，你在这干什么呢。

陈燕说，等我妈接我。

杨树林拍拍陈燕的脑瓜说，别乱跑，好好等你妈，我去找他们。然后在陈燕响亮的叔叔再见的声音中，消失在幼儿园。

　　杨树林骑着自行车游荡在他能想像到的杨帆可能出现的地方，直到天黑，什么也看不见了的时候，杨帆还没有出现在他的视野里，杨树林觉得该回家了，说不定此时杨帆正坐在门槛上等他。

　　确实有一个人坐在门槛上等，但不是杨帆，这个身影比杨帆大很多。杨树林走近，那个人也站起迎上来，手里拎着东西。

　　是小沈老师，她急迫问道：杨帆没和你在一起？

　　杨树林顿时傻了。

　　半天，小沈老师歉疚地说，我没想到杨帆会乱跑。

　　杨树林说，他还是个孩子，孩子哪有不乱跑的。语气平缓，但很吓人。

　　小沈老师说，我去找他。

　　杨树林说，该找的地方我都找了。语气凝重。

　　杨树林站在黑暗中，小沈老师看不清他脸上的表情，只能想像，一想像，便可怕了。

　　小沈老师好像在自我检讨：我真不该离开。

　　杨树林说，你干吗去了。

　　小沈老师拎起一个圆盒：给你买东西去了。

　　杨树林问：什么这是。

　　小沈老师说，生日蛋糕，稻香村的。

　　杨树林说，儿子都找不着了，还过个屁生日。

　　话一说完，杨树林自己也觉得不妥，但是，他现在的心情早已顾不得措词。

　　显然，这句话让小沈老师难以承受，一股委屈涌上心头：你怎么能这样。

　　杨树林重复了一遍小沈老师的话，重音落在第一个字上。

　　委屈变成小沈老师冲出院子的动力，她放下蛋糕，夺门而出。

　　杨树林并不追赶，也不说等等，抓起蛋糕，举过头顶，又无奈地轻轻放下。

　　小沈老师已经跑出胡同口，抄了近道，跑进另一条胡同。

　　杨帆掺杂在一群站在路灯下的孩子中，围着一个捏糖人的，看见小沈老师风风火火地从眼前跑过，还抹着眼睛。杨帆没叫她，怕因为自己不听话没好好在幼儿园呆着而惨遭批评。小沈老师速度之快让人以为在赛跑，杨帆向后面看看，并没有人追她。

　　看着小沈老师跑远，杨帆转过头继续看捏面人。几块颜色不一的面，在捏面人的手里瞬间变成一个腾云驾雾的孙悟空。有个大点儿的孩子说，孙悟空还赤手空拳呢。捏面人的说，别着急。然后揪下一块黄面，揉成一根小棍，又在两端各粘一块红面，放到孙悟空手里，嘴里还念念有词：金箍棒，两头亮，一男一女搞对象。

杨帆觉得该回家了，倒不是怕杨树林着急，而是为了告诉杨树林他看见小沈老师了。

杨帆噔噔噔跑回家，推门就问，爸，你猜我刚才看见谁了。

杨树林正琢磨着该如何写寻人启事，杨帆却自己出现在面前，杨树林问，你上哪去了。

杨帆说，幼儿园门口路过一个捏面人的，我跟他玩去了。

杨树林问，你怎么回来的。

杨帆说，跑着回来的。

杨树林说，你认识路？

杨帆说，你天天带我走，我还不认识。然后问杨树林，爸，你还没回答我问题呢。

杨树林说，什么问题。

杨帆说，你猜我刚才看见谁了。

最近这段正值撒切尔夫人访华，媒体铺天盖地都是这位铁娘子的报道。杨树林刚刚听完《美国之音》里的广播，说这娘们儿和小平同志在人民大会堂就香港问题展开了一番唇枪舌剑的探讨，会后，落寞地从门口走出，呼吸急促，脸色凝重，突然，脚一崴，身体一歪，栽倒在石阶上，以至皮鞋和手提袋摔到一边。杨树林听完这段报道后，心中窃喜：看来香港问题解决了。

但是杨帆的失踪立即将他为祖国收复失地而产生的喜悦冲得烟消云散，现在杨帆突然冒出来让他猜刚才看见谁了，于是杨树林脱口而出：不会是撒切尔夫人吧。

杨帆说，不对，不姓撒。

杨树林想，撒切尔夫人好像是不姓撒，撒切尔是她的名，她的姓好像是玛格丽特什么的，但杨帆肯定不会知道，于是便说，是女的吗。

杨帆说，对。

杨树林说，是不是短头发。

杨帆说，是。

撒切尔夫人和小沈老师都是短发。

杨树林觉得自己猜得八九不离十，就问，你在哪看见她的。

杨帆说，咱家对面那条胡同。

杨树林说，她跑咱们胡同干吗来了。

杨帆说，我也纳闷，她一溜烟就跑了，我以为她参加跑步比赛呢，可是后面又没人追她。

杨树林觉得肯定是说岔了。撒切尔夫人真来胡同体察民风的话，即使红旗开不进来，也不至于自己跑啊，屁股后面怎么着也得跟几个工作人员。

杨树林问，你说的这人是谁啊。

杨帆说，小沈老师。

杨树林一听，比撒切尔夫人真来他家还着急：她什么表情。

杨帆说，好像哭了，哭了还跑那么快。

杨树林问，她看见你了吗。

杨帆反问，风能看见人吗。

杨树林说，不能。

杨帆说，她跑得跟阵风似的，当然看不见我。

听完杨树林推门而出。

杨帆问，爸，你干吗去。

杨树林说，去找找她。

杨帆说，你追不上她，你能比风还快吗。

杨树林还是追了出去。

杨帆看着窗外杨树林的身影说，追也白追，这会儿风早刮跑了。

半天，杨树林气喘吁吁地进来：没追上。然后端起茶缸一通狂饮。

杨帆看着杨树林开了口的皮鞋说，你要早听我的，还能省双鞋。

杨树林说，我听你的，你说我现在该干什么。

杨帆说，出去把鞋粘上，然后给我做饭。

吃饭的时候，杨树林把蛋糕摆到桌上。杨帆说，爸，我今天不过生日。

杨树林说，我过。

杨帆说，大人也过生日啊。

杨树林说，是人就有生日。

杨帆说，那我祝你生日快乐，爸。

杨树林鼻子一酸，低下头。

杨帆说，爸你别发呆啊，该给自己切蛋糕了。

杨树林去拿刀，杨帆问，这上面写的是什么。

杨树林拿着刀过来看，是红色奶油写的：生日快乐，行楷。还看到蛋糕盒子上印着"稻香村"。

杨树林能想像到小沈老师为买这个蛋糕排了多长时间的队，他为自己刚才的鲁莽而后悔。

杨帆不知道发生了什么，只是催杨树林赶紧切蛋糕：要不一会儿就凉了。

蛋糕被切成十二块，杨帆吃了两块，杨树林却一口也吃不下。杨帆在拿起第三块的时候说，爸，你也吃啊，吃了，生日才快乐。

杨树林拿起一块，看着，心想，要是这会儿小沈老师正坐在这间屋里和他们爷俩儿一起吃蛋糕该多好啊。正想着，蛋糕莫名其妙地掉到桌上。

杨帆嘴里蹦出一个杨树林没听过的词：啊呕！

杨树林问，什么意思。

杨帆说，没什么意思。

杨树林拿起桌上的蛋糕，蹭了一手奶油，一滑，又掉了。

杨帆又说了一个啊呕。

当晚，杨树林后悔不已，决定周一一早，就去幼儿园向小沈老师承认错误。

别人盼着周末休息，杨树林却盼着周末赶紧过去。

这是杨树林有生之年度过的最漫长的一个礼拜天。杨帆坐在十四寸三洋黑白电视机前，笑呵呵地看着《米老鼠和唐老鸭》。杨树林坐在一旁琢磨着，给唐老鸭配音的，究竟是能发出鸭子声音的人，还是会说人话的鸭子。后来看到职员表，得到答案。同时，杨树林还知道了被杨帆常挂嘴边的"啊呕"是什么意思。

这台电视是杨树林家仅有的两件日货之一，另一件是三洋录音机，一个喇叭的，单卡，两样都是杨树林和薛彩云结婚时候买的，离婚分割固定资产时，两人抓阄，杨树林抓了电视，薛彩云是录音机，后来没要，说留给杨帆以后学英语用。那时候还不抵制日货，都以用日货为荣，不像现在，嘴上说抵制，心里却趋之若鹜。

杨树林盼星星盼月亮，终于盼来了星星和月亮。安顿杨帆睡下，希望自己也尽快睡着，等醒来就可以去找小沈老师了，但是还没等睡着，就该起床了——失眠了

一宿。

第二天，杨树林把杨帆送去幼儿园。以往这个时候，能够看到小沈老师已经开始给小朋友们擤鼻涕了，但是今天看见的却是挂在小朋友们鼻子下面的两条瀑布。

杨树林看了一眼表，上班要迟到了，决定下了班再向小沈老师赔罪，就把杨帆搁下，推起自行车出了幼儿园，临行前不忘再把杨帆的鼻涕擤一下。

下了班，杨树林依然没有找到小沈老师。去园长办公室问，得到的答复出乎意料：小沈老师今天辞职了。

杨树林问，辞了职去哪上班。

园长说，她说去学习，想考大学。

杨树林问，她说为什么了吗。

园长说，说不适合现在的工作，想多学点儿东西，以后去教大点儿的孩子。

杨树林心头一紧，问，能不能告诉我她住哪。

园长说，她临走前有交代，不要把地址告诉任何人。

杨树林一下就颓了。又去问杨帆今天有没有看见小沈老师，杨帆嘴唇上蜿蜒着和别的孩子一样的两条明晃晃的小溪，说，看见了，背着包，我问她干什么去，她摸了摸我的脸就走了。

杨树林问，她什么也没说吗。

杨帆说，没说。

杨树林问，你肯定吗。

杨帆说，你用牙咬住下嘴唇。

杨树林照做了。

杨帆说，你说得出来话吗。

杨树林摇摇头。

杨帆说，这不得了，我肯定她什么也没说。

杨树林拉起杨帆的手就往家走。

走出很远，杨帆问杨树林，咱们这是干什么去。

杨树林说，回家。

杨帆说，那你忘骑自行车了。

杨树林恍然大悟：啊呕！

杨帆笑着说，爸，你也可以去给唐老鸭配音了。

回到家，杨树林坐在窗前，不无感慨地对杨帆说，儿子，被你说中了，小沈老师这阵风真的刮跑了。

杨帆当时正在看《鼹鼠的故事》，不知道杨树林的话是什么意思，怕杨树林没完没了地说下去打扰自己看电视，就说，没准儿什么时候又刮回来了。

这句话说得杨树林很舒服，他诧异地看了一眼坐在电视机前笑得前仰后合的杨帆，对这样一句话居然出自一个幼小的孩子之口，感到惊诧。

小沈老师买的蛋糕还没有吃完，杨树林用手从上面抠了一块，搁到嘴里，发现酸了。

这股酸酸的滋味在杨树林全身蔓延开，他心里想着，刚刚有了恋爱的感觉，现在又失去了，这是不是就是传说中的失恋。

接下来的日子里，杨树林感觉心里空了一块，每天都觉得好像有什么事情没办完，但那件事情却没有让他再办下去的机会了，为此，他寝食难安。好在还有杨帆，让杨树林觉得生活依然能够比较美好地继续下去。

Chapter 05

I am Your Son

一九八六年一月十七日，邓小平同志在中共中央政治局常委会上明确指出：抓精神文明建设，抓党风、社会风气好转，必须狠狠地抓，一天不放松地抓，从具体事件抓起。

　　很快，杨帆就结束了幼儿园生活。每次接送杨帆，杨树林都会想到小沈老师，想到她的一颦一笑，想到她的善良贤惠，想到她身上友谊牌雪花膏的味道，想到她还未婚，想到自己曾经距离和她凑合到一起仅几步之遥，一想到这里，便心情惆怅。现在小沈老师的位置，被一个比杨树林实际年龄大十多岁但看上去大二十多岁的女人所取代，杨帆每次都管那个人叫奶奶。时过境没迁，物是人却非，每次迈进幼儿园的大门，都是对杨树林的折磨，他觉得十分有必要停止这种折磨，提前让杨帆从幼儿园毕业，这个想法让他轻松了许多。但是，杨树林还得再折磨自己一次——回去给杨帆办退幼手续。

　　园长问杨树林退幼后杨帆怎么办，杨树林十分肯定地说，我帮助他在家自学成才。园长说，那好吧，既然离意已定，不便挽留，然后略带伤感地给杨帆办理了手续。

　　杨帆跟随着他的被褥回到家里，并没有意识到自己的生活发生了改变。当晚九点一过，杨帆就说，爸，我该睡觉了，明天还得上幼儿园呢。

　　杨树林说，今天可以晚睡一会，明天不用去了，你已经从那里毕业了。

　　杨帆说，什么叫毕业。

　　杨树林说，就是完事儿的意思，你可以开始新生活了。

　　杨帆说，那我的新生活是什么。

　　杨树林说，在家。

　　杨帆说，谁陪我玩，你?

　　杨树林说，不，爸爸要上班。

杨帆说，那就我一人儿？

杨树林说，目前是这样。

杨帆说，我害怕。

杨树林说，我会把你锁在家里的，坏人进不来。

杨帆说，我一个人玩没意思。

杨树林从包里拿出一个模型玩具，说，你可以玩它。

第二天，杨树林吃过早饭，给杨帆冲了一杯麦乳精，又在桌上摆了一袋肉松，让杨帆渴了饿了可以吃喝，又把尿盆放到屋里，说，拉屎撒尿就用这个。然后检查了煤气、用电器，确保万无一失后，摸着杨帆的脑袋说，爸爸要走了。

杨帆在床上鼓捣着玩具模型，说，爸爸再见。

杨树林拿着锁走到门外，又拿了一块三合板进来：拉完屎别忘了把板盖上。

杨帆说，知道，我不会熏自己的。

杨树林关上门，正要锁，又进去嘱咐了一句：也不能忘了擦屁股。

杨帆说，知道，我不会让自己难受的。

杨树林锁上了门，刚要走，又打开，进去挠挠脑袋，说，我忘了我要说什么了。

杨帆说，你别忘了上班快迟到了。

杨树林说，哦，想起来了，中午我回来给你做饭，想吃什么，鸡蛋西红柿怎么样。

杨帆说，不想吃鸡蛋西红柿。

杨树林说，那想吃什么。

杨帆说，西红柿炒鸡蛋。

杨树林的班上得心不在焉，车坏了好几个零件，车间主任批评了他：浪费是一种犯罪，特别是在我们社会主义建设的初级阶段。

下了班，杨树林买了西红柿匆匆赶回家。一进门，就听杨帆说，爸，我把玩具模型拆了。

杨树林说，没关系，一会儿爸爸给你装。

杨帆说，不用了，我已经装好了。

杨树林说，零件没少吧。

杨帆说，没少，还多出好几个。

杨树林走近一看，床上散落着螺钉螺母若干。

杨帆说，它好像腿抽筋了，动弹不了了。

杨树林把玩具重新组装了交给杨帆，杨帆掰了一下腿，运动自如，不禁对杨树林肃然起敬：爸爸你真厉害，还会看病。

杨树林为了让杨帆更高兴，比较谦虚地说，除了生孩子，没有爸爸不会的。

杨帆说，那你赶快学会生孩子吧，这样你就是世界上最厉害的爸爸了。

杨树林满心欢喜地给杨帆做了西红柿炒鸡蛋，还炒了茄子和扁豆，主食是米饭，给杨帆盛了一大碗，还冒尖。杨帆说，在幼儿园我都吃半碗。

杨树林说，在家可以多吃一点。

杨帆说，饮食要有规律，不能什么饮什么食。

杨树林说，暴饮暴食。

杨帆说，对，暴饮暴食。

杨树林说，你从哪学来的。

杨帆说，小沈老师说的。

本来心情良好的杨树林，现在又伤感起来，化悲痛为饭量，三口两口扒拉了一碗米饭。

杨帆说，爸你慢点儿吃，小沈老师说了，吃饭太快对胃不好。

杨树林说，以后不要再提小沈老师。

杨帆说，为什么。

杨树林说，不要问为什么。

杨帆答应得很痛快：好吧。

杨树林觉得奇怪，好像杨帆洞悉了他的内心似的，他在儿子面前的自信，像遇到风的尘土，消散了。

杨树林决定搞清楚这个问题：儿子，你为什么答应得这么痛快。

杨帆说，大人不愿意说的事情就不要问，他们肯定有不愿意说的原因。

杨树林问，谁告诉你的。

杨帆说，就是你不让我提的那个人告诉我的。

杨树林不再说什么，闷头吃饭，不时给杨帆碗里夹菜。

这时窗外的胡同里有人吆喝卖小鸡仔，杨树林觉得买只回来给杨帆做伴儿挺好的，撂下碗就出去了。杨帆听到窗外传来杨树林砍价的声音。

杨树林捧着一只小鸡仔进来，找了个鞋盒装进去，拿给杨帆：下午它陪你在家

玩。

杨帆说，这是什么。

杨树林说，鸡仔。

杨帆说，它的肉能吃吗。

杨树林说，得等它长大了，肉就多了。

杨帆问，它现在几岁。

杨树林说，还没满月。

杨帆问，它生下来就这么大吗。

杨树林指着那盘西红柿炒鸡蛋说，它刚被它妈生下来的时候就是咱们吃的鸡蛋，然后才变成现在的样子。

杨帆说，那它妈是怎么来的。

杨树林说，是它姥姥生出来的蛋变的。

杨帆说，那它姥姥呢。

杨树林说，它祖姥姥生的蛋变的。

杨帆说，那到底是先有鸡还是先有蛋啊。

杨树林说，孩子，这是人类目前尚未解决的难题。

杨帆说，爸爸，我将来一定好好学习，攻克这个难题。

杨树林拍拍杨帆的脑袋说，好儿子，天下无难事，只怕有心人。

此后，杨树林每天上班前，为杨帆和小鸡仔备好吃的和喝的，然后将他们锁在屋里。杨帆和小鸡仔度过了一天又一天，相处得其乐融融，像一对难兄难弟。杨树林看着他们每天都在成长，心想，等小鸡仔长到可以杀了吃肉的时候，杨帆就够上学的年龄了。

一天，杨树林在桌上放了一包爆米花就去上班了，下班的时候，看见屋里一片狼藉，杨帆正在教训小鸡仔，弹它脑蹦儿。原来，小鸡仔以为放在桌上的爆米花是给自己准备的，未经杨帆许可，擅自从床上蹦到桌上，津津有味地吃了起来。杨帆正在睡觉，被鸡叨桌子的声音吵醒，睁眼一看，自己的爆米花正在减少，勃然大怒，去抓鸡仔，鸡仔吃得正香，见有人来抢，叨起一粒就跑。鸡仔上蹿下跳，东躲西藏，杨帆尾随其后，穷追不舍，发誓不给它点儿厉害尝尝它没大没小。屋子里被弄得乱七八糟，其中写字台上还留下鸡仔在逃窜过程中拉的一泡屎。这更惹恼了杨帆，觉得一定得让鸡仔为它随地大小便付出代价。最终还是杨帆获胜，将小鸡仔攥在手里，从它嘴里夺回那粒爆米花。杨树林问，然后呢。杨帆说，然后我给吃了。

这件事情让杨树林重新思考了杨帆和小鸡仔的关系。听说被狼叼走的小孩，和狼居住久了，慢慢就有了狼的习性，成了狼孩儿，杨树林不愿意看到同样的事情发生在自己儿子身上，觉得长期把杨帆和一只鸡关在屋里也不是个办法，但把杨帆一个人锁在屋里也不妥，近一段时期，电视上经常介绍说，中国的第一拨独生子女已经到了性格发展的关键阶段，因为没有兄弟姐妹，很容易造成性格孤僻，专家建议，要多让孩子加入到集体活动中，切忌离群索居，独善其身。

杨树林关上电视，思考了一会儿，严肃地问杨帆：爸爸把你送去上学怎么样。杨树林觉得，既然杨帆已经从幼儿园的环境出来，就没有必要再二进宫，不如早点儿去上学，跟得上就上，跟不上重读，反正不耽误什么。听说科技大学开了个少年班，都是十二三岁的大学生，说不定杨帆还能有幸成为其中的一员。

杨帆说，我不是已经毕业了吗。

杨树林说，你只是从幼儿园毕业了，现在去上小学，以后还要上中学、大学，甚至研究生。

杨帆说，原来是这样，我还以为你要永远把我锁在屋里，永远让我蹲盆拉屎呢。

杨帆的岁数距离入学年龄还差一岁，而且现在已经是十月份，学校开学快两个月了。按正常手续，杨帆要到明年九月才能入学，但杨树林怕杨帆一个人在家呆到那时候等孤僻了再纠正就晚了，于是托关系找门路，力争让杨帆早日坐到教室里。

杨树林插队的时候有个女同学，恢复高考后考了一个师范大专，毕业后分到离杨树林家不远的小学当了班主任。一天，杨树林在菜市场买菜的时候碰见这个同学，两人忆苦思甜了片刻，然后聊到十一届三中全会后的新生活。女同学问杨树林的孩子多大了，杨树林说五岁了，女同学可能只是随口一说：等孩子上学的时候需要帮忙就找我。但杨树林没有随耳一听，给当了真。没过几天，杨树林拎着一盒桂香村的桃酥和一包吴裕泰的茶叶去学校找那个女同学，讲明来意。女同学说不太好办。杨树林放下手里的东西，说，都是为了祖国的下一代。女同学让杨树林把东西拿回去，不用客气，她毕竟不是校长，只能试试看，她担心的是，bpmf 都学完了，马上该学 ang、eng、ing、ong 了，怕杨帆接不上。杨树林说，没事儿，有枣没枣打一竿子，万一有意外的惊喜呢。

女同学把杨帆安排到自己的班，恰好班里有一个叫李大伟的同学转学了，便让杨帆坐到他的座位上，并嘱咐杨帆暂时冒名李大伟，等以后有机会，再给杨帆注册。

　　杨帆背着新书包，穿着一双白球鞋，兜里装了五毛钱，坐在自行车的大梁上，由杨树林送到学校，交给那个女同学，即成为杨帆班主任的王老师。

　　因为未经学校批准，所以王老师没有大张旗鼓地在班上介绍杨帆，让杨帆很低调地坐到座位上，开始了人生的第一堂课，王老师的语文课。

　　这节课学的是拼音，王老师拿了一摞纸板，上面用拼音写了一些词语和短句，让从第一排的同学开始，一个一个往后说。

　　看着天书般的声韵母，杨帆不明白为什么身边这群和他差不多大的孩子竟然能够看出是词语和短句。他瞪大眼睛，使劲看了看，还是什么都看不出来。心想，难道你们个个火眼金睛。又看了看身边人，并没有从他们的脸上看到猴子的特征，也没发现屁股长了尾巴的迹象。

　　这时候轮到杨帆了，杨帆站起来，重心还没站稳，王老师挥挥手说，坐下吧，李大伟。

　　杨帆没听懂王老师的意思，心想，老师记性真差，明明早上刚告诉她我叫杨帆，现在却管我叫李大伟。但杨帆看得懂手势，便坐下了，心想，下回不能再这么丢脸了。

　　老师让学生念的这些拼音是上节课刚刚教过的，等于复习了一遍。接下来老师又教了一些新的拼音，然后下课铃就响了。

　　王老师说了一声，下课。不知道从什么地方冒出一个孩子的声音，起立。全班同学很不整齐地站了起来，杨帆觉得自己坐着有点儿说不过去，也站起来。老师没头没脑地说了声，同学们再见。没想到那些人又很不整齐地喊了一句：老师再见。等杨帆意识到自己也该跟着喊的时候，这帮人已冲到教室外了。

　　男生们分成两拨，撞拐，左腿架在右腿上，用手抱住，单腿蹦着向对方撞去。在一片哎哟声中，一些人纷纷落腿，个别人摔了屁蹲儿。女生们凑在一起，跳皮筋，小皮球，香蕉梨，马兰开花二十一，二八二五六，二八二五七，二八二九三十一……

　　杨帆一个人呆在教室里，觉得没意思，决定去上趟厕所，给自己找点事儿做。闻着味儿就找到了厕所，几个大点儿的孩子正在里面抽烟。其中一个小寸头在杨帆掏小鸡鸡的时候问他，喂，小孩，有钱吗。杨帆摇摇头。这是他第一次撒谎成功。

　　第二节还是语文课，站在讲台上的还是王老师。刚才都喊过再见了，杨帆以为怎么着也得明天才能见到，没想到才过这么一小会儿她又出现了，让刚才的那句再见成了空话。

王老师接着上节课的讲，讲了半天杨帆一句也听不懂的东西后，拿出一摞新纸板，让同学们练习拼音：我爱北京天安门；运动场上开运动会；花篮的花儿香，让我来唱一唱；从南边来了个哑巴，手里拎着一个喇叭。等等。依然是一人一张，后面的人拼下一张。

王老师好像故意从远离杨帆的这边开始。杨帆决定，这次无论如何不能站起来一言不发就坐下了。一共十张纸板，拼完这十张，接着从第一张拼起。杨帆摸清了纸板的排列规律，迅速数了自己前面有几个人，然后预测到自己该说哪张。

等到了杨帆的时候，前面的同学刚坐下，杨帆就站起来，不等老师将下一张纸板亮在众人面前，就说，没有共产党就没有新中国。

全班哄笑。

老师转过纸板看了看，一脸无奈。

同学们还在笑，经久不息。

杨帆心想，反应快一点儿都不可笑。

王老师示意杨帆坐下，让后面的同学拼，他拼出的是，动物园里有动物。

杨帆觉得自己受骗了。前面两轮都是"吐鲁番的葡萄大又甜"后面就是"没有共产党就没有新中国"，再下一张才是"动物园里有动物"。

这时候旁边一个女生小声告诉杨帆，老师没按顺序翻。

显然，不是就杨帆一人发现了老师前两轮的规律，但只有杨帆没有发现规律被打破了，这次老师一下翻了两张。

杨帆立即对语文课没了兴趣。

下了一二节课，是课间操，杨帆跟着他们在操场上一通蹬腿伸胳膊扭腰撅屁股，然后回到教室做眼保健操，一个个子高一点的女生——每次老师喊完上课下课都是她接着喊起立——站在讲台上，领着大家做。广播里让把眼睛闭上，但好像除了她，所有人都睁着眼睛，只有当老师走到面前的时候，才眯上眼睛，等她走了又睁开。杨帆学着别人的样子，也找不准穴位，就是瞎揉。最后一节操，叫干洗脸，当杨帆从喇叭里听到这个名字的时候，心想，坏了，忘带香皂了。

数学课同样上得很郁闷。数学老师一上课就问李大伟为什么没交作业，没人理她。老师提高嗓门：李大伟，我问你话呢。还是没人理她。老师怒了，她还没认清班上的人，拿出座位表，找到李大伟的名字，然后直奔杨帆而来：为什么不回答我

的问题。

杨帆心想，李大伟没交作业关我屁事儿，我才不替他背这个黑锅。

老师瞪着杨帆。杨帆无动于衷，以沉默抗议对老师张冠李戴的不满。

见杨帆理直气壮，老师觉得如果依然对抗下去而无法撼动杨帆的话，那么被撼动的将是自己的威信，于是给自己找了台阶：你等下课的！

数学老师对自己的神圣地位受到侵犯耿耿于怀，讲起课来心不在焉，差点把三加六等于八教给同学们。

下了课，数学老师带着杨帆去了王老师的办公室，把杨帆刚才的所作所为复述了一遍。王老师见真相败露，只好实话实说。好在两位老师关系尚可，数学老师答应让杨帆先跟班这么上着。

数学老师走后，杨树林来接杨帆，听王老师说了上午的事情。

杨树林问杨帆，为什么叫你李大伟的时候不答应。

杨帆说，又不是叫我干吗答应。

杨树林说，不是告诉你你叫李大伟了吗。

杨帆回忆了一会儿说，好像是有这么一回事儿。

杨树林说，以后别的老师再叫李大伟，就是在叫你，知道了吗。

杨帆说，李大伟知道了。然后问杨树林，那我还管你叫爸爸吗。

杨树林说，当然了，你一辈子都得管我叫爸。

第一日学校生活结束后，杨树林问杨帆，上学第一天有什么感想。

杨帆很严肃地说，这里一点儿都不好玩。

接下来的日子里，杨树林每次去接杨帆，都会从老师那里听到各种关于杨帆的事情。

数学课上，老师教大家十以内的加减法，除了杨帆，全班同学都会了。数学老师循循善诱，问杨帆，如果教室里一共有五个人，其中一个是老师，这时候老师走了，那么还剩几个人。杨帆说不知道，老师让他再好好想想，可以拿手指头比划。杨帆还是不知道，老师吓唬杨帆说，如果你算不出答案，放学就不让你回家。杨帆使劲想了半天，最后说，一个人也没有了。老师问为什么，杨帆说，不信你就试试看。

杨树林听完，说，回家后我给他补习，让他脱胎换骨。

过了些日子，王老师又告诉杨树林，美术课上，老师让学生们自由创作，把今天上学路上看到的东西画下来，可以有想像的成分。杨帆交上去的是一张被涂黑的纸，老师问他画的是什么，杨帆说，我今天上学路上坐在爸爸的自行车上睡着了，是闭着眼睛睡的，画的就是我眼前的一片漆黑。

杨树林听完说，我保证下回送他的时候，绝对不让他再睡觉了。

没过几天，杨树林又听说，音乐课上，老师教同学们唱歌：唆唆唆咪唆，唆叨拉唆唆，拉唆拉唆咪唻，咪咪唻叨叨唻。唱了两遍，老师问谁会唱了，杨帆自告奋勇，老师觉得杨帆学得真快，让他到前面来唱，杨帆走到讲台上，胸一挺，头一扬，放声就唱：唆唆唆咪唆，土豆炒辣椒，你爸爸爱吃你妈不给炒，你爸一掐腰，你妈一蹦高，两口子吵架我来看热闹。

杨树林说，回去我一定教育他五讲四美三热爱，不让他把民间文化带进课堂。

又过些日子，区教育局来学校考察工作，到班里听数学课。为了这次工作检查，数学老师把要讲的课程提前在班里练习了一遍，还安排了同学回答问题，预先告诉了答案。检查当天，领导们坐在教室过道和后排的空当，做着记录。前半截课上得十分顺利，临下课前，数学老师提出那个已经演练过的问题，问谁会就举手回答。之前安排的那个学生，身边坐了一个领导叔叔，一紧张，把答案忘了。老师又问了一句谁会请举手回答，还有意看了这个学生一眼，从他的表情中得知，完了。就在老师正为彼学生临阵脱逃而不知道该如何救场的时候，杨帆挺身而出，举起了手。老师以为之前演练的时候，杨帆记住了答案，心中暗喜，别看这小子平时稀里糊涂，关键时刻还是经得住考验的，便笑逐颜开，让杨帆来说。杨帆站起来，抹了一把鼻涕，清了清嗓子，指着斜前方某学生座位底下说，老师，那有一帽子。领导们大笑。

杨树林听完数学老师义愤填膺的复述后，给老师赔了不是，然后把杨帆带回家里教育：以后遇到这种事情等下了课再说。

杨帆说，本来我想下课说的，我也不愿意当着那么多人发言，可老师以前说过，捡到东西及时交公，斗争了半天，我才举手。

杨树林三天两头会听到杨帆的槽糕表现，有时候几天没听到老师告状，便会问老师，杨帆这两天没旷课吧。

到了升二年级的时候，鉴于杨帆的这些表现，王老师说，看来只能让杨帆重新上了。

杨树林说，能不能跟着这个班再继续上，说不定三四年级的时候就豁然开窍了。

王老师说，一年级的东西都没学会，到了二年级更跟不上了，等三四年级发现

还什么都不会的时候就晚了。

杨树林说，那好吧，只能让他继续在一年级打基础了。

杨帆并不觉得留级可耻，沾沾自喜对杨树林说，爸，这回我可给你省钱了，不用再花钱买课本了。

杨帆随着同龄人再次入学，这一年上小学的还有鲁小彬、冯坤、陈燕。他们书包里的课本都是崭新的，杨帆的课本因为用过一年了，但没怎么学，所以也有九成新。他和别的孩子由家长亲自送到座位上不同，他在学校门口告别了杨树林，唱着儿歌，轻车熟路地进了校门：太阳当空照，花儿对我笑，小鸟说早早早，你为什么背上炸药包，我去炸学校，校长不知道，一拉线我就跑，炸了学校我就解放了。

学校召开了一次隆重的开学典礼，校长在领操台上激情澎湃地说：希望本校的小同学们好好学习，天天向上，发扬女排五连冠的精神，团结拼搏，一往无前、永不言败，振兴中华——当然，我指的是在学习和生活上，这种精神不能用于打架斗殴。此外，我们还要远学保尔·柯察金，近学中国张海迪，不甘心命运摆布，逆境中求生存，为早日把我国建设成富强民主文明的社会主义现代化国家而努力奋斗！

然后是升旗仪式，五星红旗在义勇军进行曲的伴奏下，冉冉升起。高年级同学右手举过头顶，杨帆也模仿，被老师拎住胳膊：放下，你还没这个资格。

一旁二年级的同学看见杨帆，相互议论说：那不是咱们班李大伟吗。

教室的黑板上方，贴了九张纸，每张纸上一个字，连起来看就是：为中华之崛起而读书。杨帆只认识"中"和"书"，"书"是他去年学的，"中"早就认识，麻将里有。所以杨帆并不知道每天贴在他们头顶的这句话的意义，同样让杨帆陌生的还有教室两侧墙上贴的名人，除了一个头发上包了一块布，留了两绺胡子的中国古人和一个近代穿军装戴棉帽子的小伙子外，剩下的都是外国人，有的胡子拉碴，有的男的烫发，还有一个中年妇女混在其中，叫什么里夫人。杨帆对他们是谁、干什么的并不关心，只是不知道校长是否经过人家同意，就把他们贴在上面。

老师在课上告诉学生们，要好好学习，这样才能成为对国家和社会有贡献的人，才能像墙上那些人一样，被后人瞻仰。杨帆并不想以后让人仰脖看，老师的话提不起他的兴趣，他趴在课桌上，盼着早点下课，好和鲁小彬去撞拐，这回一定要把他撞倒。

下课的铃声，就像解放的炮声，为杨帆带来了自由。他第一个冲出教室，鲁小彬尾随其后，两人在教室门口拉开架势，左腿搭在右腿上，用右手抱住，一蹦一蹦向对方撞去。

这项活动已经持续了半个月之久，鲁小彬因为父母溺爱和营养过剩，身体比同龄人粗一圈，每当有人向他撞去的时候，都感觉撞到一面墙上，被弹回来后，基本都人仰马翻。杨帆多次败给鲁小彬后，总结了经验教训，今天要再决雌雄。

杨帆蹦到鲁小彬面前，并没有正面强攻，而是绕到鲁小彬身后，鲁小彬转过身，杨帆再次蹦到他身后，鲁小彬又转过身，杨帆又蹦回来，就这样在鲁小彬面前蹦来蹦去。鲁小彬蹦几下累了，便不再动弹，金鸡独立站在原地说，你丫还撞不撞啊。话没说完，就感觉支撑腿的关节被撞了一下，一软，失去平衡，腾空腿便着了地。

鲁小彬不服，说再来一次。杨帆说来就来。刚才的一幕被一个去上厕所恰巧路过的四年级学生看见，他拦住鲁小彬，要自己和杨帆撞。杨帆说，撞就撞，然后架起腿，蓄势以待。

杨帆和这个四年级的学生在身体、力量、灵巧度上旗鼓相当，酣战了十几回合后，不分上下。这时候打上课的预备铃了，学生们该进教室坐好等待老师上课了，四年级着急了，如果连一个一年级一打一蹦高的小豆包都撞不赢，以后还怎么在四年级混啊，在一年级也混不开啊，想到这里，他在身体和杨帆接触的时候狠狠推了杨帆一把。杨帆咕咚一声倒在地上，说，你耍赖。四年级说，放你奶奶的狗臭屁。伙同围观的其他四年级嘲笑杨帆：给他一大哄噢，啊后啊后；给他一搓板噢，打死没人管噢！然后转身离去。

杨帆从地上爬起来，从容地掸掸身上的土，捡起墙角的半块板砖，悄无声息地走到四年级的身后，说了一句，我操你妈的，然后把板砖拍到了他的后脑勺上。之前杨帆并没有说过这句话，也不理解它的字面含义，偶然间在某个场合听某人说过便记住了，只知道在这种规定情景下，该说这句话了，便说了，语气也恰如其分。这就叫语感。

四年级的学生哇的一声哭了。他也不知道自己为什么要哭，和语感一样，是直觉，身体的本能反应，属生理范畴。

杨树林作为肇事学生家长，被叫到学校，赔偿了四年级的医药费、营养费、影响课程进度补偿费，还签署了一份如果四年级今年蹲班的话，要负担他重读的学费的承诺书，然后领着杨帆回家了。

回家后，杨帆以为杨树林会暴风骤雨，没想到他风平浪静，和颜悦色地说，打

别人不好，但被别人打更不好，如果只有这两条路要走，能不走更不好的就不走。

撞拐事件的后果是，学校禁止学生在校内进行这项活动，说它太具进攻性，不适合作为课间活动开展，提倡学生们多进行跳皮筋、丢沙包、慢跑等活动。同时被禁止的还有弹玻璃球，因为具有赌博性质。

此后一段时间里，杨帆成为众人瞩目的焦点，因为他把一个好玩的东西——陀螺，带到了学校。杨树林是车工，找了一块木料，给杨帆车了一个陀螺，底端挖了一个小眼儿，安了一个滚珠，并配备一根鞭子。课间的时候，杨帆把陀螺放到水泥地上抽，总能吸引一群人。

经常有同学说，给我抽两鞭子吧，我拿糖和你换。这时杨帆就把鞭子交到这个人手上，同时从他手里接过糖，站在一旁剥开糖纸，把糖块含在嘴里，甜蜜地看着自己的陀螺带给大家的快乐。

但好景不长，没过多久，杨帆就吃不到糖了，都进了鲁小彬嘴里。老师不让杨帆把陀螺带到学校了，理由是，整天带个鞭子上学成何体统，你又不是赶马车的。而这个时候，鲁小彬从鲁厂长那里得到一支英雄牌金尖钢笔，带来学校显摆。对于才开始用铅笔写字的小学生来说，一支钢笔的诱惑，就像坐了一辈子马车的人想坐趟火车那般强烈。有人想拿它写个字，鲁小彬说那你得给我一块糖，于是他们自认为等价的交换开始了。那段时间，鲁小彬的嘴里总是甜甜的，说话都有味儿了。别人说他口臭，他说准确的说法应该是口甜，水果味儿的。

曾经众人簇拥的生活，很让杨帆怀念。他想从杨树林那里得到一支英雄金尖钢笔，杨树林的答复是，不就是钢笔吗，只要你小红花数量全班第一。

买英雄金尖钢笔对杨树林是一件很有挑战的事情，小红花全班第一对杨帆同样具有挑战性。

杨帆站在教室后墙下，望着墙上的小红花排行榜，心里第一次滋生出一种叫做嫉妒的情感。在别人名字上面小红花茁壮成长的对比下，杨帆的小红花显得有些营养不良，海拔全班最低。这意味着杨帆是回答老师问题最少的学生，倒不是不会，而是觉得没必要举手抢着回答，干吗啊，表现给谁看啊，自己会就得了，何必靠这种方式讨好老师。杨帆那几朵仅有的小红花，也是老师指名道姓让他回答的，否则小红花数将等于一九八四年前中国体育代表团在奥运会上的金牌数。

想多得小红花，又不想改变做人的原则，杨帆很痛苦。最终他决定，做人的原则就像国家和集体的利益，小红花、钢笔、吃糖则像个人利益，前者远远高高在上于后者。所以直到一年级结束，杨帆的钢笔梦也没有实现。

这年暑假，杨帆挨了人生中的第一个嘴巴，该嘴巴的实施者是杨树林。

杨树林所在工厂组织员工去北戴河旅游，第一拨去的是厂长、车间主任等领导，说是要本着对员工负责的精神，他们先去考察一下。

考察的不只有领导，还有领导家属，鲁小彬背着装满零食的书包，和鲁厂长踏上了开往北戴河的列车。

没有去北戴河的杨树林，每天坚守工作岗位，把杨帆一个人留在家里，给他脖子上挂了一把铝制的钥匙，允许他去外面玩。当时的北京，马路上没有这么多车和坏人。杨树林告诉杨帆，有了钥匙，你就是这个家的主人了。在接过钥匙的那一刻，杨帆觉得异常神圣。后来当老师问毛主席是从什么时候开始领导中国人民当家做主人的，杨帆说，是从他爸给他脖子上挂了一把钥匙开始的。

杨帆的暑假生活就是每天做一篇《暑假生活》，然后随便找点什么东西玩。有时候他会跟胡同里的小朋友比赛，看谁吹的大大泡泡糖的泡泡大。有一个小朋友吃了三块大大，吹出一个比脑袋还大的泡泡，杨帆在一旁给他加油，他猫着腰，撅起屁股继续吹，小肚子一瘪一鼓，脸憋得通红，泡泡吹得差不多跟气球一样大了。杨帆担心地说，别吹了，再吹你就飘起来了。小朋友一害怕，吹猛了，泡泡破了，蒙了一脸。杨帆说，你可以去抢银行了。

还有一次，杨帆和这个小朋友粘蜻蜓，他们从一个上了初中的孩子那里弄了点儿橡胶奶嘴熬的胶，抹在一竹杆上，满大街找蜻蜓粘。两个人笨手笨脚，还没等把杆伸过去，蜻蜓就飞走了。那个初中的孩子已经粘了一网兜了，他俩还颗粒无收。后来终于有一只蜻蜓落在杨帆的脑袋上了，那个小朋友让杨帆别动，他蹑手蹑脚地把抹了胶的竹竿向杨帆的脑袋伸去，结果蜻蜓粘住了，杨帆的头发也粘住了，蜻蜓被粘住后乱扑腾，小朋友为了不让煮熟的鸭子飞走，把杆在杨帆脑袋上蹭来蹭去，最终蜻蜓难逃胶网，杨帆的头上也胶痕累累。杨帆用手捣斥头发，越梳越粘。小朋友说，把那块剪了就不粘了。杨帆就回家剪了。剪完一照镜子，太难看了，像动物园里毛没全脱干净的猴子。小朋友说，全剪了吧，反正也放假了，等开学的时候就长出来了。杨帆觉得是这个理儿，就坐在马扎上，把剪子给了小朋友，让他主刀。小朋友差不多是一根一根剪干净的。剪完光头，杨帆照着镜子问小朋友，变化大吗。小朋友仔细看了看说，我都不认识你了。杨帆说，有那么大吗。小朋友说，有，就

好像从小叶子变成了一休哥。这时候杨树林回来了，一推门看见一个光头，连忙说，对不起，走错了。杨树林退出门看了看，门牌号没错，又进了屋问：小朋友，你走错门了吧。杨帆叫了一声爸，杨树林这才恍然大悟，说，你怎么搞的，不过这个夏天你倒是凉快了。

这天，杨帆晃动着他明晃晃的脑袋在胡同口等着换北冰洋汽水的来，走过一对父子，杨帆觉得眼熟，看背影，从走路姿势上认出是鲁小彬。杨帆喊了一声，鲁小彬一回头，认出杨帆，走过来说，是你啊，你要去少林寺找李连杰吗，你不上二年级了？杨帆说，我想去，可是太远了，等开学我就有头发了。然后看着鲁小彬黝黑的脸问，你怎么这么黑啊，几天没洗脸了。鲁小彬说，我天天在海水里洗脸，我这是日光浴的结果。杨帆注意到鲁小彬拎着一个网兜，里面装满长了好多只脚的壳类东西，还散发着腥味。以前杨帆在电视上看过，知道那叫螃蟹，但是不知道什么滋味。鲁厂长走过来，拍拍杨帆的光头说，晚上来找小彬吃螃蟹吧。

杨帆是跟着几只房上的猫闻着腥味到了鲁小彬家的。煤气炉上正坐着一个大铝锅，冒着热气。鲁小彬坐在桌旁，面前摆了一个盛着醋和姜末儿的碗，看见杨帆，说，你来了，快洗手吧。

杨帆知道洗完手意味着什么，他接受过不要随便吃人家东西的教育，但是幼小的心灵抵挡不住锅里冒出的气味的诱惑。同样被诱惑的还有几只瞪着或黄或蓝眼睛的猫，它们谨慎地在鲁小彬家门口徘徊，畏惧地望着多日未刮胡子的鲁厂长，不敢越雷池半步。

鲁小彬又催了一遍：快洗手吧，一会儿就出锅。

杨帆觉得他是在胃的带动下走到脸盘旁的。把手浸在水里的时候他还在想，现在把手撤回来是否还来得及。可是鲁小彬又说话了，多打点香皂，就不会把细菌吃到肚子里。

这时候鲁厂长掀开锅盖，对杨帆而言，那袅袅升起的不是蒸汽而是幸福，是幸福把香皂放到了他的手里。

鲁小彬说，别磨蹭了，螃蟹都上桌了，你也赶紧上桌来吧。

杨帆从脸盆里捞出手，鲁小彬说，擦手用架上左边的毛巾，右边的是我擦屁股的。

擦手的时候杨帆想，这时候我扭头回家会怎样呢。虽然和螃蟹擦肩而过，但也错过一次犯错误的机会。可是没吃螃蟹就不犯错误吗，当时杨帆的心理活动用成人的方式表述的话就是，尽管只是洗手，螃蟹还没有吃进嘴里，已无异于坏事还没干，但是把裤子脱了。犯罪动机都有了，已经不是好孩子了，索性破罐破摔吧。想到这里，杨帆义无反顾地坐下了。

吃上以后杨帆就没有后悔过，甚至责备自己为什么刚才坐的时候不坚决一些，还差点儿被自己动摇了，那么人生第一次品尝到这种人间美味的时间就不知道要推迟到什么时候，跟谁也不能跟螃蟹过不去啊。

在鲁小彬的指导下，杨帆打开了螃蟹盖儿，指着一块橙红的膏状物问鲁小彬，这能吃吗。

鲁小彬异常兴奋地说，母的，就这东西才好吃呢。

杨帆一共吃了两个螃蟹，吃得十分惬意。盘子里已经没有了，他知道锅里还有，看出鲁厂长没有再往外端的意思了，便很懂事地说，不吃了，给阿姨留着吧。

鲁厂长说了一句让杨帆不知如何是好的话：想吃你就自己去锅里拿。

杨帆衡量了一番，昧着良心说，不了，已经很够了。您慢慢吃，我回去了。

鲁厂长觉得刚才自己的话有失厂长风度，太狭隘，便把桌上几个没吃的螃蟹钳子塞进杨帆的兜里，说，带上回去吃。

杨帆不带，鲁厂长脸一拉说，你要不带叔叔可生气了。

鲁小彬也说，你就带上吧，回去的路上要是没劲的话可以掏出来吃。

鲁厂长补充说，也可以带回去给你爸尝尝。

杨帆揣着几个螃蟹钳子回到家，一进门，杨树林吸了吸鼻子说，你身上什么味啊。

杨帆从兜里伸出手说，爸，你看这是什么。

杨树林瞟了一眼也没认真看：钳子，你干什么活儿去了。

杨帆说，不对，是螃蟹，可好吃了，鲁叔叔让我带给你的。

杨树林问，你去他们家吃螃蟹了。

杨帆说，对，我吃了两只，他还让我把这些带给你尝尝。说着从兜里一个一个往外掏。

还没掏干净，杨帆就感觉自己脸上被钳子夹了一下。杨树林的巴掌在他眼前呼啸而过，杨帆手里的螃蟹钳子掉在地上，杨树林跺上一脚，声色俱厉：以后不许吃别人家东西，更不许带回来！

杨帆长这么大，第一次知道了什么叫恐惧，眼前的杨树林像个陌生人，狰狞的

表情把杨帆吓哭了，泪水像决堤的河水，夺眶而出。

杨帆撕心裂肺的哭声传出屋子，在院子里回荡。

一个正在王婶家调查工作的片警儿听到哭声，下意识地把手伸向腰间，说了一句：有情况！

王婶从容不迫，说，不用大惊小怪的，肯定是杨帆又遭他爸虐待了。

片儿警问这种事情是否屡屡发生。王婶想了想说，如果几天没听着杨帆哭，我就会觉得世界怎么突然之间安定团结了。片儿警说父亲有权利对儿子行使家庭教育，我也没法儿管。王婶说，不是亲生儿子怎么着都不行，要是亲生的，他能这么打啊。片儿警说，您怎么知道的。王婶说，这世界上有我不知道的事情吗。片儿警说，甭管知不知道，别人家的闲话都少说，不利于街道秩序的稳定。

这晚杨帆哭了很久，直到把那两个螃蟹消化得差不多的时候才停止哭泣，自己刷了牙洗了脸，躺下睡觉。

平时对杨帆关怀备至的杨树林刚刚是在尊严的指使下，才对杨帆大打出手。看着杨帆赤裸着瘦小的身体，蜷缩着躺在凉席上，杨树林对刚才自己的举动很后悔，其程度不亚于司马懿得知自己面对空城没有进去。杨树林为杨帆放下蚊帐，在他身边躺下，杨帆往里挪了挪身子。

让杨帆不明白的是，为什么他给杨树林带回螃蟹，杨树林还要打他。

杨树林也觉得，杨帆还小，不会明白自己为什么要挨打。

挨了一巴掌后，杨帆很久没有和杨树林说过话。每天早上杨树林做完早饭摆在桌上去上班，杨帆直到杨树林出了家门才起床，知道桌上的饭是杨树林做的但也拿起来就吃。在杨树林下班前，杨帆关掉电视，重新躺回床上，保持着和杨树林出门前的那个睡姿。杨树林进了门，看杨帆和自己出门前没变化，但桌上的饭没了，一摸电视还是热的，便不再担心杨帆会睡傻了。到了晚上，杨树林会自动把电视调到动画片，自己去外屋做饭，哪怕是煮面条，也要等到动画片演完才做好。

这样的僵局持续了一个星期之久，直到被一台任天堂游戏机打破。

一天杨帆觉得杨树林快回来了，便上了床，脸冲墙。一会儿杨树林回来了，把什么东西撂下了，然后开始鼓捣，还打开电视，在弄出一声杨帆熟悉的《魂斗罗》的声音后出了屋。

杨帆转过来一看，桌上摆了一台他向往了许久的任天堂游戏机，上面插着一盘十二合一的卡。

　　杨帆往屋外看看，没有看到杨树林，便拿起手柄，按了上上下下左右左右，调了九十九条命的魂斗罗。打到第一关关底的时候，杨树林突然进屋，用和往常一样的语气问杨帆：面是吃打卤的还是芝麻酱的。

　　嘴巴的疼痛杨帆早已忘得一干二净，他说，我已经在精神上得到了极大满足，物质上就随便吧，不吃都行。

　　饭后，父子二人和好如初，杨树林刷完碗筷，在杨帆身边坐下，拿起另一个手柄，协同杨帆并肩作战。

　　这晚杨帆多次评价杨树林：你真笨，又没命了吧。

　　暑假结束前的一天，杨帆从外面玩回来，一进院门就闻到一股似曾相识的味道。房上盘踞着几只猫，提醒了他这是什么味道。杨帆咽了一口唾沫，冲进家门。

　　和预料中的一样，家里的煤气炉上坐了一个正蒸发出诱人气味的锅，杨树林在一旁切着姜。杨帆做了一次深呼吸，向脸盆走去，做美餐前的准备：洗手。

　　在杨帆的望眼欲穿下，冒着热气的螃蟹终于呈现在他面前。此时此刻杨帆的内心，像秦始皇看见荆轲打开燕国的地图没有拔出匕首之前那般激动、幸福、喜悦。

　　在杨帆向螃蟹伸出小手的同时，杨树林说，别人家孩子能吃上的东西，你也能吃上，现在你可以把鲁小彬叫来和你一起吃。

　　墙上的表响了六下。此时是一九八七年八月二十八号下午六点。当时的北京，吃一个螃蟹并不是件很容易的事情。

　　吃螃蟹这件事情在杨帆的生活中占据了极其重要的地位，当上了四年级老师开始布置写日记的时候，因为没有别的可写，杨帆第一个礼拜的七篇日记中的三篇都和螃蟹有关，老师看完写给杨帆的评语是：你家生活条件够优越的。

Chapter 06

I am Your Son

一九九〇年八月二十二日上午八时零四分，中共中央总书记江泽民同志大步登上天安门广场南端的点火台，在红地毯上用取自念青唐古拉峰下的火种，点燃了第十一届亚运会的第一支火炬。

　　随着生理和心理的发育，一个以前被忽略的问题出现在杨帆的意识中。他思考了许久，终于在一次晚饭后开了口，问杨树林，咱们家是不是少点什么？

　　杨树林收拾着残羹剩饭说，别着急，等年底奖金发下来，加上以前攒的，就能买一台单开门的雪花冰箱了。

　　杨帆说，我说的是有生命的东西。

　　杨树林说，你想养猫还是养鸟。

　　杨帆说，我说的是人。

　　杨树林大吃一惊，心想，杨帆不会这么小就让我给他娶媳妇吧，都怪自己平时没有对杨帆进行正确的思想教育。

　　杨树林说，我没明白你的意思。

　　杨帆犹豫了一下说，我妈呢。

　　杨树林如实招来：我也不知道她去哪儿了。

　　杨帆说，别人都两个家长，我怎么就你一人。

　　杨树林看出杨帆对家庭成员不足而产生了疑问，之前他忽视了向杨帆解释这一现象的必要性，不过杨帆自己提出问题更好，这样才能加深对该问题的认识。

　　杨树林说，你知道什么叫离婚吗。

　　杨帆摇摇头。

　　杨树林说，离婚就是离开了婚姻，就是分手，相当于你和小朋友闹矛盾了，谁也不理谁了，我和你妈就是这样。

　　杨帆说，你俩都是大人了还不知道互相谦让，还要闹矛盾。

　　杨树林说，大人之间的矛盾更是不可调和的，国家之间的矛盾都能导致用飞机大炮打来打去。

　　杨帆说，那我就永远见不着她了？

　　杨树林说，不好说，就看她愿不愿意见你了。

　　杨帆说，也不知道她现在生活得怎么样。

　　杨树林说，你想和她一起生活吗。

　　杨帆说，你要对我不好，我就跟着她过。

　　这次谈话过去不久，在上个问题的基础上，杨帆的问题升级了。他问杨树林：我是从什么地方出来的。

　　杨树林说，你妈的肚子啊。

　　杨帆说，谁把我放进去的。

　　杨树林说，我啊。

　　杨帆说，你怎么把我放进去的。

　　杨树林一时语塞。如果如实回答，他张不开嘴，也怕杨帆过早接受这些信息后沉迷其中而耽误学习。如果随便编个理由搪塞过去，怕杨帆从此愚昧无知下去影响人类文明的整体进程。

　　杨树林故弄玄虚，说，这个过程很有意思，你现在好好学习，等考上了大学，我详细给你讲解。杨树林知道，不用等到杨帆上大学，过几年他自己就明白怎么回事了。

　　杨帆和杨树林对于薛彩云的到来都没有准备。一天吃完晚饭，杨帆出去玩，杨树林在家看《新闻联播》，听见敲门，窝在藤椅里喊了一声：进来。

　　但是敲门的人没有进来，继续敲门。

　　杨树林趿拉着拖鞋下了地，拉开门。门外站着一个烫着头发一身时髦装束夜色也无法遮盖其浓妆艳抹的女子。杨树林友好而礼貌地问，您找谁。

　　女子张开被口红覆盖的嘴唇说，我是薛彩云。

　　杨树林在记忆中搜索了这个名字，当这个名字渐渐清晰的时候，杨树林又试图在眼前这个女人身上寻找曾经熟悉的东西，最终定格在左耳垂的痦子上。这个信息证明女人没有瞎说，杨树林有些惊慌地伸出右手：你好。

　　女人也伸出右手，在杨树林的掌心里搭了一下便收回去，以一种听不出语气的语气说：你好。

杨树林让开身：快屋里坐。

薛彩云跟着杨树林进了屋，杨树林搬了一把藤椅放在薛彩云面前，然后去拧电扇，让它对着薛彩云吹。

杨树林光着膀子，穿着大裤衩，去给薛彩云倒水。薛彩云说，你还是先把衣服穿上吧。

杨树林进了里屋，套上件背心，倒完水放在薛彩云面前，说，你还能找到这里。

薛彩云说，还怕你搬家了呢。

杨树林问，挺好的你。

薛彩云说，还行。

杨树林找不到要说的话了，坐在一旁很尴尬。

薛彩云说，这次我来是和你商量件事儿。

杨树林说，别客气，需要帮忙尽管说。

薛彩云说，我想把杨帆接走。

杨树林说，接哪去？

薛彩云说，加拿大，那里的教育好，我在那边定居了。

杨树林说，不行。

薛彩云说，为什么。

杨树林说，他是我儿子。

薛彩云说，他也是我儿子。

杨树林说，当初你扔下他就走的时候怎么没想过他是你儿子。

薛彩云说，那都是过去的事情了。

杨树林说，我要以史为鉴，再说了，杨帆现在跟着我生活得挺好。

薛彩云说，他人呢。

杨树林说，出去玩了。

薛彩云说，现在正是学东西的时候，整天在外面瞎玩能学到什么，大好时光都耽误了，到了加拿大，我让他学钢琴。

杨树林说，那得看孩子自己愿不愿意，在这边一样能学，他要想学音乐了，回头我给他买个口琴。

薛彩云说，口琴怎么能和钢琴相提并论。

杨树林说，为什么不能，都能吹出叨唻咪发唆拉嘻叨，学好了都是艺术家。

突然间，屋里一片漆黑。薛彩云从藤椅里蹦了起来，发出一声尖叫。

杨树林拉开抽屉，拿出手电，说，别害怕，可能是保险丝又烧了。

杨树林检查保险丝，果然烧了。没找到备用保险丝，便去王婶家借。

借来保险丝，杨树林站到藤椅上，薛彩云一手扶着藤椅，一手拿着手电，配合杨树林工作。这一幕，曾经在十年前出现过，那时候杨树林还是薛彩云的丈夫，现在，杨树林是薛彩云的前夫。

重焕光明后，杨树林把剩下的保险丝还回去，留下薛彩云一个人在屋。

杨帆推门而入，见一个陌生的女人在屋里坐着，拿着手电，便上前问道：阿姨，您是来收电费的吗。

这时候杨树林回来了，为杨帆和薛彩云做了介绍。

杨帆得知面前这个女人的身份后，表现出来的态度比对一个收电费的还冷漠，哦了一声，便进了里屋。

杨树林叫杨帆出来，杨帆不听，往床上一躺，说累了，要睡觉。

薛彩云起身进了里屋，问杨帆上几年级了，想不想去国外上学。

杨树林跟进来，说薛彩云想杨帆了什么时候来都可以，这里的大门永远向她敞开，但是让杨帆跟她走是不可能的。

薛彩云让杨帆自己决定，并把出国后的美好前景描绘了一番。薛彩云说，每年秋天，那的大片大片的枫叶林就会变红，可好看了，这个国家的国旗就是一片枫叶。

杨帆说，红叶香山也有，我秋游的时候就看过了，没意思。

薛彩云继续动员：到了那边你能学一口流利的英语。

杨帆说，我更愿意有一口流利的汉语。

薛彩云说，中国是第三世界国家，加拿大是第二世界国家。

杨帆躺在床上，脱掉背心，拉过毛巾被盖上说，我宁喝社会主义的粥，也不吃资本主义的肉。

这时候院外传来汽车的喇叭声，薛彩云看了看表，对杨帆说，再好好想想，过些天我还来。

杨帆说，不用想了，你的到来不会打破我和我爸的平静生活。

杨树林把薛彩云叫到屋外，问她为什么想把杨帆带走了。薛彩云说因为年龄大了，觉得还是身边有个孩子好，况且客观地讲，去加拿大上学肯定比在国内更有利于杨帆的成长。

杨树林说，你可以再生一个，年龄还不超标，人力物力也具备。

薛彩云说，我丈夫生不了孩子。

杨树林笑了：男人都生不了孩子。

薛彩云说，我的意思是，他不能让我生孩子，去年查出来的，治了一年，不管用。

离婚后，杨树林曾经对薛彩云的生活做过种种构想，基本上都是想她如何衣食无忧，如何不必奔命便能享受生活。现在看来，他过高估计了薛彩云的幸福，薛彩云并没有逃避掉各式各样的家庭不幸。

汽车喇叭又响了。薛彩云说，他在外面叫我呢。

杨树林说，我怎么没听见有人说话。

汽车的喇叭又响了两声。

薛彩云说，听见了吧。

杨树林说，原来是你们的暗号，搞得这么神秘，跟地下党似的。

杨树林没有挽留薛彩云，把她送出门。一开门，正撞见王婶。薛彩云一愣，倒是王婶反应迅速，说，彩云回来了，不多坐会儿了。薛彩云缓过神来，叫了声王婶，说不了，今天还有事儿。王婶说，你可越来越漂亮了，在哪发展呀。说着拉住薛彩云的手，大有长聊下去的趋势，像记者一样，在阴暗心理的驱动下屡屡发问，为茶余饭后的新话题积累素材。薛彩云则像个大牌明星，抽出手，留下一句：改天来看您，便扬长而去。

王婶望着薛彩云的背影叹了一口长气，对杨树林说，人家现在和咱们不是一个阶级的了。

杨树林说，一直也没在一个阶级上同患难过。

王婶说，我找你就是要给你介绍个既能有福同享，也能有难同当的姑娘。然后又补充说，当然，曾经是姑娘。

然后王婶告诉杨树林，有个离婚的女性，三十五岁无子女，往上倒腾五代的话，和王婶能扯上点关系，想开始自己的第二个春天，找个被窝里说话的人，要求不高，杨树林基本吻合，王婶觉得杨树林不妨一试。

杨树林说，我没有那个闲情逸致，还得照顾杨帆呢。

王婶说，你怎么死心眼儿啊，真要是好上了，以后你们就可以两个人照顾杨帆

了，总比你单枪匹马好吧。

杨树林说，她愿不愿意照顾杨帆还不一定呢。

王婶说，说到这里，我得说说你了，为什么你就抱着杨帆死死不放呢，他又不是外汇券。

杨树林说，谁让他是我儿子。

王婶说，树林，别自欺欺人了，你能拍着胸脯说杨帆是你儿子吗。

杨树林说，您这是什么意思。

王婶说，树林，当初我就怀疑杨帆是薛彩云和那个男的的，现在人家回来要人了吧。

杨树林说，不可能，那个男的被检查出来生不了孩子。

王婶说，杨帆是十年前出生的，那个人是去年才查出来的，有可能就是这十年里那个男的犯了病，你瞒不住我，刚才你俩的话我都听见了。

杨树林说，你都这么大岁数了，耳朵怎么一点儿不背啊，您以后能把在别人家窗户底下逗留的业余爱好换成别的吗。

王婶说，我要不听，我还不知道真相呢，有些事情大妈能帮你分析，你毕竟年轻。

杨树林说，别人家的事情您还是少管，雷锋精神也得适可而止。

王婶说，没办法，身不由己，眼里容不得沙子。

杨树林说，就算杨帆不是我儿子，我乐于助人行吧。说完就要进门。

王婶一再嘱咐：回头跟我说的那女的见见，机不可失，失不再来，人家挺喜欢孩子的。

杨树林为了摆脱每天晚饭后都要饱受王婶二十分钟到两个小时不等的骚扰，答应了见面。地点定在中山公园，接头暗号是手里的《北京晚报》。

第一次见面，杨树林还是迟到了。当他气喘吁吁地跑到指定长椅时，一位少妇正焦急地拿着报纸左顾右盼。杨树林走上前亮出报纸：我是王婶介绍来的。

少妇有点儿抱怨：怎么才来啊，我都把报纸上的小说连载看五遍了。

杨树林说，不好意思，报纸卖完了，跑了好几家报摊，还坐了两站车，才买着。

少妇笑了：买不着报纸你就把我一人撂这了？

杨树林说：那倒没想过，不过我会锲而不舍，直到买着为止，晚点儿见面总比张冠李戴好。

少妇对杨树林的第一印象不错，伸出手，大方地说，我叫马艳丽，在服装三厂上班。

杨树林和她握了手，说，我叫杨树林，在一机床厂就职。

随后双方就各自感兴趣的问题进行了探讨，主要是马艳丽问，杨树林答。马艳丽对杨树林的回答基本满意，脸上露出了幸福的神情。又问了几个家庭中容易出现的矛盾，杨树林解决矛盾的态度让马艳丽喜出望外，她兴奋而急迫地说，我看就一拍即合吧，我们都不年轻了，抓紧时间吧，夜长梦多。

杨树林说，太快了，得有个过程吧。

马艳丽说，事不宜迟，试用期就省免吧。

杨树林说，容我再想想。

马艳丽说，不用想了，你是男的，肯定吃不了亏。

杨树林说，你真的了解我了吗。

马艳丽说，八成了吧。剩下那两成坏也坏不到哪儿去。

杨树林说，可我还不了解你。

马艳丽说，日后有的是时间，我会不断给你带来惊喜的，到时候我给你生个大胖小子。

杨树林说，可是我不想要了。

马艳丽说，为什么。

杨树林说，两个孩子看不过来。

马艳丽说，我没说生俩啊，咱们遵守国家政策，只生一个好。

杨树林说，我已经有一个了。

马艳丽瞪大眼睛：什么?!

杨树林说，我已经有一个儿子了。

马艳丽感觉自己受到凌辱：你为什么不早说!

杨树林说，我以为你知道了呢。

马艳丽说，知道我还能见你! 你这个骗子!

说着就要上前厮打杨树林，这时潜伏在不远处暗中观察以期能发现更多故事的王婶急忙挺身而出，及时制止了一场斗殴事件的发生。

马艳丽像饱受三重大山压迫的农民见到红军一样，一头扎进王婶的怀里，哭诉

万恶的杨树林。

王婶安慰马艳丽，让她不用太往心里去，反正她条件出众，皇帝的女儿不愁嫁。听了这话，马艳丽破涕为笑，说，没错，幸亏没成，要不我亏大发了。然后擤了鼻涕，拿着晚报回去了。

杨树林质问王婶，你不说她喜欢孩子吗。

王婶说，是喜欢，她喜欢自己的孩子，不喜欢别人的。

杨树林说，既然你知道她不能接受杨帆，还让我现什么眼来啊。

王婶说，我当初说的是你的条件基本吻合，我可没说严丝合缝。

到了四年级，杨帆有了作文课。他很不喜欢这门课，不明白为什么自己造的句子被老师一一否定。老师让他用尴尬造句，杨帆造了一个：老师让我用尴尬造句但是我不会。老师说不对，尴尬是形容词，造的句子应该传递出这个词的意思，而不是把尴尬作为名词用。杨帆没听明白，老师就给杨帆示范，可以这样造：我回答不上来老师的问题，全班同学看着我，我很尴尬。杨帆说，什么叫尴尬啊，我尴不尴尬你怎么知道。结果弄得老师很尴尬。

没过几天，老师为了让杨帆尴尬一下，又让他造句，用天真。杨帆听着窗外的知了叫，想了想说，天真热啊。老师无话可说，觉得自己从事的人类最伟大工程的道路上充满了艰辛与坎坷。

一次杨帆在家写作业，遇到难题，让用老师、学生、园丁、花朵这四个词造句。杨帆拿着作业本去找正在洗菜的杨树林。杨树林放下手里的萝卜，开导杨帆：如果把老师比喻成园丁，那么你们是什么？

杨帆说不知道。

杨树林循循善诱：园丁对什么关怀无微不至？

杨帆说，他儿子。

杨树林说，除了他儿子呢？

杨帆说，他媳妇。

杨树林拿起洗了一半的萝卜说，这是什么？

杨帆说，萝卜。

杨树林说，明白了吗？

杨帆说，明白了，原来园丁也爱吃萝卜。

杨树林摇摇头，逆向开导：如果你们是祖国的花朵，无私浇灌你们的是老师，这时候老师可以比喻成什么？

杨帆说，粪汤儿。

杨树林说，往人那想。

杨帆说，人的粪汤儿。

杨树林说，你怎么就不说园丁呢。

杨帆说，噢，知道了，是园丁的粪汤儿。

杨树林觉得让杨帆增加阅读量很有必要。四大名著里，《红楼梦》文学地位最高，而且书中大量的儿女情长可以对杨帆进行一下那方面的教育，于是给杨帆买了一套，一套十六本的小人书。

看完这套书后，杨帆思想上有了一些波澜。

一天杨树林听见杨帆和几个小朋友在胡同里玩的时候喊了一句话，这句话杨树林记得应该是：赐予我力量吧，我是希瑞！可是从杨帆嘴里喊出来的却是：赐予我希瑞吧，我是力量！这无异于盼望天上掉下个林妹妹。

杨树林觉得杨帆出现了思想问题，有必要对他的思想动态进行一下检测。于是检查了杨帆的日记，除涉及对学校公共厕所的卫生提出需要改进的建议，对女生动不动就拿自动铅笔扎男生过线的胳膊表示了不满等内容外，并未发现蛛丝马迹，但不能掉以轻心，第二天便去书店给杨帆买了少儿版的《红岩》和《钢铁是怎样炼成的》，并督促阅读，布置了两百字读后感。

看过几本书，杨帆的行文造句有了很大进步，已经到了能把瞎话说清楚的程度了，但还没到把瞎话说得跟真话似的境界。

一次老师让他念日记，杨帆站起来高声朗读：11 月 3 日，星期一，晴。今天，我爸给我带回来一只小花猫，身上雪白雪白的，可好玩了。

老师问杨帆，能把你的猫带来看看吗，我想看看浑身雪白的花猫。

杨帆琢磨了一下，说，今天早上那只猫未经许可离家出走了，能不能回来还不一定呢。

老师说，写日记的目的是锻炼观察和思考生活的能力，要记录生活中的真人真事，而不是无中生有。

但是越让杨帆写身边的人和事，他越觉得没什么可写，为了交差，第二天他又编了一篇：11 月 4 日，星期二，阴，今天我爸给我带回来一只鹦鹉，听说鹦鹉会说

话，我就教它说你好，可是它比我还笨，直到我睡觉，它还只会叽叽喳喳地叫。

在上学的路上杨帆就想好了，如果老师让他把鹦鹉带来，他就拎个空笼子来，告诉老师路上鹦鹉飞走了。

老师听完日记，没让杨帆把鹦鹉带来，而是预祝杨帆早日教会鹦鹉说瞎话。

杨帆以为老师没有识破他的谎言，便更加大胆地杜撰了第三天的日记：11 月 5 日，星期三，晴转多云，今天我爸给我带回来一只小狗，据说它的父亲曾经在派出所上过班，后来在和犯罪分子作斗争的时候壮烈牺牲了，听完这个事迹后，我立即对这条小狗肃然起敬了。

老师看过后，问杨帆，你爸天天往家里带动物，他是在动物园上班吗。

杨帆为了不让老师说自己虚构，就说是。

老师说，正好，咱们学校组织去动物园春游，问问你爸能不能给门票打个折。

第二天杨帆向老师汇报：我爸说行，但动物不干。

后来这次春游由学校组织去看电影《焦裕禄》，老师说票钱学校出，但看完后要交给学校一份观后感，六年级六百字，五年级五百字，以此类推。

看电影那天，全校师生在操场整装待发，校长一声令下，一年级率先出发，二年级跟着，六年级断后，一条队伍蜿蜒曲折，浩浩荡荡穿行在大街小巷，当地百姓还以为第二次无产阶级文化大革命开始了，赶紧去买《人民日报》看。经过十分钟的长途跋涉，当一年级已经进电影院坐下的时候，六年级才刚刚出校门。

杨帆在路上就想，那四百字的观后感可怎么办。这个念头一直在杨帆脑子里打转，开演半天了，他眼前出现的也不是焦裕禄的光辉形象，而是写不出观后感将要面对的老师的严厉的嘴脸。

直到坐在杨帆旁边的冯坤说了一句话，才让杨帆忘记了那个念头。冯坤在黑暗中悄悄对杨帆说，告诉你一个秘密。

银幕上李雪健用钢笔顶住犯病的肝，额头上渗出汗珠。

杨帆说，什么秘密。

冯坤说，知道吗，咱们美术老师被体育老师性交了。

杨帆说，什么叫性交。

冯坤说，我也不太懂，反正不是好事儿。

杨帆说，那谁吃亏啊。

冯坤说，当然是女的了，这事儿男的都占便宜。然后把杨帆留在幻想刚刚听到的那个词汇描绘的事情是怎么一回事儿的场景中，独自看起电影。

杨帆在心里反复叨念着这个词，这时银幕上的焦裕禄说话了：不把兰考治好我就不姓焦。

杨帆心想，那件事儿真的这么重要吗。

后来报纸上说这是一部感人肺腑的电影，在艺术上具有很高的成就，也取得了很好的票房，是近年来少有的国产好电影。但杨帆出了电影院便把刚才演了什么忘得一干二净，倒是从冯坤嘴里蹦出的那个词在他心头久久挥之不去。

那段时间学校组织看了很多次电影，《开天辟地》、《开国大典》、各种各样的《大决战》以及以多位领导人名字命名的影片，能在杨帆心中留下特殊印象的寥寥无几。在他看来都是一个样子，一群条件艰苦的人在炮火纷飞中跑来跑去刀枪不入，总能把条件优越的一方打垮，但是在全面胜利前，总会有一两个无关紧要的人物死掉，临死前要说很多话，听他说话的人一定会泪流满面，然后掩盖好他的身体，擦干身上的血迹，继续战斗，打不了多一会儿，敌人就溃不成军，红旗就迎风飘扬了。

杨帆倒是对自己买票看的《霹雳舞》印象深刻，一群美国黑人不分场合，欢蹦乱跳，跳得比芭蕾舞《红色娘子军》好看多了，一会儿扫地，一会儿擦玻璃，在劳动中就把舞跳了，连在地上打滚都那么好看，这部电影杨帆看了好几遍。那时候票价便宜，几根冰棍钱就能买一张，还是进口片儿。十几年后，几十根冰棍钱才能买一张国产电影票。

那些动作很让杨帆痴迷，在生活中不自觉地模仿起来。做值日的时候，他拿着扫帚像喝多了一样，从这边扫到那边，弄得教室里尘土飞扬。本来不脏的玻璃，被他一擦，也都是手印。

老师把杨树林叫到学校，说杨帆上课的时候跟个竹节蛇似的，脑袋一晃一晃的，好几次把老师吓一跳，让杨树林带杨帆去医院瞧瞧。

杨帆不去，说自己没病。

老师认定有病，至少也是多动症。

杨帆说自己什么病也没有，那是跳霹雳舞呢。

老师问什么叫霹雳舞。

杨帆带上露出手指头的手套，扭了一段。

杨树林说，我说家里那几副线手套怎么都没手指头了。

老师说这不叫舞蹈，这是下流动作。杨帆说美国人就这么跳。老师说那是资本主义，你是社会主义的小学生，你跳就有伤风化，有损校风校纪。并命令杨帆写一份检查。

杨树林领着杨帆回到家，没有批评杨帆，只是让他以后别再剪手套了，在学校的时候不要做这些动作，然后替杨帆写了一份检查，大意是要远学小萝卜头，近学赖宁，抵制资产阶级腐朽文化的侵蚀，争做社会主义的好儿童。

准备做饭的时候，杨树林发现煤气没了，就带杨帆去外面吃。来到什刹海，杨树林在路边的小吃店要了一盘炒田螺，俩人坐在湖边津津有味地吃了起来。

风一吹，杨帆有点儿冷，杨树林脱下外衣，让杨帆穿，杨帆穿上像披了一件戏服。

杨树林嘬着田螺，望着什刹海湖水，喝了口啤酒，对身边喝着酸奶的杨帆感叹道：生活就像一池湖水，谁也不知道它的深浅。

这一幕，被一个摄影爱好者拍了下来，发表在一个星期后《北京晚报》的读者来稿上，题目是《爷儿俩》，得了二十块钱稿费。

杨帆在杨树林的关怀下，比较顺利地长到了十二岁。

十二岁，在中国城市就决定了杨帆该上初中了。

Chapter 07

I am Your Son

　　一九九二年，全国各族人民认真贯彻邓小平同志视察南方的重要讲话和党的十四大精神，我国改革开放和现代化建设进入蓬勃发展的新阶段，各地区、各部门积极性空前高涨，改革开放的步伐全面加快。

　　这是一所坐落在北京某胡同内的中学。说是胡同，其实是条准大街，可容两辆公共汽车驶过。曾有一位中国文学史上的重要人物在这所中学教过书育过人，但该校自建校以来，在教学领域所取得的成就，无法和该老师的地位相提并论。名师出高徒，这句话在这所学校找到了久经考验的反例。

　　杨帆和鲁小彬、冯坤、陈燕等孩子们，因为户口在同一条街道，便被现行的教育制度，一锅烩——无论学习好坏，一视同仁——烩到这所中学，这种升学方式，又叫大拨儿哄。巧的是，他们几个还被哄到同一个班，上初中，对于他们来说，和上小学并无实质性变化，只不过学校的位置和老师发生了改变。

　　杨帆中午不再回家吃饭，杨树林觉得杨帆到了初中就可以撒手了，自己初中的时候都开始给家里做饭了。于是每天给杨帆四块钱，让他在外面吃。一屉包子两块钱，吃两屉就能撑着，或者再找个同学一起去饭馆点个家常的菜，再一人一碗米饭。饭后，他们在校内或校外的公共厕所再一人来上一根烟，希尔顿，每次都要用火柴点个天灯，在房顶上留下一个个黑点。

　　鲁小彬他爸出国考察，给鲁小彬带回一台 286 电脑，鲁小彬叫杨帆和冯坤中午吃完饭去他家玩游戏，超级玛丽，装在五寸软盘里，一共七张盘，插进软驱里，咯吱咯吱响一会儿游戏就出来了。

　　鲁小彬家住楼房，是鲁厂长单位分的，挨着学校，一座塔楼的十七层。站在阳台，学校各个角落一览无遗：一个方方正正的院落横陈楼下，前院是初中部，中间是老师办公室，后院是高中部，旁边多出一块，是操场。

　　一次杨帆去鲁小彬家阳台透风，看见秦胖儿在刷饭盒。秦胖儿是杨帆的班主任，

五十多岁的中年妇女，教语文，兼班主任，姓秦，人又胖，所以学生们在课堂上叫她秦老师，底下都叫她"秦胖儿"。因为胖，骑自行车不稳，便蹬着一辆三轮车上下班，经常把学生作业和下班买的菜一起放在车斗里，又得了一个外号，叫秦三轮儿。有一次看门大爷病了，换了一个小伙子看，不认识秦胖儿，见她推着三轮车进来，以为她是给小卖部送货的，坚决不让进，秦胖儿解释了半天，并从车斗里拿出学生作业为证，小伙子才让她进去，上课都迟到了。

杨帆叫鲁小彬和冯坤过来看，秦胖儿正一手拿着城墙砖大的铝制饭盒，一手伸进嘴里，不知道是在剔牙，还是咂摸手指头的剩余味道，往办公室方向走去。杨帆决定调戏她一下。

大约一个月前，杨帆上课睡觉，秦胖儿把他叫醒，说一寸光阴一寸金，寸金难买寸光阴，有意义的人生是在学习而不是睡觉中度过的。杨帆说，没办法，实在太困了。秦胖儿说，困就站着，到最后一排站着去。杨帆起身，站到最后一排，将教室全景尽收眼底：鲁小彬正在底下偷偷看《七龙珠》，冯坤正在玩掌中宝《俄罗斯方块》，倒数第二排一个女生正在看琼瑶的《青青河边草》，杨帆心想，怪不得刚才走过来的时候见她眼眶湿润。杨帆靠墙站着睡着了，呼噜声传到讲台，秦胖儿勃然大怒，认为这是对自己权威的公然挑衅，从事人民教师职业数十年了，还没碰到过这种情况，手一甩，台下的学生们还没反应过来发生了什么事情，只听教室后方传来杨帆"啊"的一声，同学们望去，只见杨帆鼻尖留下一个粉笔的白印儿。杨帆擦了擦嘴角的口水，对老师不好意思地说，没办法，实在太困了。秦胖儿说，你怎么一天到晚这么困，一点没有祖国花朵欣欣向荣的样儿。杨帆说，也不是老困，上午体育课的时候就不困。秦胖儿更加恼火，说，那你就上体育课去吧——出去跑五圈再回来。杨帆走出教室，紧了紧鞋带，向操场跑去。另一班正在操场上体育课，见杨帆来跑圈，有人问，你们班是语文课，你怎么自己出来上体育了。杨帆没理他们，继续跑圈。跑了两圈，有人问，是不是你们老师让你为运动会做准备了，可是不上文化课很容易头脑简单，光四肢发达没用。杨帆还是没有理他们，心头只被一句话占据：君子报仇，十年不晚。秦胖儿将成为这句话的见证者。

现在时机终于到来。杨帆用鲁小彬家的电话拨通学校传达室的电话，憋着气，嗓子发出浑厚的声音，说是秦胖儿的父亲，帮忙找一下初一年级的秦老师。那时候电话还没有普及，学校只有两部电话，一部在传达室，另一部在校长办公室。

杨帆他们看到传达室的老头托一个正好路过的同学带话，这个同学进了语文教研组，秦胖儿马上出了办公室，扭着屁股——尽管离得很远，杨帆他们还是能从她和身边经过的学生的对比中看出肥硕——一路小跑。

杨帆看到秦胖儿走到电话前，拿起话筒，上来就叫：爸！

杨帆在电话这边闷着嗓子说，谁是你爸啊。

秦胖儿说，哪位。

杨帆说，你知道你犯了什么错误吗。

秦胖儿说，你是谁。

杨帆说，我是谁不重要，让我们来讨论一下你的错误。

秦胖儿说，对不起，你找错人了吧。

杨帆说，没错，找的就是你，秦翠芬。

秦胖儿说，我没时间和你胡闹。

杨帆说，如果你认为这是胡闹，那么，后果自负。

秦胖儿说，你到底是谁啊。

杨帆说，我是正义。

秦胖儿说，我不认识姓郑的啊。

杨帆说，不和你废话了，晚上睡不着的时候好好想想自己错在哪了。说完挂了电话，看着秦胖儿放下话筒，挠挠脑袋，还朝天上望了望，吓得杨帆等人赶紧蹲下。等他们重新探出头的时候，发现秦胖儿还站在原地挠着脑袋。

秦胖儿的这个姿势让杨帆很满意，这正是杨帆回答不出秦胖儿问题时的姿势，怪不得每次秦胖儿嘴边都会掠过一丝笑意，原来这个可爱的姿势令观赏者如此愉悦，这种居高临下的感觉很不错。

为了能看到这个姿势，从此以后每天中午杨帆都要到鲁小彬家给秦胖儿打电话。第二天，杨帆在电话里自称是秦胖儿的丈夫，秦胖儿忘记昨天的教训，拿起电话就叫：仨儿！

杨帆憋着嗓子说，吃了吗？

秦胖儿说，吃了，你怎么变声了，感冒了？

杨帆说，昨晚着凉了。

秦胖儿说，我让你盖点儿被子，你不听，净逞能。

杨帆说，不碍事儿，今晚继续。

可能是与仨儿的习惯不符，秦胖儿突然怀疑地说，你是仨儿吗。

杨帆呵呵一笑，挂了电话，然后举着望远镜，等着秦胖儿做出挠头望天的姿势。

秦胖儿挠着脑袋抬起头，思考片刻，对传达室的大爷说了几句话，然后就一扭一扭地回了办公室。

第三天中午，杨帆又打了电话，传达室的大爷问是谁，杨帆说是秦胖儿的弟弟，大爷说秦老师叮嘱过，有什么事儿让他传话，秦老师不接电话。杨帆说，我媳妇要和我离婚，我想找我姐商量对策。大爷说你等着，我去问问秦老师。一会秦胖儿就跟着大爷到了传达室，这回她长了记性，拿起电话不说话，只是咳嗽了一声。

杨帆也在这边咳嗽了一声。

秦胖儿又咳嗽了一声。

杨帆憋着嗓子说，昨晚又没盖被子吧，着凉了吧，净逞能。

秦胖儿说，我一猜就是你。

杨帆说，那你还来接。

秦胖儿说，告诉你，别以为我不知道你是谁，有本事你用真声说句话，操！

杨帆说，你骂我我不疼，你妈下了一窝猴，有公的，有母的，还有和你妈跳舞的。然后挂了电话。

秦胖儿放下电话，又嘱咐了大爷几句：如果再是这个男的的声音，就把电话挂了。

第四天，杨帆叫来陈燕打电话，陈燕不打。杨帆说，你就负责把秦胖儿叫来，剩下的事情归我。

陈燕告诉大爷，说是秦老师的妹妹，看见姐夫正和一个女人在饭馆吃饭，还谈笑风生。大爷一听是个女声，便放心去叫，秦胖儿跟着大爷风风火火跑出办公室，杨帆接过陈燕手里的电话。

秦胖儿上来就问：娟儿，那对狗男女在哪？

杨帆呵呵一笑：不好意思，又是我。

秦胖儿转身看大爷：怎么又是那人。

大爷解释道：刚才明明是个女的。

秦胖儿想了想，拿着电话说，别以为这样我就能对评职称的事儿拱手相让。

杨帆说，拱手相让我也不要，你要玩拱猪我奉陪。然后不等秦胖儿发作，及时挂掉电话。

这项活动差不多持续了两个星期，每次杨帆都能利用秦胖儿在课堂上不经意透露的家庭信息，直刺秦胖儿软肋，让她相信来电不是骚扰电话，但每次秦胖儿都正中下怀。

当秦胖儿得知再次上当后，其话语表现大致如下：

"明人不做暗事，好汉不使黑拳，是骡子是马拉出来溜溜！"

"让一切明枪暗箭向我开炮！"

"我知道你是谁了，要是明天再让我听到你的声音，后果将不堪设想。"

"我电话局可有人，不想掐线就老实点儿！"

"你干吗总跟我过不去啊，你中午要没事儿干，就睡会儿觉！"

"别打了，我求求你！"

第十一天中午，杨帆拿起电话的时候，突然没有了兴趣，他觉得该适可而止了，他和秦胖儿之间的矛盾不足以使他让秦胖儿第十一次上当。

杨帆望着正往厕所方向去的秦胖儿，对鲁小彬和冯坤说，算了，饶了她了。

冯坤说，今天上课的时候，我觉得秦胖儿瘦了，和秦胖儿这个名字有点不相符了。

鲁小彬说，昨天晚上我爸问我，这个月电话费怎么这么贵啊。

但是，这天中午还是有一个电话打到了学校，号称是秦老师的父亲。看门大爷按秦胖儿吩咐的去做，对着电话里说，秦老师让我告诉你，孙子，你丫有完没完。然后挂了电话。

这次打电话的是秦老师货真价实的父亲，老头行动不便，在家想吃爆肚，打算让秦胖儿下班带点儿回来，没想到竟然得到这种待遇。老头血压本来就高，这么一来就更上一层楼了，两眼发黑，双腿发飘，全身发虚，感觉自己危在旦夕，赶紧给小女儿打电话。小女儿火速赶到老头家，给老头叫来120，然后给秦胖儿打电话，说找他姐。看门大爷一听，换女声了，劈头盖脸就是一句：秦老师说了，你捏着鸡巴说话她也知道是你。然后又挂了电话。

这件事情闹得秦胖儿家里鸡犬不宁，老头说秦胖儿是白眼狼，一盘爆肚，就把她的人性给检验出来了。小女儿说秦胖儿愧对于人民教师的称号，连尊老爱幼孝敬父母都不懂。

秦胖儿顶住家庭内部的巨大压力，忍辱负重，在病床前陪伴老头度过几个不眠之夜。让她感到欣慰的是，老头的血压及时得到控制，化险为夷，保住了性命。

老头出院后，秦胖儿做的第一件事情就是递交了辞职报告。她在报告上说：最

近一些突发事件，令本人比较崩溃，身心交瘁，寝食难安，无法全身心战斗在工作岗位，我个人事小，耽误我国教育工作事大，此事关系到祖国的明天，每当讲台下那一张张十二三岁的纯真的脸庞用期待的目光望着我的时候，我便有种犯罪的感觉。现在，我要坦白自首，停止犯罪活动——望校领导批准我的辞职。

秦胖儿在书写这份辞职报告时，最开始写下的辞职理由是：二十年前，在我进入本校成为一名实习教师前夕，胡同口的瞎子给我算了一卦，说我的生辰八字和这所学校的地理位置相冲，日后有大凶，当时我熟读马列著作，对此充耳不闻。现在终于遭了报应，二十年来，我的工资，永远是涨得最少的，我带的班，永远是最乱的，最近又频繁接到骚扰电话，弄得我家庭不和睦，夫妻不恩爱，非常不幸地陷入白色恐怖中。我后悔没有听瞎子的话，但我还不到五十岁，亡羊补牢，尚有机会，我决定离开这里，找一个藏风聚气、阴阳平衡的地方，此致敬礼！

写完秦胖儿看了看，觉得太唯心主义了，怕校长不批，便撕掉重写，想出上述那番为了祖国明天的理由。

学校找来一个年轻的女老师出任班主任，和秦胖儿做了交接工作。秦胖儿与学生们作别，但没有挥泪。

新老师姓沈，上任后的第一件事情就是给学生们布置了一篇作文，题目是《我的某某》，某某是写和作者生活在一起的家人，不能是宠物，以达到了解学生家庭情况和检验学生观察能力的目的。

杨帆的作文题目是《我的爸爸》，他在文章中写道：我很少能见到我的爸爸，因为他每天早出晚归，披星戴月，和别的爸爸去打麻将不同，他是去为社会主义建设添砖加瓦。他是一名国家干部，日理近万机，心事重重，经常因为忙于抓生产促先进，而忽视了对我的思想教育工作，导致我小错不断，大错不犯，没能按合格的少先队员的标准要求自己，但是，我不怨他，因为我知道，在国家和集体利益面前，一切个人利益都微不足道，我的前途，没有国家的前途重要，国家有了前途，我才能有前途，若国家没前途，我也完蛋了。我深知不应该和国家抢我的爸爸，当出现矛盾的时候，我应该挺身而出，为国家的发展让路。我为我有这样的爸爸感到骄傲和自豪！

作文交上去后，沈老师认真批阅，然后召开了家长会，让自己和日后将朝夕相处的学生们的家长相互认识。

让沈老师感到意外的是，竟然看到熟人，杨帆他爸杨树林——原来这个沈老师就是多年前杨帆的幼儿园老师小沈老师。那次和杨树林不欢而散后，小沈老师丧失了对幼儿教育事业的热爱，觉得不能跟五岁以下儿童打交道，明明是他们的错，你还拿他们没办法，因为他们是儿童，你是大人。于是一气之下在家复习了一年，参加高自考，考上某大学的成人班，三年后毕业被分配到某中学任语文老师，因为带班出色，遭受同行嫉妒、诋毁、使绊儿，经教育局调解，转到杨帆所在学校。一晃八年了，沈老师也从当年的未婚少女，变成现在的离异妇女，无儿女。

其实当沈老师知道班里有个叫杨帆的学生的时候，便留意观察他，丝毫没有发现八年前的痕迹。后来又看了杨帆的作文，更加确信只是同名同姓而已，此杨帆的爸爸是领导，在这个社会相对稳定的年代，彼杨帆的爸爸不会在八年里摇身一变，完成从一名普通工人到日理万机连儿子都无暇顾及的机关干部的蜕变。而当那个八年前曾经在颐和园给小沈老师照过相的杨树林出现在她面前的时候，她不得不承认，一切都是天意。

杨树林见到沈老师后说的第一句话是：小沈老师，后来我去幼儿园找过你。

沈老师说，我回去办手续的时候听园长说了。

杨树林说，小沈老师，这几年可好。

沈老师说，把小去了，别叫小沈了，都三十多了。

杨树林说，沈老师，有一句话，一直想对你说，八年了，那件事是我不好。

沈老师说，都是过去的事情了，要没有当初那件事情，我今天也不会站在中学的讲台上。

杨树林说，去颐和园照相的事情好像刚刚发生在昨天。

沈老师说，对了，你相机前面的那几个字母，Seagull，是英文，海鸥的意思。

杨树林说，看来这几年你进步了很多，我还是老样子。

沈老师说，你这样挺好的。

让沈老师费解的是，杨帆为何要在作文中将杨树林描绘成那个样子。杨帆的解释是，秦胖儿说过，文章是虚构的艺术，要发挥想像力。沈老师说，发挥想像力不等于瞎写，要有生活根据，不能无中生有，有了真情实感，才能发现与众不同之处，才能写好文章。杨帆说，我爸每天上班下班吃饭喝水拉屎睡觉，和别人没什么不一样，要说与众不同，可能就是早晚都要大便，比常人多一次。沈老师想了想说，现在先不要着急，不一定一上来就写得与众不同，这需要一个过程，你可以先从客观记录开始，把你认为父亲生活中有意义的事情写下来。

杨帆重写了一篇，交给沈老师，沈老师说，虽然内容有待推敲，但至少比上一篇好。杨帆写的是：

我的爸爸是个工人，每天都要干活，所以他的手比鲁小彬爸爸的手粗糙，因为他爸爸是厂长，每天坐办公室，不用干活。正因为如此，我爸爸比他爸爸劲大，我们家换煤气，我爸爸一个人就够了，而鲁小彬家，他爸每次换煤气的时候都要叫上他，害得他连《圣斗士星矢》都看不上，经常第二天跑来问我，昨天演到哪了。我爸爸有时候喝点酒，喝的是二锅头，自己从副食店买的，喝完酒不打人。我听鲁小彬说，他爸爸也喝酒，喝的是泸州老窖，别人送的，有时候喝完酒还要打他或他妈妈，他妈妈就带着他去他姥姥家，所以，每次鲁小彬去他姥姥家的时候，他姥姥就问他，是不是你爸又喝酒了。由此可见，我的爸爸比他爸爸温柔，他的爸爸比我爸爸暴力，我比鲁小彬幸福。

秦胖儿的消失，一时间使得杨帆中午在学校的时候无所事事。学校有个阅览室，订了十几种期刊，多以《读者文摘》（多年后改名为《读者》）、《青年文摘》、《中学生时事》为主，杨帆在里面呆了一个中午，觉得这里不适合自己，第二天便加入到操场上一群踢球人的行列中。

学校没有正规操场，只在一片沥青地上架八个篮球架，七个有筐，那个被学生站在凳子上扣篮扣坏了。沥青地的外围铺了跑道，标准的是四百米一圈，这里的两百米，跑一千五要跑七圈半，学生测验的时候，跑着跑着记错了数的事情屡屡发生，打乱了原定的战术，经常是铆足劲冲过终点的时候，被告之还差一圈，要么就是攒着劲留到最后一圈，刚要冲刺，就被体育老师拽回来了，说够了，再跑就一千七了。所以在有限的空间内为了能让更多的人参与到发展体育运动，增强人民体质的队伍中来，学校明令禁止踢足球。还有一个主要原因，学生总是把球踢出学校围墙，落在墙外人家的屋顶上或院子里，绕出校门捡太麻烦，只好翻墙捡球。跳墙的时候有几点注意事项，首先当心小鸡鸡别被墙上的铁丝网扎到，确认身前已无危险后，还有后顾之忧，曾经有一个学生掉以轻心，迈过铁丝网后，以为安全大吉了，迫不及待地往下跳，结果被挂在网上了，使劲一挣脱，裤子"刺啦"一声，网上剩块布，人掉了下去，捡完球也没回去上课，直接回家换裤子了。其次要预防当地居民举着凶器追打学生的事件发生，因为那些老房子不结实，屋顶总被一些体重偏胖的学生踩漏，许多时候居民们正做着饭，砖头瓦片球鞋便纷纷落下，砸在饭桌上或者汤锅里。气急败坏的居民经常抄起手边的菜刀饭勺或者擀面杖冲出来捉拿凶手。所以为了杜绝这一现象，学校把禁止踢足球写进了校规，还任命了一个一脸凶相的姓侯的体育老师抓管这项工作。

但学生们对足球的喜爱不是校规所能左右的。每天中午，学生趁老侯中午吃饭的时候，抓紧时间到操场上踢几脚，等老侯出现的时候，便迅速散去。老侯上任后，一直没抓到过现行，很没有成就感，但从操场上的种种迹象来看——操场上总是出现两块砖头摆的球门——确实存在踢球现象，而且校门口还时常传来居民们的叫骂声。于是他废寝（办公室睡午觉）忘食（午饭），长期驻守在操场。

一场围剿和反围剿的斗争在老师和学生之间展开了。学生也长期驻扎在操场，老侯在的时候，他们就玩玩单杠双杠，等老侯上厕所或是回办公室喝水的时候，他们就从书包里掏出足球，趁机踢几脚。

这天杨帆把球踢到了房顶，这已经不知道是第几回了。他轻车熟路地翻上墙，眼看就要够着球了，下面突然有人喊了一句：老侯来了。众人一哄而散，杨帆怕被老侯看见，在房上跑了几步，想跳下去从居民的院子绕出去回学校，不料一脚把一户人家的屋顶踩漏，脚拔出来的时候，鞋已经不见了。杨帆顾不上找回穿了才俩礼拜的旅游鞋，连滚带爬地从房顶掉下来，摔在院里。一个老太太正眯着眼睛晒太阳，听见响动，睁眼一看，一个大活人从天而降，还光着一只脚，以为是赤脚大仙一类的人物，赶紧双手合十，闭上眼睛念了一句：阿弥陀佛。杨帆连跑带颠地离开院子，甩下一句：我那鞋一百多块呢，四零的，留给你孙子穿吧。

事后杨帆思考，为什么以前在这几家房顶如履平地，这次却失足了，可能是体重增加了的缘故。近来杨帆身体生长迅速，很多一年前穿着还大的衣服，现在都穿不上了。家里的墙上画了杨帆的身高记录，每划一道，就在旁边写上日期，近期那个记录差不多每星期都在往上长。杨树林的身高在一旁也有记录，只是从未长过。记录杨帆身高最早划下的那条线，高度只有杨树林的二分之一，已经模糊，最新的这条线，和杨树林只差一拃。杨帆的饭量，也创了历史新高，最多一顿饭吃了十一个包子，一个一两多，还喝了三碗粥，吃完告诉杨树林：下回粥熬稠点。杨树林觉得现在的杨帆正验证了那句话：半大小子，吃死老子。每次吃饭的时候，杨树林都会对杨帆说完一句话后拭目以待：再给你拨点儿？

无论早上吃多少，杨帆到课间操的时候都会饿，后来一件事情解决了他的肚子问题。学校盖了个锅炉房，可以给师生热饭，每天课间操的时候，每班派出两名同

学，把班里需要热饭同学的饭盒抬到那里，然后中午下了课再把热过的饭盒抬回教室。

因为送饭盒可以逃避课间操，杨帆和冯坤便积极踊跃地承担起为全部同学热饭的工作。全班五十个同学，近一半人在学校吃饭，二十多个饭盒被杨帆和冯坤装在用来装篮球的网兜里，俩人找了一根木棍，抬着送去锅炉房。

有一次正装饭盒的时候，一个饭盒盖开了，肉和菜洒了一讲台。当时杨帆有点饿，尽管眼前的食物谈不上色香味，但还是让他怦然心动。杨帆问冯坤，你饿吗，吃片儿肉？

冯坤扫了一眼讲台上的五花肉，咽了一下口水，说，不好吧这样，饿死事小，失节事大。

杨帆看着白里透红的五花肉说，难道真这样眼睁睁地饿着，对不起肚子。

冯坤说，如果对得起肚子就对不起同学了。

杨帆看了一眼饭盒，上面贴着一个女生的名字，想了想说，我觉得不吃才对不起她呢，一个女生，吃这么多肥肉，人就毁了。

冯坤琢磨了一下，又看了看桌上的肉，还听到自己肚子叫唤了一声，说，那好吧，就吃一片儿，多了她该看出来了。

于是杨帆捏起桌上的肉，刚要往嘴里放，被冯坤拦住。

冯坤说，你别都吃了啊，我说的是咱俩吃一片儿。说着从杨帆手里撕掉半片儿，放进自己嘴里。

两人吃完后的一致结论是：淡了点儿。

这片儿肉，不但没有填补杨帆和冯坤肚子的空虚，反而让他俩的肚子愈发空虚。杨帆觉得，必须再找点儿什么塞进肚子，否则什么都干不下去，心都慌了。于是他和冯坤又打开一个女生的饭盒，装的是饺子，一人捏了一个。冯坤咬了一口，发现是韭菜馅的，便给了杨帆：我不吃韭菜。

吃完饺子，广播体操已经做到跳跃运动，马上就该整理运动了，整理运动一完，听体育老师废话几句，学生们就下操了。杨帆和冯坤赶紧收拾了饭盒，抬去锅炉房。

这次偷嘴，让杨帆和冯坤尝到了甜头，不仅满足了嘴，还从偷中体会到乐趣。原来贼不仅仅是冲着结果去的，过程也充满了快感。从此二人一发不可收拾，每当同学们在操场上踢腿伸胳膊的时候，他俩便将二十多个饭盒逐一过目，有选择地品尝——如果都吃，会撑着。

半个月后，杨帆和冯坤对谁的家长手艺好，谁家经常做什么了如指掌。只是偷吃并没有意思，有时候两人会做个游戏，一个人闭眼吃一口菜，猜是从谁的饭盒里拿出来的。起初他们经常把几个人搞混，但后来随着吃的次数的增加，还是发现了不一样：酱油搁的多少不同。

时间长了，杨帆觉得，打开一个个饭盒，呈现在眼前的不仅仅是一盒盒饭菜，而是一个个家庭。

吃百家饭，破万卷书，行万里路。杨帆觉得他已经实现了最前面的一句。

下了课间操，当别的同学饥肠辘辘地坐在教室里上第三节课的时候，杨帆和冯坤却嘴巴油脂麻花，昂首挺胸——不挺肚子撑得难受。老师经常夸他俩听课状态好，让全班同学向他们学习。

杨帆和冯坤的精神饱满，是以同学们中午少吃一口或多口饭菜为代价换来的。在他们送饭的这两个月里，陈燕变得面黄肌瘦。他妈带她去医院看，大夫说是营养不良。她妈问她，每天两个鸡腿还不够你吃的吗。陈燕说，你什么时候给我带过两个鸡腿，每次都是一个，有时候就是鸡爪子。每次带饭都是陈燕妈给陈燕装好饭盒，陈燕也不看，第二天热饭的时候交给杨帆，中午打开饭盒的时候里面有什么就吃什么。

原来是杨帆和冯坤觉得陈燕妈的手艺好，每天都不忘视察一下陈燕的饭盒。一次吃得尽情，俩鸡腿都被消灭了，忘了中午陈燕还要吃，便从别人饭盒里掰了个鸡爪子给陈燕补上。

陈燕妈觉得此事蹊跷，又给陈燕带了两个鸡腿，还给了五块钱，叮嘱陈燕，不要吃饭盒里的饭，中午去外面吃。

第二天陈燕照办了。第三节课上到一半的时候，杨帆和冯坤双双举手去上厕所。从厕所回来后，听了没五分钟课又去了。后半节课对杨帆和冯坤而言，几乎成了折返跑的体育课，频频往返于厕所和教室之间。

沈老师说，你俩不行的话就在那呆着别回来了，这样一趟一趟也怪累的。

中午，陈燕打开饭盒一看，只剩一个鸡腿了。陈燕倒掉放了泻药的鸡腿，去了沈老师办公室。

杨帆和冯坤落网了，被免去热饭一职，重新回到课间操的队列中，到了第四节课的时候也饿得蔫头耷拉脑。

真相大白后，热饭的同学相继回忆起有问题的地方。有人说，热饭之前饭盒挺

沉的，热完后感觉轻了。有人说，在家的时候，饭都吃不了，在学校还不够吃，终于明白为什么在学校饭量比在家大了。还有人说，上幼儿园的时候老师就告诉我螃蟹八条腿，最近每次吃都是六条腿，还以为不是老师教错了，就是螃蟹变异了。

多年后杨帆以男朋友的身份去陈燕家吃饭的时候，陈燕妈给他夹了一个鸡腿，杨帆尴尬地接过来，又放到陈燕的碗里说：我现在不是那么爱吃鸡腿了。

事发后的一天早上，杨帆正准备出门上学，杨树林叫住他，拿来一个面包说：带上，省得老翻别人饭盒，好像我不给你吃似的。

杨帆一愣，看了杨树林一眼，拿上面包，出了家门。路上琢磨：看来杨树林和沈老师私底下有联系。这个结论令杨帆感到不妙。

杨树林确实和沈老师保持着联系。久别重逢后，杨树林像以为要在白色恐怖下生活一辈子的老百姓见到走了又回来的红军一样，立即对未来寄予了极高的期望。试探了几个回合，当获悉沈老师依旧单身的事实后，杨树林的心情就像被压迫的老百姓得知红军这次是来解救自己时一般澎湃。

沈老师补充说，结了一次，离了，说不到一块去。

杨树林的喜悦被打了八折。又一想自己，有什么条件要求十全十美呢，能赶上八折的已经不错了。

每次都是杨树林给沈老师打电话，以询问杨帆在学校的表现为借口，三五句话后便转移到沈老师的生活上。让杨树林很棘手的是，如何让沈老师明明白白他的心。他们都人到中年了，年少轻狂的冲动已不复存在，夕阳红的温馨又从容还尚未到来。在和沈老师的接触中，杨树林只是感觉她并不讨厌他，没看出任何她愿意嫁给他的蛛丝马迹。而且，不得不考虑的一个现实问题是，沈老师是杨帆的班主任，万一求爱被拒绝，以后他怎么给杨帆开家长会，她对杨帆又会是什么态度。如何把窗户纸捅破这一问题，严重困扰着杨树林。

期末考试前，全班召开家长会，商讨如何让孩子考出好成绩的问题。杨帆一直躲在教室外，暗中观察杨树林与沈老师的关系。散会后，家长们陆续离开教室，最后只剩下杨树林拿着笔记本坐在杨帆的座位上，好像有一堆问题要问。杨帆趴在后门，见杨树林走上讲台，和沈老师说了一句话，然后俩人就向教室前门走去。

杨帆在他们出教室前，躲到车棚后面，清清楚楚地看到杨树林帮沈老师锁了教室的门。

杨树林先走了，但没走远，推着车在校门口不远处等着沈老师。沈老师出来后，俩人并肩沿着马路走，杨帆跟在后面。当沈老师警惕地向身后看了一眼的时候，杨帆机敏地利用路边的槐树掩护了自己。

走到一片无人地区，杨树林停下来，从怀里掏出一条红色的围脖，递到沈老师面前。沈老师一愣，抬起头看了看杨树林。杨树林往前伸了伸胳膊，沈老师下意识地往后闪了一下身。

杨帆听不到他们说什么，仅从肢体上，猜测他们的对话：

杨树林：天凉了，给你买了一条围脖。

沈老师：这样不好，我是老师，你是学生家长。

杨树林：收下吧，我和杨帆也戴不了，我们俩大男人不能戴红围脖上街啊，多有损首都形象，杨帆给你添了不少麻烦。

沈老师：杨帆表现挺好的，以后别买围脖了。

杨树林：好，以后天暖和了，该买裙子了。

沈老师不知道对杨树林说什么好。

杨树林：如果你觉得围脖还不难看的话，我给你戴上吧。

沈老师想了想，没说什么，低下了头。杨树林像藏民给客人戴上哈达一样，庄严地给沈老师围上围脖。

看到这里，杨帆心头一紧：如果他俩狼狈为奸，后果将不堪设想。必须及时采取行动阻止他们结成统一战线。

杨帆把鲁小彬、冯坤和陈燕召集到一起，商议对策。

听杨帆叙述完事情经过，鲁小彬说，你找我们可找错了，我们对这事儿没经验。

杨帆说，众人拾柴火焰高，一个篱笆三个桩，一个好汉三个帮，三个臭皮匠一个诸葛亮。

冯坤说，想办法让他们的阴谋流产，要不然以后沈老师再去你家，就不是家访了，而是回家，你在学校的那点事儿你爸都该知道了。

陈燕说，我倒觉得让他们得逞也挺好的，以后需要家长签字的时候，沈老师直接签上就行了，不用再拿回家找你爸了。

杨帆说，坚决不行，每天讲台上站着的是我回家管她叫妈的女人，多别扭。

鲁小彬说，三十六计走为上，要不然你退学吧。

杨帆说，我不想壮大咱们国家的文盲队伍，我要多学科学文化，用知识武装自己，帮助伊拉克人民，去和美帝国主义战斗，夺取海湾战争的胜利。

冯坤说，那你就争取留级，可以摆脱沈老师。

杨帆说，那伊拉克人民还要在美英法的水深火热中多忍受一年，我怕他们等不及了。

陈燕说，你也别过分悲观，说不定现在是剃头挑子一头热，沈老师对你爸有没有兴趣还不一定呢。

陈燕的这句话，暂时消除了杨帆的顾虑。他觉得陈燕说得很有道理，想和牌，光有人点炮还不够，还得有人上听。之所以会这么认为，是因为杨帆就是一个想点炮的人，他想点炮的对象正是陈燕，陈燕对此浑然不知，也就是没有上听，所以这把牌迟迟和不了。杨帆觉得，不能再这么下去了，要不然就黄庄了。

就在杨树林正准备喜迎自己第二春的时候，杨帆也像一只到了春天的猫，蠢蠢欲动了。

最近一段时间，杨帆对陈燕突然产生一种莫名的感觉，每天都想见到她，可是见到后却有点儿紧张，不知道说什么好，一旦分开，又有点儿想念。特别是当陈燕和别的男生说说笑笑的时候，杨帆心里很不高兴。

杨帆进入青春期了，这种变化首先出现在身体上。一次睡觉的时候，他做了一个奇怪的梦，身体里随之流出点东西，然后就醒了，感觉内裤里有些冰凉，看窗外天还黑着，便没理会，接着睡。等早上起来穿衣服的时候，觉得下面有点异样，一想，好像夜里是出了点儿什么事儿，没太往心里去，换了一条内裤，吃完早饭就上学去了。没过几天，同样的事情再次出现。杨帆到了学校，把昨夜的经过和感受描述了一番，问鲁小彬是否经历过。

鲁小彬说，半年前我就有幸体验了一把，看来我比你发育得早。

杨帆说，发育我倒是不介意，可是干吗还得让我换裤衩。

鲁小彬说，这叫遗精，咱们男的都有。你看过《红楼梦》吗，三十多页的地方，贾宝玉也遗了。

杨帆说，看过小人书。

鲁小彬说，小人书不写这些。

杨帆说，看来还是做女人好。

鲁小彬说，她们有她们的难处，你没看咱们班有些女生每个月都有一个礼拜不上体育课吗，那是她们发育了。

杨帆说，夜里那种感觉倒是不错，不用换裤衩就更好了。

鲁小彬说，不穿裤衩就不用换了。

杨帆说，那不行，都弄被子上了，还得换被罩。

鲁小彬说，那没办法了，你就安心学习吧，别操心这事儿，操心也没用。

杨帆半懂不懂地过了一个多月的换内裤生活。在又一次遗精后的第二天，开班会，女生们被带进一个小黑屋，男生在门外等着。过了半个小时，女生们面红耳赤地出来，男生又被叫进去，放录像的老师正在倒带子，倒完说，为了不影响正常的教学秩序，这个录像需要男女生分开看，下面我们就开始放了，关灯。

黑暗中，杨帆从电视屏幕上看到了赤裸着的男女身体，遗憾的是，并不是真人，而是石膏雕像。在一个柔美女声的解说和图形并茂的镜头展示下，杨帆对人类的身体构造和到了什么时候哪块儿有什么变化已基本了解。

杨帆放学回家后，看见自己的裤衩晾在院里，正往下滴答水。

杨帆进了屋，杨树林正把脸盆放架上，把杨帆叫过去，问道：你觉得自己最近有什么变化没有。

杨帆说，单词量已经四百多个了。

杨树林说，除了学习上的，身体上的呢。

杨帆知道杨树林的意思，脸不由自主红了一下，被杨树林明察秋毫。

杨树林取来暖壶，往杯子里倒水，眼睛看着杨帆，杯子满了也不知道。

杨帆说，你老看我干吗，水都洒了。

杨树林停下来，说，这说明了一个道理。

杨帆以为杨树林要说做事不能三心二意。

杨树林说，说明了水满自溢，有些东西和这是一个道理。然后把杨帆留在思索中，自己拿着晚报进里屋去看，似乎对自己刚才的教育方式很满意。

好像那天夜里以后，杨帆的心里就多了点什么，不能再像以前那样心无旁骛地除了吃喝就是玩乐了。六月一到，杨帆的心里更乱了。学校里到处都是花裙子，到处都是比自己高耸的胸脯，还有藏在女生T恤里隐约可见的俩竖一横。原本天很蓝云很白树很绿的世界，在杨帆眼里突然变得花里胡哨。

一次上课间操，在体育老师发出"两臂侧平举，向中看——齐"的命令后，杨帆伸开双臂，向右侧看去，这次他没有看右侧人的耳朵，视线略低于往常，无意中发现了一些令他震撼的东西。

右侧是展开双臂的陈燕，杨帆透过陈燕的半截袖袖口，看见了陈燕的胸罩，顿时惊呆了。杨帆降低了伸开的右臂，以便能看到更多东西，这次他看到了没有被包裹住的乳房的边缘。杨帆没有被电过，但那一刻，他觉得电击的感觉也不过如此。

杨帆怕被人看出来，抬高视线，一本正经地看着往常的高度，但觉得陈燕袖口里的东西在呼唤着自己，于是又向那里看过去。就在即将锁定目标的时候，体育老师的一句"向前——看"，令眼前的景象消失了。陈燕放下了胳膊。

下了课间操，在回教室的路上，杨帆眼前又浮现出刚才的一幕，心里暗自庆幸：多亏我现在不用热饭了。

不知道从什么时候起，男生们兴起评选班里四大美女的活动。每天中午吃完饭，众男生聚集在一起，关上教室的门，坐在阳光下，各抒己见。日后，当他们知道了饱暖思淫欲这个词后，觉得很精辟，一语道中他们为什么会在这个时间开展这项活动。

每次参与评选的男生不同，入选的女生也不同，这说明人与人的审美标准不一样，但进入大名单的就是那七八个女生，这又说明大家整体的审美取向是一致的。

陈燕的名字屡次出现在大名单里，她是很多男生的首选，但是当杨帆参与评选的时候，都会躲避陈燕的名字。其实能否入选，在杨帆的心里，答案是肯定的，正因为心里有她，嘴上才不能说出来。

每当有人说"我觉得得有陈燕"的时候，杨帆都会保持沉默，听任别人在相貌、气质、性格、身材等方面对陈燕进行评价。当别人评价得不准确或不全面的时候，杨帆很想纠正和补充，但都克制住了，他担心别人从他的话里听出什么。所以讨论了一中午还没结果马上就要上下午课的时候，便会有人催促杨帆：你倒是表个态啊，咱们这一中午不能做无用功啊。杨帆则会有些不好意思地说，你们说行就行。

Chapter 08

I am Your Son

一九九五年一月三十日，中共中央台湾工作办公室、国务院台湾事务办公室举办新春茶话会。江泽民同志在会上发表《为促进祖国统一大业的完成而继续奋斗》的讲话，就发展两岸关系推进祖国和平统一进程的若干重要问题，提出八点主张。

冯坤弄来几张不干胶贴画。这些贴画表面上，和普通贴画没什么不一样，都是穿着黑色衣服的漂亮女人，但是一加热就不一样了，那层黑色衣服会自动消失，女人变得一丝不挂。

贴画迅速在男生中间流传开。从这天起，班里男生的精神面貌大不如从前，老师们以为是作业留多了弄的，开始减负，但是并不见效果。又以为夏天到了，昏昏欲睡是正常生理反应，便没多管。

有些男生正上着课，就忍不住了，掏出火柴，划着了在贴画背面烤一下，令人神往的画面便出现了。但是火柴划着后的味道和那股青烟总会被老师发现，于是改用打火机，但是火苗大小不好控制，经常把贴画烧着，原本可以观赏一辈子的东西，在打火机的熏烤下，顷刻间便灰飞烟灭，令男生们痛心疾首。后来上物理课，知道了燃点的概念，便有人想出办法，接杯热水，把画贴杯子上，这样便能保证贴画完好无损，又能保证出现想看的内容。

画看久了，就会有男生发出感慨：我都十四岁了，什么时候才能看见一次真的。

每当听到这些话的时候，杨帆会觉得自己在这方面已经遥遥领先，他看见过陈燕的，尽管朦朦胧胧，毕竟货真价实。

有时候杨帆看到这些画，会幻想如果把画上人的脸换成陈燕的会是什么样子。

一天，鲁小彬鼻青脸肿地来上学。大家问他怎么了，他说惨遭他爸毒手。大家问，是不是你爸又喝酒了。鲁小彬说这次是喝水的时候把我收拾了。原来鲁小彬把贴画带回家，贴在杯子上看完忘了揭下来。鲁厂长回家后，给杯子里蓄了点开水，端起来刚要喝，发现了一片肉色展现在眼前，定睛一瞧，一个搔首弄姿的女人赤身

裸体在向自己微笑。倒水之前，他看见杯子上贴了一张画，以为是周慧敏林青霞等少男们的偶像，记得画中人好像穿了一身黑色的衣服，可是现在衣服哪儿去了，看着就替她感到冷。鲁厂长倒掉杯里的水，画中人又恢复原貌，看上去穿得还挺厚。鲁厂长又倒了点开水，放下暖壶，眼看着那层黑色衣服一点点儿褪去，露出白花花的一片，勃然大怒，把鲁小彬叫来，一顿暴揍，然后才问这是怎么回事儿。鲁小彬实话实说，鲁厂长听完，对鲁小彬的同学做了评价：一群小流氓！然后没收了杯子。鲁小彬索要，说得还给同学。鲁厂长当即拒绝，说，你们交流科学文化知识可以，传播这种东西门儿都没有，我替老师没收了。说完又给了鲁小彬一巴掌。

同学们安慰鲁小彬，问他脸上青一块紫一块的地方疼不疼。鲁小彬摇摇头，说了一句令在场男生感动了一天的话：挨打事小，没留得住青山在，让同志们没柴烧事大，日后我会给大家寻找新的精神食粮。

这话说完后不久的一天，鲁小彬神秘兮兮地对杨帆和冯坤说，放了学去我家，让你俩一饱眼福。

放学后，杨帆和冯坤去了鲁小彬家。鲁小彬插上门，给他俩倒了一杯水，然后从床底下的皮箱里找出一盘录像带，放进录像机，在按播放键之前，又跑到阳台向楼下看了看，才放心地播放。

屏幕上出现了杨帆多次在头脑中幻想过的画面。冯坤瞪大眼睛问道：这就是传说中的黄色录像吗。

鲁小彬骄傲地点点头：是也。然后像第一世界人民对待第三世界人民那样，以一种过来人的口吻说：怎么样，没让你们失望吧。

杨帆说，别着急让我下结论，先看一段再说。

在杨帆和冯坤专注地盯着电视的时候，鲁小彬神色紧张，不时去阳台张望一下。杨帆觉得鲁小彬的走动影响了他们观看，让他坐下，别浮躁。

鲁小彬说这是在给他们放哨，现在有很多抓看黄色录像的警车，在各个地方转悠，车身安装了天线，车里有无线接收设备，谁家看了，他们能收到，并迅速查出门牌号。鲁小彬出去张望，就是怕这种车停在自己家楼下。

冯坤当即表示，以后考警校，也从事这种工作，抓人之前先在车里看会儿，觉得没意思了再上去。

一盘六十分钟的松下录像带放完了，受到杨帆和冯坤的一致好评：牛掰。

杨帆问鲁小彬带子从哪搞来的，鲁小彬说他爸去广州开会学习，回来后箱子里就多了这个。

桌上的水杯空了，杨帆和冯坤都不知道什么时候喝的。

鲁小彬说，我是过来人，知道那种感受，还喝吗。

杨帆说不喝了，弯腰站起身。

鲁小彬笑着说，我第一次看完也这样。然后把录像倒到放映时的位置，放回箱子里。

杨帆和冯坤离开鲁小彬的家，下了楼，没走多远，看见前面停着一辆都是天线的汽车，俩人不约而同绕道而行。

走开很远后，杨帆说，其实刚才直行也没什么，那车检测不到咱俩刚才干了什么。

冯坤说，不是什么好事儿，还是谨慎点儿好。

鲁小彬那有好东西的消息迅速在男生中蔓延开。很多人提出要去鲁小彬家作客，鲁小彬说我热烈欢迎，但我家地方不大，一次只能去三个人，再说了，人多也影响观影效果。于是每天放学后，总能看到两三个男生跟在鲁小彬身后，像去完成一件神圣的事情一样，意气风发地走在路上。

很多看过一次的男生觉得不够过瘾，强烈要求第二次作客。鲁小彬觉得有必要立即将此事停止下来，否则全校男生都要去他家作客了，已经有一些其他年级的学生要结识鲁小彬了，便向全班男生宣布：真把我家当成录像厅了，从今天起，去我家讨论学习可以，看书可以，看电视可以，想看别的，恕不奉陪。

不怕贼偷就怕贼惦记着，终于有一天，一个男生跑到鲁小彬面前，要放学请他吃羊肉串。

鲁小彬说，有事儿说事儿，不用这样。

男生说，我想管你借样东西。

鲁小彬说，我知道你要借什么，不就是录像带吗。

男生说，还有录像机。

鲁小彬说，你家不是有录像机吗。

男生说，我想把你的录像带再录一盘，一台放，一台录。

鲁小彬说，你不是要制黄贩黄吧。

男生说，我也不敢，就是自己观摩。

鲁小彬考虑了一下，觉得同学这么诚恳，不借太没人性，便同意了。不久后，

来找鲁小彬借录像机的人络绎不绝，其中有一个家里没有录像机的男生也来借。鲁小彬说，借了你也录不了，瞎起什么哄啊。男生说，我已经借了一台了。鲁小彬说，录了你也看不了。男生说，我可以去有录像机的人家看，他出机器，我出带子，资源互补。鲁小彬听完说，既然你们都共产主义，我也不能资本主义了，中午放学跟我回家吧。

在鲁小彬的带领下，班里男生在那方面基本扫了盲。半年后，重选班委，男生一致同意选鲁小彬当生活委员，对他在生活的某一方面上为大家提供了无私的帮助予以肯定。

经过长时间思考，杨帆终于决定将心里的蠢蠢欲动转化为实际行动。有种感觉在他心里憋闷了很久，不吐不快。这种感觉让杨帆睡不着觉，吃不下饭，上课心不在焉，连鲁小彬搞到新片子请他去看他都没了兴趣。

陈燕占据了杨帆的思想和心灵。杨帆只要一闭眼，陈燕的形象便晃荡在眼前，睁开眼，陈燕就没了，杨帆会急于寻找到陈燕的身影来填充自己的双眼。

杨帆觉得有必要把自己的想法告诉陈燕。自己这样，陈燕是肇事者。

学校不是说这种话的地方，耳目太多，只能在校外，但要找准时机，不宜说得生硬、唐突。

杨帆上学的路上会路过陈燕家，他决定做出偶遇陈燕的样子，伺机告白。

杨帆比往常出家门早了一点儿，每走一步都感觉脚步沉重，他清醒地意识到此行的重要性，每迈一步，就向幸福凑近了一步。

快到陈燕家了，杨帆放慢了脚步，希望陈燕这个时候正好从院里出来，叫住她，两人并肩而行，说说笑笑，然后很自然地告诉陈燕：我喜欢你，咱俩好吧。

可是好上以后杨帆并不知道该干什么，他只是本能地认为两个人应该在一起，这样感觉才对。十几年后，杨帆知道和谐社会这个词的时候，觉得就是当时要迫不及待和陈燕在一起所达到的那种感觉。

离陈燕家越来越近了，果然从院里出来了一个人，杨帆认出来了，是陈燕她妈，赶紧低下头，装作没看见。陈燕妈也没往杨帆这边看，骑上车就走了。

走到院门口，杨帆向里面张望了一下，突然听到身后有人叫自己，吓一跳，回头一看，是冯坤。

冯坤跑上来，问杨帆物理作业写了吗。杨帆觉得不能和冯坤一起去学校，否则计划就泡汤了，于是装作恍然大悟：哎呀，作业本落家了，你先走吧，我回去拿。

杨帆扭头就往回走，成功甩掉冯坤。就在他正得意的时候，发现杨树林正在前方骑着自行车向自己驶来，杨帆觉得自己已经被看到，只好硬着头皮迎上去。

杨树林停下车：你怎么又回来了。

杨帆故作慌张：作业落家了。说完朝家跑去。

杨树林冲杨帆喊道：用我骑车带你回去取不。

杨帆头也不回地喊道：走你的吧。然后估计杨树林差不多走远了，便停下来，回头没看见杨树林，又往学校方向走。

快到陈燕家门口的时候，杨帆又换成徘徊的步调。可是久久不见陈燕出来。不该见的人都见到了，该见到的人却见不到，杨帆心想：爱情的路怎么这么难走。

眼看上课就要迟到了，陈燕还没出现。杨帆想是不是陈燕病了，如果这时候他出现在她的病床前，给她削一个苹果，她会被感动的，说不定就把她拿下了。但是杨帆立即否定了这个想法，他突然想起，今天是陈燕她们组做值日，陈燕肯定是在杨帆到来前就走了。

想到这里，杨帆赶紧向学校跑去，他的物理作业还没写，昨天一直想着陈燕，写不下去。

进了教室，杨帆第一眼就朝陈燕瞥去，当看见她坐在座位上的时候，杨帆放心了，向别人借了物理作业。

第二天，杨帆早早起床，睡眼惺忪地出了门。杨树林觉得奇怪，以为杨帆在梦游，梦游的时候不能被打扰，否则会落下病，所以杨树林没管他，但是杨帆说了一句爸爸再见，又让杨树林觉得这孩子挺清醒的，既然不糊涂，为什么不吃饭就走了呢。

出门前杨帆想小便，又怕图一时之快错过陈燕而耽误终身大事，便收紧阀门，推门而出。当时杨帆想的是，早饭诚可贵，小便价更高，若为爱情故，两者皆可抛。

杨帆走上街道的时候，天大亮了。阳光照在他的脸上，让他有一点点躁动。

杨帆在心里把昨天晚上准备好的话又练习了一遍，当确信自己已经能流利背诵了的时候，便加快了向陈燕家前进的步伐。杨帆感觉有一群蚂蚁正在自己心窝里爬，痒痒的。

快到陈燕家门口的时候，杨帆看见陈燕妈端着一锅豆浆和几根油条进了院。杨帆来到陈燕家斜对面的树后，观察着院里的一举一动。

身后的院里传出煎鸡蛋的味道，平时杨帆觉得这种味道沁人心脾，现在却认为

这种世俗的味道破坏了即将开始的神圣的事情，于是他换了个地方。

一个清洁工正在打扫街道，当扫到杨帆脚下的时候，杨帆正翘首以待，岿然不动。

清洁工问杨帆：等人啊。

杨帆这才发现身旁站着人，他点点头。

清洁工说，抬下脚，我把树叶扫了。

杨帆抬了脚。清洁工扫起树叶，说，女生吧。

杨帆不解：什么女生。

清洁工说，你等的。

杨帆更不解：您怎么知道。

清洁工说，我也是从你这么大过来的。

杨帆很没面子。

清洁工说，贵在坚持，回见。说完背着簸箕走了。

杨帆看了一下表，七点零五了，还不见陈燕出来。再过一会杨树林就要骑着自行车从这条街道经过了，杨帆拐了一个弯，去了另一条杨树林不会经过却是陈燕上学必经之地的胡同。

杨帆站在电线杆下，看着上面贴的治疗各种房事疾病的祖传秘方，等待陈燕的出现。

当杨帆对各种疾病已经了如指掌的时候，陈燕仍没有露面。杨帆探出头，向陈燕家的胡同张望了一下，空无一人。这时尿欲涌上心头，杨帆决定满足这种欲望，已经压抑很久了，时间太长对身体不好。杨帆四处看了看，条件允许。他用电线杆做掩护，掏出东西，准备浇灌。

却因为紧张，堵住了。

杨帆保持着现有的姿势，调节自己的情绪，深呼吸，放松，三十秒后终于贯通了。完事儿后，杨帆打了一个哆嗦，正抖落呢，瞥见胡同口闪出一个人影，扭头一瞧，正是陈燕，来不及考虑是否抖落干净，赶紧收好，若无其事地往前走。

杨帆想起小学时候老师曾让他用"尴尬"造句，用在这里再合适不过，可是当初没有这种体验。现在杨帆终于理解老师说的生活对于写作的重要性了。

陈燕喊住杨帆，问道，怎么看我来了你就走了。

杨帆说，我刚才回头看见一个人长得像你，没想到还真是你。

陈燕说，你刚才干吗呢。

杨帆说，没干吗，走路呢。

陈燕说，不对，你刚才对着墙干什么来着。说着就往墙根儿看。

杨帆赶紧拉着陈燕往学校方向走。

陈燕说，你拽我干吗。

杨帆说，快上学去吧，都要迟到了。说完脸就红了，不知道陈燕看没看见墙根儿的湿印儿。

杨帆和陈燕并肩走着，神情有点恍惚，脑子里一片空白，准备好的话一句也想不起来了，只有两条腿机械地摆动。

陈燕看出杨帆的异样，问道，你今天怎么了。

杨帆说，没怎么，我挺好的。然后咧嘴冲陈燕笑了笑。

陈燕说，你是不是有什么心事。

杨帆觉得机会来了，如果陈燕追问，他就可以借机开口了，于是点点头。

陈燕说，是不是你爸和沈老师的事儿。

杨帆摇摇头。

陈燕说，又没写作业吧。

杨帆点点头。确实没写作业。昨天晚上又准备了一宿今天如何表白，第一句话说什么，然后根据陈燕可能出现的几种反应，第二句话再说什么，一套话设计得天衣无缝，可是陈燕在那个时候突然出现让杨帆措手不及，全乱了。

陈燕从书包里拿出作业：到了学校赶紧抄。

杨帆却没有接。

陈燕说，你到底怎么了。

杨帆想说我喜欢你，但觉得此时情绪尚未饱满，话说出来没有力度，需要再积淀一下，于是心事重重地说，唉，一言难尽。

有了这句话铺垫，再直抒胸臆就能产生应有的效果，如果陈燕再问下去的话，杨帆就彻底坦白了。

但是陈燕没有问。她以为杨帆是生理上的问题，因为她每月也总有那么几天不舒服。

杨帆等着陈燕继续发问，陈燕却沉默了。杨帆不免有些失望，刚刚积蓄饱满的情绪荡然无存。

两人默默走了一段路。眼看就到学校了，杨帆说，你先进去吧，我去买点儿包子吃。

杨帆开始注意自己的形象了。以前洗脸还得杨树林逼，现在很自觉，早晚各一次，有时候中午还要洗洗，怕油脂堆积，长青春痘。

原来杨帆留的是寸头，杨树林一个月给他剃一次，现在杨帆不用杨树林剃了，留起分头，剪的话也去广东人开的发廊，让人家给他按照郭富城的头型理。

班里突然之间冒出许多个中分，上课的时候总会有脑袋甩来甩去。沈老师找杨帆谈了一次话，说原来留寸头挺好看的，希望他改回来。杨帆说寸头太土了。沈老师说张学友也是寸头。杨帆说所以张学友是实力派，郭富城是偶像派。沈老师说难道做实力派不好吗。杨帆说四十岁以后再做实力派，趁年轻先做偶像派。

服饰上杨帆也追赶潮流，穿黑色三接头皮鞋，白袜子，黑色老板裤，压了花纹的皮带，皮带扣是不锈钢的，白衬衫掖在裤子里，起风的时候拖出来，迎风招展。

当男人开始打扮的时候，说明他想引得异性的关注。杨帆这么做，是为了讨陈燕欢心。

上学路上告白未遂后，杨帆调整了战术，变说为写，把早已打好的腹稿再精加工，写在有花纹水印还带香味的纸上，上面有若干处涂改液的痕迹，一共写了三页，创造了有生以来写文章的最长纪录。

杨帆约陈燕放学一起走，说数学课讲的二元二次方程组没听懂，想让陈燕去他家辅导一下，陈燕答应了。

放学的时候天上开始掉点儿，两人都没带伞，杨帆说反正也不远，不用等雨停了。行至途中，雨突然大起来，两人在雨中跑了一段才找到避雨的地方，这时候身上的衣服已经湿透了。

陈燕穿的是一件白色T恤，浸了水变成塑料布的颜色，贴在身上，曲线毕露。陈燕从杨帆的目光中发现了不妥，急忙转过身，揪起衣服，让曲线变成直线。杨帆不好意思地扭过头，眼睛看着天上，心里想着身后。

阵雨，说停就停。两人继续赶路，杨帆看着身边的陈燕，闻着雨后的空气，觉得很清新。路过陈燕家，陈燕要进去换件衣服。

陈燕在里屋换，杨帆在外屋等，想扒门缝看一眼的罪恶念头在杨帆心里油然而生，为此，心脏怦怦乱跳。杨帆立即遏制住这种想法，心想：不急，水到渠成。

陈燕换好衣服，叫杨帆进去。杨帆又确认了一下：我进去了啊。陈燕说进来吧。杨帆看到陈燕换下来的衣服，胸罩扔在 T 恤上面，目光不敢停留过长。

陈燕说，别去你家了，就在我家吧，我妈还有一个多小时才下班呢。

杨帆同意。两人在桌前就坐，陈燕拿出笔记本，开始授课，循序渐进，一步一个脚印，自然亲切。杨帆一句话也没听进去，心里想着什么时候把东西交给陈燕。

老师四十五分钟讲的内容陈燕二十分钟讲完，问杨帆明白了吗，杨帆说似懂非懂，一起把数学作业写了吧，在实践中摸索真理。信夹在作业本里，可以借机交给陈燕。杨帆翻了半天书包，没找着作业本，估计落家了，说还是去我家写吧。

雨又下起来了，两人打了一把花伞，走在湿漉漉的街道上。

进了门，杨帆脱掉湿背心，因为陈燕在，又套上一件干的。两人把书本铺在桌上，开始写了。杨帆小心翼翼地打开作业本，可是里面没有信，感觉很奇怪，昨天晚上明明夹在作业本里了。

杨帆又把作业本翻了一遍，还是没有，顿时慌了。陈燕问怎么了，杨帆想，要不然就开门见山，直奔主题，是死是活命中注定，可是陈燕正专注地写着作业，杨帆难以启齿。雨停了，夕阳露出来，照在陈燕低下的头上，脖颈上的绒毛被镶上一层金边，像秋阳下的麦田，杨帆想吹口气，看看它们随风摆动的样子，又不忍心打扰正沉浸在数学世界里的陈燕，越看她越觉得自己龌龊，但心里好像有什么东西正催促着那些话往外冒，已经卡到嗓子眼儿了，呼之欲出。

就在这个时候，杨帆的肚子叫了一声。声音挺大，拉得还挺长，陈燕显然是听到了，要不也不会目光突然从作业本移到杨帆身上。这声叫唤出现的太不是时候了，那些都进入了口腔的话，又生生被杨帆咽了回去。杨帆后悔中午没有多吃点儿，哪怕多吃一个包子，这会儿也不会饿，肚子也不会发出令人沮丧的一声，好不容易攒的那点儿冲动和勇气，都被这一声吓跑了。

此后的时间里，直到杨树林回来，杨帆也没找到表真心的机会。陈燕看到杨树林回来了，叫了声叔叔好，继续心无旁骛地写作业。杨树林端着茶杯在他俩面前晃来晃去，不停地问学校里的事情。杨帆很不自在，说，你赶紧做饭去吧。杨树林留陈燕一起吃，陈燕说不了，杨树林未经陈燕同意，擅自做主：咱们吃饺子，我买馅儿去。陈燕说叔叔不用了，我这就回家了，我妈等着我呢。杨树林说，那好吧，有空来玩。陈燕收拾好书包，说了声叔叔再见，由杨帆送出门。

送完陈燕回来后，杨帆一进门，发现杨树林正襟危坐，注视着他。

杨帆没理，径直往里屋走。

杨树林说，你过来一下。

杨帆走到杨树林面前：干吗。

杨树林指了指旁边的椅子：坐这。

杨帆不情愿地坐下。

杨树林喝了一口水，严肃地说，你知道咱们国家的基本国策吗。

杨帆说，我不关心政治。

杨树林说，那好，我告诉你，就是一个中心两个基本点，以经济建设为中心，坚持四项基本原则，坚持改革开放。

杨帆说，政治课上老师好像讲过。

杨树林说，你知道咱们国家为什么定这个基本国策吗。

杨帆说，这和我没关系。

杨树林说，这是考虑到国情，抓主要矛盾。

杨帆说，你想说什么啊，没事儿我写作业去了。

杨树林说，你知道"追悔莫及"什么意思吗。

杨帆以为杨树林不懂，自鸣得意地给他解释了一遍：就是干了不该干的事儿，等后悔了就来不及了。

杨树林说，你是不是对陈燕有意思，你可还是学生，主要任务是学习，现在谈这种事情早了点儿，要不然追悔莫及。

杨帆心想，原来他在这等着我呢，说，你知道"老奸巨猾"什么意思吗？

杨树林说，不就是姜是老的辣的意思吗，我认为这是在夸人。我可告诉你，少壮不努力，老大徒伤悲。

杨帆想，反正你只是看到我和陈燕一起写作业了，我心里怎么想的你也不知道，便说，你们大人思想最复杂了，看见小孩一起写个作业就往坏处想，以大人之心度孩子之腹，这样不好。

杨树林看着杨帆，见他表现出一副天真无邪状，觉得很伤心：杨帆学会撒谎了。

杨帆看杨树林没反应，以为他无计可施，便起身说，我写作业去了。都要走到里屋了，杨树林突然蹦出一句：我可证据确凿。

杨帆一回头，杨树林从兜里掏出一封信，正是杨帆写给陈燕的。

原来，杨帆头天晚上写完信后，夹到作业本里，已经想好了第二天和陈燕一起写作业的时候给她，可是却夹到第二天要交的那个作业本里，所以刚才杨帆没有从另一个作业本里找到信。数学老师在批改杨帆作业时，发现夹了几张纸，还挺香，就打开看了看，看到了杨帆的内心世界，出于对教育事业负责的态度，又把杨帆的内心世界展现给班主任沈老师看。沈老师看完，觉得有必要告诉杨树林，于是杨树林便看到了自己儿子的内心世界。

杨帆走过去把信撕得粉碎，憋红了脸。

杨树林说，你们沈老师给我的。

杨帆把纸片装进兜里，说，那你还留陈燕吃饭。

杨树林说，我那是鸿门宴，吃饭的时候把刚才对你说的话再对她说一遍。

杨帆说，你都这么大的人了，亏你想得出来。

杨树林说，我这是为你们好。

杨帆说，那你还让人家下回来玩，虚情假意。

杨树林说，我那是客气客气，毕竟是你的同学。

可是杨帆觉得杨树林一点都不客气，写给喜欢的姑娘的热情洋溢的信被自己的父亲冰冷地掏出来呈现在自己面前，世界上最残酷的事情莫过于此。

杨帆进了屋，关上门，冲着门外小声说了句：走着瞧。

一种时候杨帆越来越怕遇到了——父子二人在澡堂子坦诚相见。杨帆最近身体发生了一些变化，局部地区开始朝成人方向发展了。这种变化令杨帆有些惊慌，很怕被杨树林发现，好像自己犯了错误。

在多次以作业多、难受、第二天考试等为借口避开和杨树林同浴后，杨帆终于一次无计可施，不得不和杨树林同行。

杨树林三下两下脱光了自己，跟杨帆说了一声：快点儿，便先进去了。杨帆故意延长了脱衣服的时间，当觉得再不进去杨树林就洗完了的时候，才硬着头皮，窝着腰进去。

杨树林说，你怎么才来。

杨帆站到龙头下，拧开水，转过身说，碰到一同学，聊了会儿天。

杨树林把毛巾扔给杨帆：给我搓搓。

杨帆转过身，一片白花花的后背呈现在眼前，杨树林扶着水管，准备就绪。

杨帆用毛巾包住手，在杨树林后背耕耘起来。一根根黑灰色的条状物层出不穷，

毛巾所到之处，一片通红。杨树林很享受地说，再使点儿劲。

杨帆的工作区域上至肩膀，下至臀部，左至左肋，右至右肋。隔着毛巾，还是能感觉到杨树林身体的坚硬。

杨帆觉得该搓的都搓出来了，再搓就是毛巾和肉体的摩擦了，便把毛巾递给杨树林说，行了。

杨树林冲掉后背上的硕果，投着毛巾说，过来，你也搓搓。

杨帆背对着杨树林说，不用，我够得着。

这时杨树林说了杨帆最怕听到的但是每次洗澡时杨树林都要对他说的话：把小鸡洗洗。

每到这个时候杨帆都想：我都多大了，这个你还管，是不是我结了婚你还要告诉我进了洞房后干什么啊。

杨帆并不知道这句话实施起来的准确内容，象征性地冲了几下。杨树林一直看着，觉得杨帆太马虎了，说，好好洗，别凑合。

杨帆又冲了冲，杨树林还觉得不够：翻开洗洗。

杨帆不太明白翻什么，杨树林做了示范，这个动作让杨帆很难为情。杨帆试着翻了翻，但是翻不上来，疼。

杨树林不无担忧地说，你是不是过长啊。

杨帆说，什么过长。

杨树林说，再等等，没准还没到时候。

杨帆看了看自己的，又看了看别人的，发现了异同，没好意思再往下问，将疑问带到了学校，问鲁小彬，过长是什么意思。

鲁小彬得知"过长"发生的语境后，说，应该是包皮过长。

杨帆说，过长了又能怎样。

鲁小彬说，现在不能怎么样，以后结了婚就麻烦了。

杨帆似乎明白了什么，心头掠过一丝忧愁，说，那怎么办。

鲁小彬说，不是什么大不了的事儿，去医院拉了就行了。

几个月后，杨帆发现自己仍无变化，而身边同学都日新月异，恐惧战胜了羞涩，他来到杨树林面前：要不咱们去医院吧。

杨树林问：哪不舒服。

杨帆低下头说：上回洗澡的时候你说的那个问题，过长。

杨树林想起是有这么回事儿，说，再让我看看。

杨帆说，别看了，还那样。

杨树林带着杨帆去了人民医院。大夫看完，说确实得做手术。杨帆在大夫和杨树林的帮助下，消除了对手术的恐惧，躺在手术台上。

术后，杨帆带着假条来到学校，体育课前交给老师，然后冠冕堂皇地和几个同样不上体育课的女生坐在篮球架下，看同学们在操场跑圈儿。

有人羡慕杨帆：我怎么没过长，要不然也能和女生一样，不用跑圈儿了。

鲁小彬说，与其羡慕杨帆，不如做个女人，男人一辈子只能休息一次，女人一个月就能一次。

圈跑完了，体育老师让男生抬来鞍马，开始练习跳山羊。女生跑完圈热了，便脱掉外衣，露出或挺拔或还行或较平的胸脯。杨帆看了，心想：怪不得老跑圈儿，体育老师就是流氓，他们的世界观就是，汗出的多，衣服穿的就少。

女生们开始跳山羊，体育老师站在鞍马旁，伸出一双大手，迎接着跑过来的女生。女生摔了屁蹲儿，体育老师会一手按住胸部，一手托起屁股将她们扶起，若女生骑在鞍马上，他则会揽住她们的腰，把人家从上面抱下来。杨帆将这一切看在眼里，心想，怪不得他媳妇和他离婚，原来体育老师也是一个危险行业。

没过几天，杨树林又被叫到学校，杨帆犯事儿了，他伙同鲁小彬冯坤等人，将一件校服，当成国旗，在校园里冉冉升起。

杨帆一直觉得升国旗是件特神圣的事情，每个星期一早晨，他都特羡慕国旗班的学生：穿着校服，黑皮鞋，踢着正步，戴着白手套，四个人各揪着国旗的一角，在全校师生的注视下，缓缓（不缓缓就没范儿了）向旗杆走去，当《义勇军进行曲》奏响时，护旗的人抻着国旗，胳膊向空中一甩，然后定住一会儿，国旗在空中飘舞，半天才把胳膊收回，换成敬队礼的姿势。太飒了。

终于有一天，风大，国旗被收起来，旗杆空着，杨帆觉得光秃秃的不好看，决定找个什么东西挂上去。不知道谁把校服落操场了，被杨帆看见。

为了营造庄严肃穆的氛围，杨帆等人分工明确，杨帆升旗，鲁小彬护旗，冯坤当录音机，负责伴奏。

杨帆不知道国旗是如何挂到旗杆的绳子上升上去却不掉下来，降下来还能摘下来的，他把校服在绳上胡乱系了个疙瘩，然后由鲁小彬揪住一条袖子往空中一扔，

冯坤及时唱起国歌。校服在三人的注视下，向上升空了。

由于经验缺乏，国歌唱了三分之二，国旗才升到三分之一的高度。杨帆对冯坤说，你慢点儿。冯坤放慢了一倍的速度，像一台快没电的录音机。

在前进前进前进的歌声中，校服升到了顶。

丢校服的学生回来找，一个人指着天上问他：是那件吗。

失主仰头一看，一件校服正在校园上空飘飘荡荡，上前索要。

杨帆还没玩够，不给，说，凭什么说这件衣服就是你的，又不是就你一个人有校服，我们都有。

失主说，你们身上都穿着呢，这件就是我的。

说着馇馇起来。恰好校长陪同区教育局副局长参观到此，局长看见两个学生争吵，还不时往天上指，便也抬头瞥了一眼。看完后的第一反应是，天上飞着一只沙燕儿风筝。然后觉得有些差异，为什么天上少了一抹红色，又看了一眼，原来是一件衣服，居然挂在旗杆上。

局长很气愤地指了指天上，校长应和道：是啊，北京的大气污染越来越严重了。

局长改变了手指的方向，校长顺着看过去，发现了情况，惊慌失措。

局长放下胳膊，一甩袖子：成何体统！愤愤而去。

校长对教导主任说：赶紧处理了！然后去追局长。

主任来到杨帆等人面前，仰头看了看，说，你们知道刚才那人是谁吗。

杨帆说，校长，众人皆知。

主任说，我说的是校长追的那人。

杨帆说，是欠校长钱的人吧。

主任说，那可是教育局局长，尽管是副的，这回你们祸可闯大了，跟我来吧。

失主说，能先把我衣服解下来吗。

学校决定给予杨帆三人记过处分，给丢衣服的人颁发口头警告处分。失主不服，说凭什么我是受害人也要挨处分。主任的解释是，正因为你把衣服落在操场，才为犯罪分子提供了可乘之机，给你处分是让你长点儿记性，别丢三落四的。学校对杨帆等人处分的理由是，拖延了学校教学现代化的进程，这次局长来视察本来是想拨给学校一批电教设备，杨帆等人的行为让局长改变了决定，把电教设备换成政治学习的书籍送到学校。

同时学校对沈老师做出停发一季度奖金的决定，意在告诫那些不是视金钱如粪土还要养家糊口的老师，看好学生，别让他们折腾。主任很久没有处理学生的重案要案了，很寂寞，终于有机会了，决定好好行使一次教务主任的职责，把杨帆三人的家长都叫来了。平时净挨校长说了，这次他要说说别人。

杨树林跟鲁厂长请假，说家里有事儿，来到学校后，没想到正撞见鲁厂长，也让鲁厂长很尴尬，平时在厂里他随便说别人，现在也要被别人说了。

主任为了今天能充分发挥，昨晚精心准备了一番，把校规和近期的报纸研究了一番，老婆几次催他上床，他都说，没看我正备课吗。

见人来齐了，主任清了清嗓子，然后从政治、经济、教育、从业、家庭等方面入手，开始长篇大论，说到一半的时候，他停下来，喝了一口茶，说，你们跟不上的话不妨做一下笔记，回家再去消化。

接受完主任的教育，三个家长又去见了沈老师，对于自己没教育好孩子而致使她被扣奖金表示了歉意，并发誓回去一定让自己孩子改过自新，重新做人。沈老师说，还都是孩子，回家千万别下毒手。

翌日，杨帆三人聚在一起，交流挨揍的心得。鲁小彬和冯坤完好无损，欢蹦乱跳，唯独杨帆步履沉重，一步一个脚印。

冯坤说，你爸够狠的。

鲁小彬说，他可就你这一个儿子啊。

杨帆说，你俩够皮实的。

鲁小彬说，我爸没揍我，就让我以后老实点儿，少惹事儿。

冯坤说，我爸也没碰我，他说这不是什么大不了的事儿，不涉及品质问题，还给我做了炸酱面。

杨帆说，我爸什么都没说，上来就给我一巴掌，然后便开始施虐。

鲁小彬说，你反抗啊，引体向上你都能做十个了。

杨帆说，没用，我一直以为强奸得手和被奸者的配合是分不开的，现在发现，成功与否施暴者一个人就决定了。

鲁小彬说，对了，忘了你爸是车工了。

杨帆说，去年他还得了先进工作者。

冯坤说，他是不是在别的什么方面不顺心。

鲁小彬说，这你还不明白吗，他爸那是觉得对不起沈老师。

冯坤说，我爸怎么没觉得。

鲁小彬说，你爸有你妈，他爸还想和沈老师谈恋爱呢。

冯坤说，那我就明白了，重色轻子。

杨帆说，既然他这样，我只有一个决定，和他断绝父子关系。

放了学，杨帆在外面溜达了一圈，直到肚子饿了才回家。

一进门，杨树林热情地迎上来，说，怎么才回来啊。

杨帆没理他，径直进了屋。

杨树林说，饿了吧，我这就做饭去，吃饺子，面我都和好了。

杨帆放下书包，脱了鞋，刚往床上一躺，杨树林就进来问，你说是吃韭菜猪肉的，还是韭菜鸡蛋的。

杨帆装睡着了。

杨树林过来，扒拉了一下杨帆，说，你是不是不舒服啊。

杨帆说，你没看我正睡觉呢吗。

杨树林说，那你睡吧，我替你决定了，吃韭菜猪肉的。说完去了厨房。

杨帆听到剁馅的声音，时快时慢，他一再叮嘱自己：再香也一个都不能吃。

不一会儿，剁馅的声音没了，杨帆饿得睡着了。不知睡了多久，被杨树林叫醒：起来吧，饺子下锅了，马上就熟。

杨帆没动弹。杨树林说：有什么事情吃完再说，昨天我是下手狠了点儿。

杨树林一主动承认错误，更让杨帆来劲儿了，对杨树林坚决不予理睬。

杨树林又说，你都这么大了，我不应该打你。

杨帆还是不说话。

杨树林说，可是我也没有别的办法。

杨帆觉得这时候应该伤害杨树林一下，便说，我知道你为什么。

杨树林一愣，以为心思被杨帆看穿，心虚地说，为什么。

杨帆更坚信了自己的想法，对杨树林表示出极大的蔑视，说，你心里清楚，说出来没意思。

杨树林更心虚了，但还是理直气壮说，我告诉你，我这是为你好。

杨帆没说什么，只是冷笑了一下，这一笑让杨树林的所有辩解都化为乌有。

杨树林有些愤怒：你笑什么。

杨帆说，我笑我的，你心虚什么。

这时候饺子开锅了，汤溢出来，流到煤气上，发出呲呲的声音，

杨树林转身去了厨房，用笊篱指了指杨帆，气得说不出话。

杨树林端上两盘饺子，热气腾腾，往桌上一扔，又去厨房拿了自己的碗筷和一头蒜，坐下吧唧吧唧吃起来，故意很香的样子，还时不时打个嗝，不知道是吃急了，还是做给杨帆看的。

杨帆更加不屑理睬，心说，这点儿追求，吃个饺子就能幸福成这样。

杨树林吃完饺子，刷了碗筷，剔了会儿牙，看了会儿电视，洗脸洗脚上床睡觉。桌上还给杨帆留了一盘饺子，用碗扣住。

杨帆写完作业，觉得杨树林睡着了，就掀开碗，捏了一个饺子放进嘴里。正准备捏第二个，突然听到杨树林的声音：热热再吃，凉韭菜容易拉肚子。

杨帆依然把第二个饺子放进了嘴里。杨树林从床上起来，趿拉着鞋，端着饺子去了厨房：等会儿再吃，我给你热热。

杨帆没拦着，心里想的是，别以为这样我就能理你。

吃完饺子，杨帆自己刷了碗筷，便躺下睡了。

从这天起，父子二人基本停止了交流。每天杨树林起来，做好早饭放在桌上，杨帆起来就吃，吃完就走，也不说爸爸再见了。下午放了学，杨帆回家写作业，杨树林买菜做饭，做完端上桌，有时候他先吃，吃完杨帆才上桌，有时候饭菜摆那，让杨帆先吃，杨帆下了桌他再吃。他也曾在杨帆正吃着的时候坐到桌前拿起碗筷，试图寻找交流的机会，缓和父子关系，但杨帆会以最快的速度扒拉干净碗里的饭，不给他任何可乘之机。为了避免杨帆吃出盲肠炎，他不再在杨帆吃饭的时候往他身边凑合，等杨帆吃饱了喝足了，他才开始就餐。有时候杨帆的考试卷子需要家长签字，杨帆头天晚上就放在桌上，第二天早上起来，卷子上便有了杨树林的签名了。学校开家长会，杨帆也不告诉杨树林，但杨树林总能准时参加，因为有沈老师在，杨帆知道他俩老联系，也知道沈老师趁他不在的时候来过他们家，还把杨树林给她买的那条红围脖落下了。那天杨帆放学回来，看见沙发上有一条围脖，正是杨树林买给沈老师的那条，便藏了起来。当天晚上，杨树林就翻箱倒柜，又是抬床板，又是挪沙发，杨帆看了暗自发笑。杨树林几次想问杨帆，但不知是觉得主动说话掉价，还是因为是条女士围脖不便问，最终也没开口。父子二人的生活像一部沉闷的艺术电影，人物一言不发，没有表情，看不出他们在想什么。他们渐渐习惯了这种生活方式。

杨帆觉得这样的生活挺好的，特别是在干自己的事儿的时候终于听不到杨树林唠叨，没人烦自己了。原来杨帆看书的时候，杨树林总要看看他看的是什么书，并时常冒出一句不自量力的话：用不用我帮你辅导辅导。这学期杨帆开了生理卫生课，他真怕杨树林也要给他辅导辅导。

这样的生活持续了小半年，这个时候杨帆已经上初三了。从春天开始，学校开始不停地考试，各种模拟试卷纷至沓来，除了杨帆所在区的，还有别的区的，第一次模拟考试结束后，又开始第二次模拟，每次考完，判完分，老师就把试卷发下来，让拿回去给家长签字。杨帆觉得这是一个气杨树林的好机会，每次考试，都把会做的题故意做错，成绩下来，沈老师和杨树林都认为杨帆以这个水平考上高中困难重重，便心急火燎，但杨帆心里有数，加上那些故意丢掉的分数，考个高中还是没问题的。

每当杨帆拿到试卷，看到自己可怜的分数，便洋洋得意，幻想杨树林看到这个分数后内心如何痛苦。每当杨帆把试卷放在桌上，当天夜晚便会听到杨树林的床上传来翻来覆去的声音和一声声叹息，第二天早上，不仅桌上的试卷有了杨树林的签名，还多了一个鸡蛋。

杨帆还故意把不学习的一面表现给杨树林看，在电话里大声和同学谈论足球，书桌上摆满漫画书，流行歌曲的磁带随处可见。杨树林觉得有必要放下架子和杨帆好好谈一次了，他找到杨帆，说明意图。

杨帆说，没什么好谈的，我就这样，有本事你再打我一顿。

杨树林心想，再打你一次也未尝不可，但还是忍住了，如果再次出手，杨帆很有可能破罐破摔下去了。杨树林现在要做的是让杨帆悬崖勒马，而不是把他推下去。

杨树林努力心平气和地同杨帆好好谈谈，但杨帆很不配合，杨树林态度越和蔼，他越蹬鼻子上脸。最后杨树林不说话，杨帆的反作用力也因为作用力的消失而消失了，杨帆却意犹未尽，为杨树林没有多说两句感到遗憾。

谈话不欢而散后，杨树林没有再同杨帆交流，这很让杨帆失望，于是他把分数考得更低。

一次杨帆睡觉前把一份卷子摆在桌子上，先于杨树林上了床，以为杨树林看了卷子后，会把他叫起来，两人再舌战一番，上次论战已经过去一个多星期了，杨帆很怀念和杨树林对着干的场景。

但是杨树林看完卷子没说什么，签上名字也躺下睡了。杨帆心想，看来这次分数的力度还不够，下次我交白卷，看他什么反应。然后睡去。

夜里杨帆梦遗醒来，迷迷糊糊好像看见杨树林正趴在桌子上写东西，没往心里去，翻了个身又睡着了。

早上醒来，杨帆看见桌上摆了早点和签过字的卷子，还有一个信封，上面写着，杨帆收，没贴邮票。杨帆环顾屋里，杨树林已经上班去了。

杨帆打开信，只见自己的名字赫然纸上，后面是个冒号，然后在下一行写道：

不得已，只能用这种方法和你交流。以前我说一句，你总有十句等着我，要么我说十句，你一句也不说，我知道你开始青春期的叛逆了，我那时候和你爷爷也这样。不过这个问题事小，你的考试事大，我不得不和你多说几句。

马上就要中考了，这将是你人生道路上的第一关。能否考上理想的学校，说严重点，决定了你今后生活幸福与否。如果考上高中，你就有机会上大学，学一门专业，毕业后找一份好工作。如果考上职高或技校，那么你只能学到一门手艺或简单的生存技能，三年后就要上班了，那时候你才十九岁，当然，之后也会有改变命运的机会，但肯定不如考上大学那样光明。如果我说的这些太飘渺，你不能理解和预见，那么就拿我和鲁小彬他爸举例好了，为什么他爸能当上厂长，而我就是工人，要被他爸管，不就是因为他爸上过夜大有个大专文凭嘛。所以我希望你将来能接受高等教育，用科学知识武装自己，成为一个脑力劳动者，实现自己的价值，而不要步我的后尘——我不是说工人不创造价值，只是这种价值没有技术和管理人员创造的价值更有价值。

要说的话还有很多，不多说了，以后有机会咱俩可以再交流，现在只希望你把学习搞好，下次再给你签字的时候，可以看到一个高一些的分数。

看完这封信后，如果你还不愿意和我说话，就不用说，多看看书比什么都重要。

距离中考的日子越来越近了，最后送你一句话：人生能有几回搏！

信的落款只有一个字，爸。

杨帆又把信读了一遍，心想，你怎么就知道我会看信呢，我要是不看你能怎么着。

杨帆收好信，为了不让杨树林小瞧自己，暗自发誓：一定要把高中拿下。然后吃了口饭，带着理想，出了家门。

杨帆并没有因为杨树林的一封信而让分数发生质的飞跃，他觉得应该让杨树林继续着急下去，这样杨树林才会把他当回事儿。

杨树林见杨帆看完信并没有起色，更加着急，觉睡不着，饭吃不下，嘴上急出了泡。他不明白为什么到这个时候了，杨帆还吃得香睡得着，真是皇帝不急太监急。再对杨帆说什么也没用了，只能等他自己觉醒，吃一堑长一智，不摔几个跟头，不会好好走路。

每次看到杨帆的试卷，杨树林都要受一番刺激，他再也受不起这份刺激，于是刻了一个章，放在桌上。杨帆看到卷子上杨树林的名字由蓝色圆珠笔手写体变成红色的隶书印章，知道桌上印章的用意，每次拿回卷子，便自己往上盖。

杨树林基本放弃杨帆了，知道他不是学习的那块料。填报志愿的时候，杨帆把志愿表放在桌上，杨树林用铅笔把职高和技校栏里的名额都填满，高中栏空着，此时杨树林只想如何给杨帆选一个好工种，他知道很多车工退休的时候十个手指头都不全。

杨帆擦去杨树林用铅笔填的学校，又用钢笔写了一遍，然后还是把高中栏里填上学校，一个是分数最低的高中，一个是本校，还有一个区重点。

杨帆的愿望一直以来就是上高中，倒不是日后考大学对他多么重要，也不是他热爱科学文化知识，只是他觉得既然高中的分数高，肯定高中比技校好，为什么不上个好的呢。本来他没打算填报职高和技校，成心气气杨树林，但不敢拿自己的前程轻易开玩笑，他怕万一发挥失常，得找个学校兜底儿。

沈老师看了杨帆的志愿表后，告诉了杨树林。杨树林听完说，这小子，还以为天上会掉下馅饼。

杨树林开始以异样的眼光看杨帆，里面包含些许嘲讽的意思。杨帆也感觉到杨树林看自己和往常不一样了，但并没有读出嘲讽的意思，还以为是对自己刮目相看，这让杨帆更沾沾自喜，进而又让杨树林觉得杨帆极其不自量力，少不更事。

中考前夜，杨帆又拿出杨树林写给他的那封信，从头到尾看了一遍，看完压在褥子底下，心想：等着吧你就！

考场上，杨帆像往常一样，拿过卷子就把会的题故意做错，当监考老师提示考生认真审题、抓紧答题的时候，杨帆才意识到，现在是中考，便改正过来。每攻克一道题，就好像又反击了杨树林一句，别人考试的时候都冥思苦想，而杨帆却充满了快感。

考完回到家，杨树林忍了半天，还是没忍住，问杨帆考得怎么样。杨帆以一种很悲观但不当回事儿的语气说，就那么回事儿吧。杨树林听了，觉得再过两个月杨帆就要去技校上学然后准备做一名工人了。

出分那天，杨树林一早就打电话给沈老师，问杨帆的分能考上哪所技校。沈老师说杨帆没考上技校。

杨树林沉默了一会儿说，那怎么办，让他复读一年吧。

沈老师说，我看没必要。

杨树林说，总不能还不到十六岁就上班吧，再让他试一年吧。

沈老师说，算了吧。

杨树林说，为什么。

沈老师说，这回天上真的掉馅饼了，杨帆考上高中了，他的分够上本校了。

Chapter 09

I am Your Son

一九九七年七月一日凌
晨，中华人民共和国主席江
泽民同志向全世界郑重宣告：
中华人民共和国香港特别行
政区政府成立。

　　杨帆和杨树林去了北戴河。厂里组织去北戴河旅游，可以带家属，为了庆祝杨帆考上高中，杨树林报了名。

　　至今杨树林仍不明白杨帆为什么会考上高中，一度怀疑杨帆作弊了。在开往北戴河的火车上，杨树林还问杨帆：反正通知书已经下来了，你跟我说实话，到底是不是自己考的。杨帆说，知道了又有什么用，你给我准备好学费就行了。

　　火车是早上八点的，头天晚上，杨帆要多看会儿电视，杨树林强行要求杨帆早点儿睡觉，好能早起。杨帆说用不着太早，六点半起就来得及。杨树林说万一晚了呢，火车不等人，五点半起。

　　杨树林上了一个闹钟，五点钟就响了。杨树林雷厉风行地起床，收拾，做早饭，叫醒杨帆。杨帆说再躺会儿，遭杨树林拒绝，杨树林说，快起来，都快六点了，要晚了。杨帆起来洗完脸刷完牙一看表，才五点三十五。杨帆问，你不是说快六点了吗。杨树林说，是啊，再有二十多分钟不就六点了吗。

　　杨帆使劲磨蹭了半天，吃完早饭，才六点零五。杨树林否定了杨帆的七点再走都来得及的说法，拿起包，锁上门，出发了。

　　街道还在睡觉，早点摊刚把锅架好，油条还没有炸出来。地铁售票员似醒非醒地给杨树林撕了两张票。地铁上空荡荡的，拉环扶手垂着，晃来晃去。杨树林对杨帆说，你看，这多好，人少，还有座。

　　出了地铁，杨树林在进站口等待同事和他们的家属。杨帆抬头看了看站台大钟，六点半刚过，心想，本来可以这时候再起床的。

　　父子二人坐在马路牙子上，看着北京一点点醒来，杨帆很生气，说，不听我的，

非得起那么早，有什么用。

杨树林似乎也意识到自己来早了，但推卸了责任：没想到路上这么顺。

北京站渐渐喧闹起来。杨树林听到一个声音对自己说，老杨，来得够早的。

杨树林一看，是工厂的同事，带着老婆孩子。

杨树林说，我也是刚到。

杨帆看了表，七点半，很想戳穿杨树林，将他一个小时前就到了示人。

人都齐了。上了车，放好包，杨树林抑制不住坐火车的兴奋，东张西望。他看了看行李架，感慨道：现在的生活水平真的提高了，我插队那会儿，出门全用麻袋装东西，根本没有旅行包。一个同事的小孩，七八岁，拿出地图，查看北戴河的位置。杨树林说，这么小的孩子，对地图还有研究，不得了，将来可以当军事家，去打倒美帝国主义。孩子的家长勉强一笑，没说什么。没有得到交流，杨树林很失望，又给自己找别的事儿干，拿出头天的晚报，看着上面的新闻说道，俄罗斯就是厉害，不到两个月就控制了车臣局势，不过也留下了巨大后遗症，非法武装分子的有生力量并未完全被歼灭，杜达耶夫和他的追随者躲进南部山区，还没有放弃抵抗，不时发动点儿小骚乱，还是咱们中国好啊，安定团结，欣欣向荣。

分析了几条国内外重大新闻，都没有人配合将话题展开下去，杨树林有些失望，但兴奋还是难以抑制，列车员正好经过，杨树林问几点开车。列车员说，你手里不是拿着票呢吗。杨树林说，咱们这车是去北戴河的吧。列车员说，不是去北戴河的也不会让你上车。杨树林说，那就好。

火车启动了，站台向身后驶去。杨树林看了一眼表，像有重大发现似的说，哎，怎么还没到点就开车了，还差一分钟呢。

站台上送站的人向车里挥着手，杨树林说，有什么可送的，又不是不回来了，搞得挺伤感。

一个同事拿出扑克，找人打。杨树林很想参与，但没有主动加入，等着人来请，可是牌一拿出来，立即引来三个人，杨树林只好让位，和杨帆换到一旁。

那边扑克打得津津有味，说笑声满盈，杨树林按捺不住，走过去观看，还指手画脚。被指画的人把牌交给杨树林，说，要不你来吧。杨树林手伸出一半又放下，说，你来你来，我看着。另一个同事说，观棋不语真君子。杨树林说，好，我不说话了。无语地又看了一会儿，觉得无趣，便坐回座位，看起窗外的风景。

途经一片工业区，烟囱挺立，浓烟滚滚。杨树林感叹道：这儿变化真大！

杨帆怀疑地看着杨树林问：你来过这儿吗。

杨树林回答干脆：没有。

杨帆说，那你怎么知道这儿变化大的？

杨树林说，我感觉。

杨帆说，我怎么没感觉。

杨树林说，你还小。

火车停的第一站是燕郊，从燕郊启动后，广播里预报下一站是三河县。快到站的时候，杨树林胸有成竹说，这站应该是三河。

火车停在站台上，杨树林指着站牌让杨帆看：你看，三河吧。

杨帆说，下一站是蓟县。

杨树林惊讶地说，你怎么知道的。

杨帆说，站牌上标着箭头呢，谁不认识字啊。

火车开出北京后，一片片青山呈现在眼前。杨树林说，要把这些山都变成耕地，粮食产值能翻两番。停顿了一会儿又说，不行，那绿地就少了。说着脱了鞋，把脚搭在对面的座位上，也不管有味儿没味儿。

杨帆看了一眼杨树林伸到自己身边的脚，说，你能不那么关心天下事，先把自己袜子缝上吗。

杨树林看了看，说，没事儿，露点儿肉凉快。

杨帆又说，你能不把哪儿都当成自己家吗，把脚拿下去。

杨树林说，这样舒服。

杨帆闭上眼睛，想方设法不去看杨树林，眼不见心不烦。

没有了聆听的对象，杨树林很无聊，借助车身的晃荡不时用脚碰一下杨帆。杨帆没理会。最后杨树林终于按捺不住，使劲晃悠醒杨帆。

杨帆抬起头来：干吗。

杨树林说，车里这么闹，你睡得着吗。

杨帆说，你一大早把我拉起来，我困着呢。

杨树林说，我比你起得还早，我怎么不困？

杨帆说，我正是长身体的时候。说完又趴在桌上。

杨树林说，哦，那你睡吧，别耽误你发育。然后抓了一把瓜子，嘎呗儿嘎呗儿

嗑起来。每嗄呗儿一次，杨帆的心脏就要随之跳动一下。一度嗄呗儿声消失了，杨帆以为杨树林不嗑了，眯着眼睛偷看杨树林在干吗，原来瓜子皮卡牙缝里了，正张着嘴拿手抠呢。不知道是抠出来了，还是没抠出来放弃了，杨树林继续嗑，嗄呗儿声再度响起。杨帆实在听不下去了，也抓了一把嗑起来，想尽快嗑完，让杨树林没的可嗑。杨树林却沾沾自喜说，我就知道你也爱嗑。

终于嗑完了，杨帆口干舌燥，没有嗄呗儿声烦自己了，他认为还是值得的。没想到这时候列车员推着小车经过，杨树林叫住，问有瓜子吗。

列车员说五块，杨树林说太贵了，外面买只要两块，简直就是暴利。列车员不爱听了，说我们还得发工资呢，我们还得上税呢，我们还推着走来走去呢，这些都是成本，你要觉得贵，可以不买，但不要说暴利。

杨树林说，那就拿一袋吧，下回坐车我多带几袋，不给你们这个机会了。

杨帆说，别买了，我不嗑了。

杨树林说，你不嗑我还嗑呢，刚才都让你嗑了。说着掏出五块钱。

列车员接过钱，没好气地把瓜子扔在桌上，推着小车扭着屁股走了。

杨树林哗啦撕开瓜子，杨帆顿时绝望了，有人说窗外的风景很美，杨帆丝毫没有感觉。

杨帆记得学过都德的一篇课文，叫《最后一课》，里面说法语是世界上最动听的声音，现在在杨帆听来，杨树林嘴里发出的嗄呗儿声，则是世界上最难听的声音。杨帆如坐针毡，忍无可忍，躲进厕所，宁愿与怪异的味道相处，也不愿意回去听杨树林的嗄呗儿声。门外有人敲门催促，杨帆不管，直到外面人声音凄惨地说不行了，杨帆才出来。

回到座位上，见杨树林正津津有味地嗑着，杨帆厌恶地看着他。杨树林问，怎么了。杨帆没说话。杨树林递上瓜子，说，你真的不嗑啊，五香的，比从家里带的那袋好吃。杨帆说，你就不能不嗑啊。杨树林说，为什么。杨帆说，不为什么。杨树林说，这孩子，真奇怪，今天是怎么了，你有什么心事吗。杨帆说，没有，就是烦。杨树林说，烦什么，马上就看见大海了，高兴点儿，然后又是嗄呗儿一声。

好在很快就到地方了，收拾了行李，杨帆跟着杨树林下了车。单位有车接站，拉着他们去了海边的招待所。

当远处一片浩瀚的蓝色展现在眼前的时候，杨树林对着大海感叹道：大海，我来了，让你久等了！

杨帆和杨树林住在一个屋里。进了屋，杨帆吸着鼻子说，怎么有股腥味。杨树林也闻到了，说，应该是大海的味道，多沁人心脾，然后闭上眼睛又深深吸了几口。靠窗口那张床的味道比靠门的那张床浓，杨帆让杨树林睡窗口那张床，杨树林觉得好事应该让给儿子，给杨帆睡，杨帆不睡，杨树林只好自己享受。

放下行李，洗了洗，杨树林打开窗户，躺在床上，闭上眼睛，享受着大海的味道，睡着了，脸上带着笑容，甚是惬意。

杨帆躺在一旁，越闻越觉得味道不对，顺着味道的发源地找过去，在杨树林的床底下发现一只死螃蟹，落了两只苍蝇，看见杨帆就飞走了。杨帆屏息凝气把死螃蟹捏出房间，用香皂洗了好几遍手。

杨树林醒后，杨帆问他，你觉没觉得这屋的海味儿没了。

杨树林吸了吸鼻子，说，是没刚才大了。

杨帆说，你知道为什么吗。

杨树林说，可能是退潮的原因。

晚上吃完饭，杨树林和几个同事聊天，杨帆和几个差不多大的孩子在一旁打扑克。打着打着，杨帆发现杨树林不见了，出去找，看见杨树林正在楼下小卖部的公用电话处，倚着柜台，举着话筒，满面春风。离得太远，杨帆听不见杨树林在说什么，但从状态上判断，对方应该是异性。

杨帆回去又打了几把牌，杨树林回来了。杨帆问他干什么去了，杨树林说出去透透风，看看夜色中的大海。杨帆更坚定刚才杨树林是给女的打了电话，很可能就是沈老师。

晚上睡觉的时候，杨帆躺在床上问杨树林，晚上的大海好看吗。杨树林说，好看。杨帆说，黑咕隆咚的，能看见什么。杨树林说，朦胧美。杨帆问，海浪动听吗。杨树林说，很动听。杨帆说，明天晚上你还去吗。杨树林说，可能去。杨帆说，去的话带上我。杨树林说，睡吧，明儿再说。说完翻过身，背对杨帆，面朝窗口，月光照在脸上，带着甜蜜。

第二天起来，杨树林和杨帆去招待所的餐厅吃饭。十个人一桌，五个大人五个孩子，饭都准备好了，一盆馒头，一盆花卷，一盆粥，一盆咸菜，十个鸡蛋，五块酱豆腐，人均半块。

杨树林和杨帆起晚了，去的时候别人都吃上了，咸菜还剩多半盆，馒头花卷剩

半盆，粥只剩一个盆底儿，鸡蛋还有两个，其中一个被剥了一半，酱豆腐已经没了，连汤儿都被人蘸了。几个正吃着抹了酱豆腐的馒头的人，看见杨树林和杨帆就座，有的面带愧色，有的若无其事。

杨树林把盘里的两个鸡蛋拿到面前，先剥那个被剥了一半的，剥了几下，发现问题，一闻，坏的，扔了剥另一个，剥完放到杨帆碗里。

杨树林倒了盆底儿，勉强倒出两碗粥，一碗给杨帆，自己拿起一个馒头，就着咸菜吃起来。一个女同事坐在一旁很尴尬，催自己孩子快点儿吃，孩子嘴边都是酱豆腐汤儿，一撂下筷子，就被他妈拉走了。其他人吃完也陆续离开，只剩杨树林和杨帆。

杨树林就着咸菜吃了两个馒头，杨帆吃不下，咸菜又硬又锔，杨帆想喝粥，也没了，早饭吃得很郁闷。杨帆说，为什么别人的馒头都抹酱豆腐吃，我就得吃咸菜。杨树林说，他们虽然吃着了酱豆腐，但是丢了人品。说完又夹了一筷子咸菜放进嘴里。

上午单位的车把众人拉到海边，自由活动。杨帆换上游泳裤衩下了海，杨树林不太会游泳，也换上裤衩，在边上活动。杨帆下海前问杨树林，用不用教他游泳。杨树林说不用，玩你的去吧。

杨帆在海里连游带玩泡了半个小时，上岸找不着杨树林了，左右巡视不见踪影，便喊杨树林名字。连喊数声后，突然从不远处的沙滩上传来杨树林的声音：我在这呢。

杨帆低头一看，沙滩上只剩下一个杨树林的脑袋在冲着自己微笑。杨帆走过去一看，杨树林用沙子把自己埋住，只露出一个脑袋，洋洋得意。

杨帆蹲下，看着杨树林。杨树林说，你也埋上呆会儿。杨帆摇摇头，说，好玩吗。杨树林的脑袋在沙子里点了点说，还行。

一个卖熟蛤蜊的端着个盆经过，里面是煮好的一袋袋的海蛤蜊，五块钱一袋。杨树林问杨帆吃海鲜吗，不等杨帆回答，杨树林就从沙子里钻出来，吓了卖蛤蜊的一跳。

杨树林掏出十块钱，买了两袋，和杨帆一人一袋。杨帆吃了一个，觉得不新鲜，有味儿。杨树林说，海里的东西都这样，没味儿就不好吃了。吃完自己的那袋，杨树林又把杨帆那袋也吃了，嗍嘍着手指头，咂着嘴说，就是咸了点儿。

自由活动结束后，单位的车把众人拉去港口，坐船海上观光。车上电视里播放着陈佩斯好几年前的小品，大家都是偶尔瞟一眼荧幕或面无表情地看着，唯独杨树林看得津津有味，一会儿开怀大笑，一会儿会心一笑，嘴角始终呈咧开状，眼角还有泪花。

司机对杨树林的笑声很反感，干扰了他开车，便关了电视。荧幕变黑的一刹那，杨树林大喊：怎么回事儿。没人回应。杨树林探着身子把电视没了的事情告诉司机，以为做了一件好事儿。司机不以为然说，可能是盘坏了。然后继续开车。杨树林问还能不能继续放，司机说修好了就能，杨树林问司机现在修行吗，司机说现在不行，一车人呢，还得赶路。

电视坏了并没有过多影响到杨树林的情绪，他自己哼起歌来，一路欢畅，腿还一颠一颠的。杨帆已经学会了适应。

一首歌唱到一半突然不唱了，杨帆反而不适应了，看了杨树林一眼。杨树林脸部有些痛苦，说，肚子疼，有点儿憋不住了。

到了港口，车一停下，杨树林就往车下跑，不忘对杨帆说，你给我找点儿纸去。

杨帆找来纸，送到杨树林面前，杨树林把纸从中间断开，留了一半，说，可能刚才的海蛤蜊真的不新鲜，我得留点儿备用。

两人回到下车的地方，已不见同行人。一条船正离开港口，杨树林看见甲板上同事们熟悉的面孔，知道没赶上，只好向甲板上的人们挥手。杨帆说，你这是和他们告别呢，还是让他们停下来。杨树林说，那就看他们怎么理解了。

船并没有因为少拉了两个人而停下来。看着熟悉的面孔越来越小，杨树林对杨帆说，咱俩溜达溜达吧，别在这傻等了，他们两个小时才回来。

杨树林拿出那台海鸥相机，说，走，照相去。

走到一个杨树林认为景色宜人的地方，杨树林让杨帆站好，调好光圈快门，端起相机对着杨帆，又转动调焦环，正准备按下，发现不妥，从相机后面伸出脑袋对杨帆说，笑着点儿，别愁眉苦脸的。然后又俯下身，趴到相机后面，发现杨帆面部表情并没有变化，又说，高兴点儿，别皱着眉，把眼睛睁大点儿。杨帆说，晒，晃眼睛。杨树林说，忍着点儿，一下就好，我数一二三，数到二的时候你就调整表情，三的时候我就照了。

杨树林开始数一二三，数到二的时候杨帆咧了一下嘴，时间之短暂不等杨树林数到三就合上了。

给杨帆照完，杨树林站到杨帆刚才站的位置，相机交给杨帆，让他给自己照一

张。杨帆端着相机，对准杨树林，杨树林让杨帆说完一二三再按快门，他好做表情。杨帆数到二的时候，杨树林说等一下，整理了自己的衣领，让杨帆重新开始。杨帆数到二的时候又被杨树林打断，他让杨帆端稳相机，别乱晃，然后在杨帆数到三的时候露出灿烂的笑容，像朵花一样。

照完，杨帆说走吧，杨树林说等一下，然后找了一个路人，把相机交给他，拉过杨帆，要父子合影。

杨树林把手搭在杨帆的肩膀上，像哥们儿一样。杨帆躲闪了一下，说热。杨树林反而搂得更紧，说，马上就好。

路人照完，杨帆正要挣脱杨树林，被杨树林拉住，说再照一张，然后换了个姿态，依然紧搂杨帆。

合完影，两人沿海边溜达，来到一艘快艇前，船主说可以免费送他们去对岸的一个岛上。杨树林见时间还多，就拉着杨帆上了船，杨帆不想去，杨树林说去吧，呆着也是呆着。于是乘风破浪，到达岛上。

岛上有个庙，不大，要门票，十五块钱一张。杨树林觉得没什么好看的，就要坐船回去，对船主说，不看了，送我们回去吧。

船主说，买票，二十一张。

杨树林说，你不是说免费吗。

船主说，我说的是拉你们来免费，没说拉你们回去也免费。

杨树林说，那我要是不买呢。

船主说，不买可以，别上我的船。

杨树林说，你这是欺诈。

船主说，天下没有免费的午餐，我大老远把你拉过来，你一分钱不花，有点儿说不过去吧，怎么着也得让我挣个油钱，我要知道你没钱我就不拉你了。

杨树林说，谁说我没钱的，我有钱，这事儿不是钱的问题。

船主说，越有钱的越抠，像你这样的，坐车肯定也不买票。

杨树林说，我坐车是不买票，我有月票。

说着杨树林就上了船，说，你要是在我上船的时候就说明白了我一分钱不会少你的。

船主拽住杨树林：我让你上来了吗，不买票还想坐船，下去。

杨树林说，别拉拉扯扯的，你态度不会好点儿啊。

船主说，怎么叫态度好，对你这样够不错了。

杨树林说，你可以说，小伙子，我这船是花钱的。

船主说，就你还小伙子，头发都有白的了，比我岁数都大，坐公共汽车人家都得给你让座。

杨帆以为杨树林会辩解自己是少白头，但杨树林没有。之前杨树林一直斗志昂扬，觉得自己尚且英勇，当船主讥笑了他的年龄后，杨树林不再争执，沉默了片刻，掏出四十块钱，上了船。

回去的路上，杨树林的兴致和来时判若两人。杨帆在一旁看着，心想谁让你自己上贼船的，自作自受，但是杨帆知道他不能说这话刺激杨树林，杨树林已经够可怜的了。

晚上回到招待所，杨树林又趁杨帆打牌的时候出去打电话。向沈老师汇报今天玩了什么，如何高兴，省略了坐船的遭遇。杨树林把想说的话都说了，挂上电话，交了钱，一转身，发现杨帆正从楼上下来。

杨帆说，你不是去海边了吗。

杨树林说，刚溜达回来。

杨帆说，怎么没叫我，昨天我说我也要去。

杨树林说，看你玩得挺高兴，不忍心打扰。

杨帆说，你往哪儿打电话呢。

杨树林说，北京。

杨帆说，给谁。

杨树林想了想，说，给气象台，问问北京的天气，院里我还晾着床单呢，怕被雨浇了。

杨帆的眼神告诉杨树林，他的谎话被揭穿了。杨树林有些不自在，说，你是不是监视我呢。

杨帆说，没有，我正好下楼溜达，你紧张什么。

杨树林说，谁紧张了，我才没紧张，溜达你的去吧。

三天后回到北京，进门后杨帆说的第一句话就是：你不说晾着床单呢吗，院里怎么没有。

杨树林一时没转过弯来，想了想这句话的所指，说，那就是走的时候摘了，瞧我这记性。

开学第一天，杨帆带着录取通知书和一百块钱学费去学校报到。让杨帆欣慰的是，这回班主任是一个男的，不用像防沈老师那样，担心他和杨树林产生恋情，杨帆在学校犯点什么事儿就给杨树林通风报信了。

班主任姓胡，师范大学毕业，三十多岁，戴副眼镜，微胖，未婚，教语文，口头禅是子曰，动不动就子曰什么什么，于是很快便有了外号：胖子曰。

第一节班会上，老胡宣讲了对学生们的寄语：学习上，希望同学们课前预习，课上专心听讲，积极思考老师提出的问题，课后认真复习，完成作业，巩固所学知识，正如子曰：学而时习之，不亦说乎？遇到不懂的问题，就问，别不懂装懂，子曰：敏而好学，不耻下问。子还曰：知之为知之，不知为不知，是知也。子又曰：君子于其所不知，盖阙如也。也就是邓小平同志提出的，要实事求是，这也是马列主义毛泽东思想的精髓。交友上，希望同学们多结交良师益友，子曰：益者三友，损者三友。友直，友谅，友多闻，益矣。友便辟，友善柔，友便佞，损矣，没事儿别跟社会上不三不四的人来往。理想上，子曰的大意是：不想当将军的士兵不是好士兵，没有理想的青年不是好青年，你们要树立远大的、崇高的、但不要不切实际的、要努了力就能实现的理想。

班会结束后，老胡开始收学费，让每个学生把名字用铅笔写在自己的钱上。收齐后，老胡清点了一下，发现有一张钱的手感不对，摸了好几遍，越摸越可疑，钱上写着杨帆的名字，便让杨帆换一张。杨帆没怎么碰过钱，看不出真假，问老胡确定吗，老胡说，子曰：假的真不了，真的假不了。然后拿出一张真钱让杨帆对比。杨帆摸了摸，又举着看了看，觉得写着自己名字的那张钱确实有点问题，便众目睽睽下收起来，说明天换一张来。

杨帆回到家，质问杨树林为什么给自己一张假钱，开学第一天就让他在班上难堪。杨树林拿过钱看了看，说，我觉得不假啊。

杨帆说，你再拿张真的看看。

杨树林又拿出一张，对比后说，不假啊。

杨帆摸了摸杨树林的那张，说，这张也是假的。

杨树林不信，去让邻居鉴定，最后得到是假的的肯定。

钱是收废品的给的，杨树林把家里的单门冰箱卖了两百块钱，要换双门的。

杨树林回忆着交易过程，说，我说怎么别的收废品都给一百五，就他给两百。

杨帆问杨树林，你打算怎么办。

杨树林想了想说，就当把冰箱送给咱家的远房亲戚了吧。

第二天杨帆放学刚回家，就接到派出所的电话，让把杨树林的身份证送来。杨帆拿着身份证去了派出所，见杨树林被关在传达室旁边的小屋里。下了班，杨树林去买菜，在菜市场转了三圈，最终在一家菜不是最便宜，但摊主看似容易上当的摊前站住，买了两斤黄瓜，掏出一张一百块钱。摊主接过钱，摸了摸，看了一眼杨树林，杨树林坚定地看着他，毫不躲闪，摊主又摸了摸钱，又疑惑地看了一眼杨树林，杨树林目光毫不退缩，内心已忐忑不安。摊主说，你给换一张。

杨树林说，为什么。

摊主说，这钱是假的。

杨树林说，不可能。

摊主说，你还是换一张。

杨树林撂下黄瓜，拿回钱，说，就这一张，那我不买了。

摊主拉住杨树林，你别走。

杨树林挣脱，凭什么不让我走。

摊主说，我最恨用假钱的了，要不我早娶上媳妇了。

杨树林说，我的钱不是假的。

两人争执起来，引来一群买菜的和卖菜的围观。几个同样受过假钱坑害的摊主给派出所打了电话，把杨树林绳之以法。

不一会儿警车就来了，鉴定了杨树林的钱是假的，没收了，让杨树林下次注意。摊主却不依不饶，让警察搜杨树林的身，说不定身上还携带着。众小贩在一旁起哄，说，对，搜身，没准是一个造假贩假的重犯要犯。警察检查了杨树林的兜，果然又发现了一张，警察无奈地说，本来不想抓你，看来不抓不行了，走吧。于是杨树林被带上警车，这是他第一次坐桑塔纳。

警察问钱是哪来的，杨树林如实招来，并伸出那双粗糙的大手证明自己的工人身份。警察觉得还不够，让杨树林出示工作证或身份证，杨树林说他们厂没有工作证，只有工作服，身份证在家，于是警察就打了电话。

杨帆送来身份证，警察记录在案，没收了假钱，并教育杨树林，既然你已经是受害者了，就不要让更多人成为受害者了，维护健康稳定的经济秩序是每个公民的义务。

杨树林点着头说，我回去一定好好履行这个义务。

杨帆在一旁听着人民警察对杨树林的教育，门开了，进来一个人，杨帆一看是自己的同学。

同学也看见杨帆，问，你怎么在这。

杨帆反问，你怎么在这。

同学说，我来找我爸。

杨帆说，我也来找我爸。

同学说，你爸也是警察。

杨帆说，不是。

杨树林觉得没有呆下去的必要了，对警察说，那没什么事儿我们就走了。

同学问杨帆，你爸怎么了。

杨帆说，问你爸吧。

从派出所出来，杨帆说，你怎么干这种丢人的事情。

杨树林说，你以为挣钱那么容易。

杨帆说，那你就去丢人啊。

杨树林说，万一花出去了，就是钱，花不出去就是纸，两百块钱能买多少纸呢。

开学没几天，杨树林给杨帆新买的耐克球鞋被小痞子劫了。为表彰杨帆考上高中，杨树林问杨帆想要什么，杨帆说什么都可以吗，杨树林说别太贵，一千块钱以下的就行，杨帆说那就给我买双耐克球鞋吧。杨帆挑了一款全黑鞋面，侧面一个大白勾，带气垫的。穿上不仅脚上舒服，心里更舒服。

看中这双鞋的不仅杨帆一个人，还有一个出现在杨帆放学回家路上的小痞子，他看了看杨帆的鞋，又看了看自己脚上的那双片儿鞋，觉得穿在一个小痞子的脚上有点跌份儿，构不成威慑，于是叫住杨帆，让他把鞋脱下来。杨帆当然没有脱，但随之而来的就是一把刀子出现在杨帆面前。小痞子说，你现在脱下来什么事儿都没有，你要是不脱，不仅要受伤，鞋照样还得脱。杨帆看着小痞子的刀，没脱，也没不脱。小痞子说，别犹豫了，脱吧，君子报仇十年不晚，等你长大成人了，还能碰见我，我打不过你了，你也劫我一回。杨帆还是没有动弹。小痞子又说，你看你这小脸蛋，白白嫩嫩的，连个青春痘都没有，被拉一下多可惜，以后女朋友都不好找，说着用刀在杨帆眼前比划了几下。杨帆弯下腰，开始解鞋带。小痞子说，这就对了，好汉不吃眼前亏。杨帆脱下鞋，光脚站在地上。小痞子问杨帆，你鞋多大的。杨帆说四一的。小痞子脱下自己的布鞋，说，正好，穿上吧，别光脚回家，地上扎。说完穿上杨帆的耐克，边穿边说，哥们儿，你是汗脚吧。

杨帆穿着小痞子的布鞋回了家，杨树林说，你什么时候自己买了双布鞋。杨帆换上拖鞋，说，你再给我买双耐克吧。杨树林说，不是刚买了一双吗。杨帆说，被小痞子穿走了，这双布鞋是他的，然后叙述了挨劫经过。杨树林听完说，还是一个人性并未完全泯灭的小痞子。

杨帆看了看表，说，商场还没关门，再给我买一双吧，明天我不想穿布鞋上学。

杨树林说，我后天才发工资，明天你先凑合一天，回头我跟派出所反映反映，总不能三天两头地给你买耐克吧。

第二天，杨帆穿着布鞋上了学。放学后，鲁小彬和冯坤来学校找杨帆玩。鲁小彬考上了职高，学的是酒店管理，校服是一身黑西服，白衬衫，红领带，脚穿白色袜子和黑色三接头皮鞋，骑一辆山地车。冯坤上的是技校，学钳工，未来将成为工人阶级的一分子。他俩经常回母校找杨帆玩，这里成了他们的聚点。

鲁小彬看到杨帆脚上的布鞋说，你怎么一点儿不注意形象，就说你上了高中，将来要考大学，也不能总穿片儿鞋啊。

杨帆说，有个小痞子比我更注意形象，把我的耐克穿走了。

冯坤说，你这么容易就让他得逞了。

杨帆说，他比我大，比我高，手里还拿着刀。

冯坤说，等再碰见他，你告诉我，我帮你收拾他。

鲁小彬说，就你。

冯坤说，我现在也是小痞子了。说着，从书包里拿出一把小斧子。

鲁小彬说，你每天带着斧子上学，要砍柴做饭吗。

冯坤说，不是砍柴的，砍人的。

冯坤在空中挥舞了几下说，是我自己做的，石墨铸铁的，淬过火了，削铁如泥——我们钳工就是学做这个的。

杨帆说，斧子用过了吗。

冯坤说，还没，甭管用得上用不上，反正上学总得带着，我们书包里可以不装书，但不能没这玩意儿。

杨帆问，你喜欢这样吗。

冯坤说，身不由己啊，我们学校都是小痞子，个个打架，我不参与战斗就是脱离群众，所以我出淤泥而不染的理想只能落空。

鲁小彬说，我们学校不兴暴力，兴这个。说着打开钱包，神秘地从里面拿出一个锡纸包装的小东西。

杨帆问，什么好吃的。

鲁小彬说，就知道吃。

杨帆说，什么好玩的。

鲁小彬说，这个你还真没玩过，避孕套。

杨帆大吃一惊：你的？

鲁小彬尽量让自己的语气平缓：嗯，我们学校的女生比较开放。

冯坤问，你用过。

鲁小彬保持谦虚：也没用过几次，正处于初级阶段。

杨帆冯坤要求鲁小彬说说经过，不能省略细节，尽量保证声情并茂。

鲁小彬说，等我积累更多经验的时候再传授吧，我现在也是一瓶子不满半瓶子晃荡。然后送给杨帆冯坤各一个，以作备用。

三人在操场打篮球打到静校，推着车从学校后门出来。走着走着杨帆突然不走了，他看见一双熟悉的鞋，黑色，白勾，带气垫，一个人正穿着它在小卖部打公用电话。

杨帆说，就是他。

冯坤说，他是谁。

杨帆说，劫我鞋的那人。

冯坤说，今天我就让你脱下布鞋，穿上耐克。

小痞子打完电话，撂下正要走，冯坤说，孙子，你丫过来。

小痞子没听见，转身走开。

冯坤说，孙子，说你呢，过来。

小痞子回过头，看见三个小孩，又看看四周，走过来：刚才你们听见有人说话了吗。

这时小痞子看见杨帆，说，我看你怎么有点儿眼熟。

杨帆低头看了一眼脚上的片儿鞋，小痞子也看了一眼，恍然大悟：这不是我的鞋吗，噢，我想起来了，你就是昨天那耐克鞋，不好意思，最近劫的小孩太多了，记不过来。

小痞子突然反应过来：刚才是你们喊的？怎么着，不服？！

杨帆说，我不习惯穿别人的鞋。

冯坤说，我哥们儿穿不惯片儿鞋，你把耐克脱下来。

小痞子拿出刀子说，鞋穿在我脚上，牛逼你们就扒下来。

冯坤掏出小斧子说，怎么穿上的，你就怎么脱下来。

小痞子看了看冯坤手里的小斧子，又看了看自己手里的小刀子，再看看冯坤坚毅的表情，说，怎么着，玩真的。

冯坤说，不信你就试试。

小痞子举着刀，既不进攻，也不退缩。

冯坤说，快点儿，我没工夫儿陪你耗着，我爸还等我回家吃饭呢。

小痞子收起刀，坐在地上，边脱鞋边说，耐克没有想像的那么舒服。

耐克鞋又穿在杨帆脚上。小痞子提上布鞋，问冯坤：你不是这个学校的吧。

冯坤把自己学校告诉了小痞子，小痞子说后会有期，便走了。

冯坤说，这种事情拼的就是气焰，硬的怕横的，横的怕不要命的。

杨帆说，他不会去找你麻烦吧。

冯坤收起小斧子说，那他无异于鸡蛋碰石头。

杨帆穿着耐克回了家，杨树林已经做好饭，让杨帆赶紧吃，吃完好去商场买鞋。杨帆说不用了，鞋要回来了。杨树林低头看了一眼，说，你要他就给你了？杨帆说是冯坤要的，叙述了经过。

杨树林说，冯坤这个孩子怎么变成这样，危险了。并叮嘱杨帆：以后少和这样的孩子接触，不好。

陈燕考的高中是区重点，离杨帆的学校不远，两人常见面。尽管杨树林告诫杨帆谈恋爱早了点，但杨帆还是毅然决然拉起陈燕的手。

这天杨帆和陈燕去红楼电影院看电影。自打上回鲁小彬给杨帆留下一个避孕套，杨帆就心神不定，总觉得得用上，要不浪费了。每次一幻想使用时的场面，杨帆就心潮澎湃。有时候他觉得自己是个坏人，怎么会有这么龌龊的想法，有时候他觉得很正常，毕竟岁数到了，荷尔蒙分泌正常，再说了，鲁小彬都是先驱了。可是现在杨帆和陈燕的关系距离使用这东西还为时尚早，为了不让它过保质期，杨帆觉得进

一步发展和陈燕的关系很有必要。

进了电影院,杨帆和陈燕在最后一排就坐,前排做一些事情后面能看见。电影还没演完一半,杨帆已经亲在陈燕的脸上。

当电影进入发展阶段,杨帆觉得他和陈燕也应该继续往下发展,不仅局限于在脸上亲一下。于是试探着把手放在陈燕的后腰上,陈燕没什么反应。又把陈燕掖在裤子里的衣服拽了出来,陈燕知道杨帆的意图,说,这样不好。杨帆说,又不是外人,咱俩都是男女朋友了。陈燕说,做这事早了点儿。杨帆说,早晚都得做,我愿意做一个走在时间前面的人。陈燕说,你现在摸了,万一以后咱俩不在一起了怎么办。杨帆说,我会对我的行为负责的,我不是没有责任心的人。陈燕说,以后什么都会变的。杨帆说,但我的心不会变,君子一言,驷马难追,让我摸一下吧。杨帆苦苦央求,陈燕的心有点儿软了。杨帆又说,咱俩认识这么久了,还停留在初级阶段,鲁小彬都后来者居上了,他已经不是男孩了。陈燕说,那他是什么。杨帆说,是男人。陈燕说,这有什么区别吗。杨帆说,当然有,从男孩到男人,是一种质变。陈燕对杨帆的话似懂非懂,觉得杨帆对现实的不满和自己有关,她有责任消除杨帆的不满,说,那你就摸一下吧,就一下啊,于是松开揪住衣服的手,做出英雄就义前才有的凛然状。杨帆突然害怕了,有点儿不知所措,具体表现就是手心出汗,真该摸的时候不知道该摸左边还是右边。最后杨帆屏住呼吸,心一狠,把手按在陈燕右边的乳房上——因为他坐在陈燕左侧,伸出的是右手,从陈燕背后经过,放在右乳上会比较自然。

放了一会儿,杨帆平静了些,才发现还隔着胸罩。杨帆说,能不能别拒之门外,让我进去呆会儿。陈燕什么也没说,杨帆认为是默认,便推门而入。进去后杨帆还觉得有点儿生分,适应了一下环境后,和主人握了手。在杨帆的印象中,这东西应该是温暖的,柔软的,像豆腐一样,但恰恰相反,它的硬度像块儿快冻上的豆腐,还有点儿凉。杨帆的手能感受到陈燕心跳的速度和强度。为了拉近和陈燕的距离,杨帆说,其实我也很紧张。

过了一会儿,杨帆感觉那东西不那么凉了,便把手挪开,向另一个靠近。陈燕说,你要干什么。杨帆说,再摸摸那边。陈燕说,说好了只摸一下的。杨帆说,可是我得一视同仁啊,不能偏向,把那边忽略了。陈燕问,手还痒痒。杨帆说,手是不痒了,但心里痒。陈燕想反正一边已经被摸了,另一边再被摸一下并不会有更进一步的损失,便没阻拦。杨帆的手刚着陆,就被陈燕拽了出来。杨帆说,别就点到为止，再放会儿，太短暂。陈燕说，你爸来了。

杨帆顺着陈燕所指的方向看去，见杨树林正和一个女人在前面找座位。杨帆对那个女人的身影很熟悉，连陈燕都认出来了：那不是沈老师吗。

杨树林和沈老师并排坐下，像一对夫妻，没有丝毫生分之感，也不像热恋中的情侣，搂搂抱抱，黏黏糊糊，而是安静地看着电影，两个人的头呈八字型，分别向对方倾斜。陈燕看了感叹说，你爸和沈老师进展神速啊。杨帆说，我也没想到啊，他俩偷偷摸摸地都到这种程度了。

原本杨帆在那方面的兴趣和好奇以及开拓心，随着杨树林的到来而烟消云散。为了不被杨树林发现，杨帆和陈燕在电影结束前便提前退场。在电影院门口，杨帆看见了杨树林和沈老师的自行车，两辆车还锁在一起，一辆靠着另一辆。

杨帆到家后，看见桌上有一张纸条，是杨树林留的，写着：今晚我加班，你回家后自己做饭吃，点煤气的时候小心点儿，冰箱里有冻好的饺子，多的那袋是白菜馅的，少的那袋是韭菜的，想吃哪个就煮哪个，也可以每样都煮点儿，水开了再下饺子，下锅后等饺子漂上来，馅鼓起来，就快熟了。煮的时候你在旁边看着，别让水淤出来，快淤的时候你就兑点儿凉水，煮完了别忘关煤气，切记！另外，蒜在橱柜的第二个抽屉里。

杨帆放下纸条，拿出一袋方便面，泡完吃了。

杨树林回家后，先打开冰箱看了看，看饺子并没见少，便进屋问杨帆吃饭了吗。杨帆说吃了。杨树林问吃的什么。杨帆说方便面。杨树林说，没看见我给你留的条吗。杨帆说看见了。杨树林说，那为什么不吃饺子。杨帆说，我想吃方便面。杨树林说，方便面没营养，卧鸡蛋了吗。杨帆说，没卧。杨树林说，那怎么行，你正是长身体用脑的时候，吃饭不能凑合。说着就系上围裙，要给杨帆做饭。杨帆说，我已经吃饱了。杨树林说，那也得再吃点儿，你晚上还得看书呢，方便面扛不了多久。

杨树林兴致高涨，切菜的时候还哼着歌，看来今天和沈老师在一起很愉快。杨树林给杨帆做了拔丝山芋，热情洋溢地端到杨帆面前：尝尝我的手艺。

杨帆夹了一筷子，问，你做的这叫什么。

杨树林说，拔丝山芋。

杨帆说，丝呢，怎么拔不出来，我还以为是卖糖葫芦的卖的那种粘了糖的山芋。杨帆把山芋放进嘴里。

杨树林说，抛开外观形态，光说味道，怎么样。

杨帆吐出山芋说，不怎么样，苦的，糖糊了。

杨树林说，不可能不怎么样。自己尝了一口，很失望，遗憾地说：嗯，是和饭馆做的有点儿差距。

显然，这是杨树林今晚和沈老师在饭馆吃的一道菜。

杨帆说，你还没吃呢吧。

杨树林说，我在单位食堂吃了，加班还能饿着自己吗。

杨帆说，你们那有什么活儿啊，还得加班。

杨树林说，加工一批汽车配件，不是给奥迪就是给丰田，现在这些进口车的配件全是国内做的，价格还是进口的，这帮外国佬，蒙咱们中国人。对此杨树林表现得很愤慨。

杨帆看着杨树林的拙劣表演，觉得自己的父亲很可笑。

杨树林在制作拔丝山芋上有一种愚公移山的精神。第二天，又做了这道菜，让杨帆评判。杨帆尝了一块，说，丝是拔出来了，但山芋是生的。杨树林自己也尝了尝，山芋确实还硬着，便倒回锅里，又鼓捣了一番，让杨帆再尝。杨帆又吃了一块，说，山芋是熟了，糖又糊了。杨树林自己也尝了，并不甘心：今天就算了，明天我再弄一次。第三天果然又有一盘拔丝山芋出现在杨帆面前，杨帆吃了一块，依然很难吃，但连说好吃，他知道，若再不对杨树林的手艺予以肯定，不知道拔丝山芋会吃到什么时候。杨树林顿时眉开眼笑，说，好吃你就多吃点儿。

期末历史考试，沈老师监考杨帆所在班。杨帆没背书，准备了小条。卷子一发下来，杨帆就趁乱摸出纸条，藏在卷子下面。题是自己学校出的，印卷子的纸不好，透，纸条压在下面，字能透过来，正好方便了作弊。杨帆大喜，抄得兴起，忘记提防老师，直到手酸才发现，斜后方有一双脚，正是沈老师的，余光能看到沈老师正在看自己答题，卷子下面的小条就像女生 T 恤里的胸罩，清晰可见。

杨帆的心要跳出来了，他听见自己心跳的声音。只要沈老师掀开卷子，便能人赃俱获。杨帆脑海中浮现出电影里的一幕：把纸条拿出来塞嘴里咽下去。他马上否定了这种做法，也许在拿出来的一刹那就被拦截，无异于自投罗网。杨帆很绝望，他希望这是梦境，咬了自己的舌头，很疼，于是更绝望了。杨帆的大脑陷入一片空白，不知所措，他一动不动地坐着，放弃抵抗，听天由命。

沈老师似乎看穿杨帆的心思，居然不可思议地走开了。杨帆看着沈老师的背影目瞪口呆，这时沈老师突然回头，和杨帆对视了一下，然后看了看杨帆的卷子，杨帆赶紧低下头。

几天后考试成绩下来了，分数让杨帆很满意。沈老师在杨帆心中的形象顿时变得美好。

寒假里的一天，杨帆接到鲁小彬的电话，让给他送些衣服。杨帆问他在哪儿，他说在公用电话亭，就穿了一条秋裤。杨帆问他怎么搞的，鲁小彬说别问那么多了，你赶紧过来，见面再告诉你，我都快冻死了。

杨帆送去裤子，见到鲁小彬，他哆哆嗦嗦地蹲在电话亭里，光着膀子，披了一条床单，只穿着秋裤，脚上是一双红色棉拖鞋，不远处有两个小学生正饶有兴趣地对着鲁小彬指指点点。鲁小彬抹了一把流出来的鼻涕，穿上杨帆拿来的衣裤，说，三九天还是不把自己暴露在空气中好。

杨帆问怎么这么狼狈，鲁小彬说本来他怀着无比兴奋地心情去一个女生家玩，女生的妈妈上班去了，两人计划做一些事情，可是鲁小彬刚把自己的一身肌肉展示出来，正套套子，就听见开门声，女生的妈突然回来了。高跟鞋声由远及近，正向女生的屋走来。鲁小彬钻到床下，已塞满东西，又打开衣柜，也装满东西。幸好女生家在二楼，情急之下，鲁小彬随便从床边抓起一把什么，趿拉着女生的红拖鞋，推开窗户，仓惶而逃。落地后，鲁小彬展开抓在手里的东西，原来是一条床单，一条秋裤，让他万幸的是，幸亏是床单而不是枕巾。鲁小彬披着床单，找了一个电话亭，管路人借了两毛钱，向杨帆求救。

杨帆说，你们职高学生的寒假生活真丰富，我们高中学生每天还得做作业写日记。

鲁小彬问杨帆，上回给你的那东西用了吗。

杨帆说，我暂时用不上，要不还你吧，好钢用在刀刃上，别过保质期。

鲁小彬说，不用，我那有的是——哎呀，坏了。

杨帆问怎么了，鲁小彬突然想起来，逃跑的时候太急，没摘避孕套，后来一直惊魂未定就把这事儿忘了，现在还套着呢。

杨帆问鲁小彬，你爸知不知道你干这些事儿。

鲁小彬说，他知道了我也不怕，他有把柄攥在我手里，他背着我妈也没干什么好事儿，瞒不了我，我在这方面很敏感。

鲁厂长的工厂改制，一部分外来资金涌入，为了获得更多利益，新资金的负责

人给鲁厂长送了不少东西，还请他花天酒地，鲁厂长过得甚是逍遥，家也不回，而此时的杨树林依然每天骑自行车上下班，下了班就回家，除了偶尔见见沈老师。

新资金是多家的，有利益冲突，没获得理想收益的一方揭发检举了鲁厂长收受贿赂，公款消费，生活糜烂等诸多不良行为。没过几天，鲁厂长就被检察院带走了。

杨帆安慰鲁小彬不要难过，鲁厂长还会回来的。

鲁小彬说，我不难过，我早就知道他会出事儿，整天替他担心，现在他终于进去了，我终于可以睡个踏实觉了。

杨帆问鲁小彬，没有父亲的生活是否孤独。

鲁小彬说，没我爸管我了，我有很多事情要做，没时间孤独。

一个月后，鲁小彬来找杨帆玩，两人在操场打篮球。杨帆打了会儿就要回家，说杨树林不让他玩太晚，抓紧时间回家写作业。

鲁小彬说，真羡慕你，还有你爸管你。

杨帆说，你不一直不希望有人管吗。

鲁小彬说，当真的没人管你的时候，你会很失落的。

杨帆说，你真是站着说话不腰疼，饱汉子不知饿汉子饥。

鲁小彬认真地说，我没开玩笑，当想做的事情都做了，生活就没意思了，想做做不成，那才有劲。然后看着即将落下去的太阳感叹道：我真希望我爸赶紧从里面出来，揍我一顿，我肉都痒痒了。

Chapter 10

I am Your Son

一九九九年十二月二十
日，中华人民共和国恢复对
澳门行使主权。

一天杨帆放学回来正写作业，邮递员送来一封加拿大寄来的挂号信，寄给杨树林的，杨帆翻箱倒柜找杨树林的印章，发现一盒避孕套，打开一看，只剩半盒了，同时发现了杨树林送给沈老师的那条红围脖，心想，看来他们生米已经煮成熟饭了，趁我不在家的时候开火了。杨帆并不为此郁闷，甚至还有点儿高兴，他俩好了对杨帆也有好处，以后作弊沈老师监考的话还能罩着他。杨帆藏起了围脖。

信是薛彩云寄来的，内容还是向杨树林索要杨帆，加拿大有良好的学习环境，空气质量也好，听说国内污染很严重，总而言之，加拿大各方面都有利于杨帆的发展和发育，薛彩云希望能和平友好地解决杨帆这一争端，如果杨树林觉得就这么让杨帆走了亏，那不妨开个价，毕竟杨帆长这么大吃了他不少粮食。

杨树林回来看完信说，本来字就写得难看，在国外呆这几年，字写得更难看了。然后把信给杨帆看。

杨帆看完，杨树林问他有什么想法，杨帆说虽然自己不是特上进，不是特爱国，但还不至于觉得国内不适合自己，他这样呆着挺好的，然后问杨树林信封还要不要，不要的话他就把邮票抠下来给冯坤了，冯坤一直在集邮。

杨树林说不要了，问杨帆想不想给薛彩云回一封信。

杨帆把信封泡到温水里说，回它干吗，还费邮票。

杨树林说，不回也好，这样你就能收到更多加拿大的邮票了。

杨帆没提白天翻出的避孕套的事儿，他想既然沈老师给了我面子，我也还你们一个吧。而且杨帆认为，知道杨树林的秘密却不说出来，而杨树林还以为这个秘密是个秘密，是更大的胜利。

杨帆给冯坤送邮票，见冯坤胳膊吊着绷带，打着石膏，问他怎么弄的。冯坤说打架打的，上回帮杨帆从小痞子那要回耐克后，小痞子来找过他。小痞子告诉冯坤说，再怎么着耐克也比片儿鞋舒服。冯坤这时候拿出小斧子，说，你想怎么着。小痞子拿出一把比冯坤的大三倍的斧子说，脚上舒服还是次要的，关键是你让我很没面子，你才十六七，我都二十多了，折你手里，说出去我以后没法儿混了。说着拉开架势，两人就要一决雌雄。这时候冯坤学校的一个小痞子路过，认识冯坤，也认识那个小痞子，本校小痞子的哥哥是那个小痞子的老大。本校小痞子觉得自己有必要阻止这场可能会流血甚至重伤的事件，便横在两人中间，拉着两个人的手说，和为贵。外校小痞子不甘心就这么算了，冯坤说欠你的我会还的，然后在本校小痞子的撮合下，一笑泯恩仇，成了朋友。

后来外校小痞子又去劫学生的耐克鞋，和人打了起来，对方叫来十多个人，他也找人，冯坤便去帮忙，双方一团混战。冯坤的胳膊是在抵挡对方抢来的棍子时被打骨折的，同时折了的还有对方的棍子。

杨帆问冯坤，你这样吊着胳膊还能上学吗。

冯坤说，这算什么，我们学校还净是坐着轮椅来的呢。

杨帆觉得冯坤每天生活在暴力中挺没意思的，偶尔激动一次打打架还行，天天打就烦了。幸亏自己当初听了杨树林的劝告，考的是高中，如果考了技校，也许现在自己的胳膊也打着石膏。

杨树林下班回到家，见门开着，就轻声走进去，听见杨帆在里屋打电话，正针砭时弊，不时发出爽朗的笑声。议论完时政，又说起班主任老胡。杨帆说，我们班那个老胡，上课不系文明扣，玩空城计，课上了一半发现不对劲，学生们的视线偏低，不在黑板上，低头一看，门庭洞开，于是不慌不忙转过身，双手扶前，"滋"的一声，做了一个由下而上的动作，还撅了一下屁股，然后转过身，对学生说，继续上课，刚才出了点儿意外。

杨帆笑了几声继续说，老胡爱抽烟，我们问他，胡老师，您一天抽多少烟，他说，自己的烟，五天一盒，别人的烟，那就没数了，赶上了就多抽点儿，没赶上就想办法赶上。老胡对鲁迅很有研究，他说祥林嫂就是一个农村大娘们儿，还说闰土在乡下有很多小情人。杨帆是学着老胡的口音和语气说的，杨树林听完也笑出声，吓杨帆一跳。

杨帆这时才发现杨树林回来了，对电话里说了一句：我爸回来了，便挂了电话。

杨树林说，怎么看我回来就不说了，继续啊。

杨帆说，你怎么跟鬼似的，回来也没个动静儿。

杨树林说，你要心里没鬼干吗怕我，给谁打电话呢。

杨帆说，没谁，打听那么多干什么。

杨树林说，不是怕你交友不慎吗。

杨帆说，我知道好坏，我都这么大了。

杨树林说，你再大，我也比你走的路多，能给你提供点前车之鉴。

杨帆没接杨树林的话。

杨树林说，刚才你话挺多啊，活灵活现的，怎么我一回家就沉默了，炼金呢？

杨帆说，你在家倒是说起来没完没了，在外面怎么不行啊，升不了官，当不上领导。

杨树林说，当领导有什么好的，像鲁小彬他爸那样，吃香的喝辣的没几天，就进去吃窝头了。

杨帆说，算了，不跟你说了，我写作业了。

杨帆铺开书本，忙乎起来。杨树林拿着晚报去一边看。

过了一会儿，杨树林凑过来。杨帆问，干吗。

杨树林说，看看你干吗呢。

杨帆说，看书呢。

杨树林转了一圈，翻翻杨帆桌上的书，又去一边看报了。没过一会儿，杨树林又凑过来，在杨帆身边晃悠。

杨帆问，又干吗。

杨树林说，看看你干吗呢。

杨帆说，我都说了，我看书呢。

杨树林说，那我看看你看什么书呢。说着又拿起杨帆桌上的书翻。

杨帆说，你要喜欢你就拿走看。

杨树林说，不用，别耽误你看。翻了翻书又走了。

杨帆索性把自己不用的书都挪到杨树林身边，说，随便看，别老过去打扰我。

但是杨树林没呆多一会儿又出现在杨帆身边。

杨帆说，你到底想干吗。

杨树林说，不干吗，没事儿干，看看你。

杨帆说，我不用你看，你要实在没事儿干就做饭去吧。

杨树林说，好吧。便去了厨房。

刚出去又进来，问杨帆：想吃什么。

杨帆说，打卤面。

杨树林出去了，杨帆还没写两个字，杨树林又进来，问杨帆：没黄花了，吃炸酱面行不行。

杨帆说，只要把面煮熟了，随便。然后在杨树林出去后插上门。

片刻又传来杨树林的敲门声，问杨帆：黄瓜是切丝还是整根儿的。

杨帆说，随便，只要洗干净了就行。并补充道：你想吃什么样的就弄什么样的，别老问我，你再这样问个没完，明天早上我也写不完作业。

杨树林终于没有再打扰杨帆，直到面熟了的时候才叫他出来吃饭。杨帆盛了两勺酱，撅了半根儿黄瓜，端到里屋吃。杨树林也端着碗跟进来，把肉丁挑给杨帆，说，你正是用脑的时候，得多吃肉。

杨帆把肉丁夹回杨树林碗里，说，不差你这两块。

杨树林又拨到杨帆碗里说，有总比没有好。

杨帆吐噜吐噜几口就把面吃完了，杨树林说，慢点儿，细嚼慢咽，有助消化，慢慢吃还能品出味道。

杨帆说，一个炸酱面，吃饱了就得，品什么味道。

杨树林说，这里面讲究可多了，以前光绪……

杨帆把碗往桌上一撂，抹了一把嘴，打断杨树林说：你出去吃吧，我要写作文了。

杨树林说，你写你的，我吃我的，不碍我事儿。

杨帆说，可是你碍我事儿，吃面动静儿太大，影响我思路。

杨树林说，好吧，我出去，你写吧。说完端着碗出去了。

杨帆说，麻烦你把门带上行吗。

杨树林过来拉上门，没关严。

杨帆说，你留个缝什么意思啊。

杨树林说，给你透透气，让你写作文有个清醒的头脑，关严了空气混浊。

杨帆自己关严门，说，用不着。

杨树林吃完面，刷了俩人的碗，看了会儿电视，觉得杨帆差不多该写完作文了，就去敲门。

杨帆在里面说，进来。杨树林推门而入。

杨帆说，怎么突然敲门了，你以前从来不敲。

杨树林说，不是怕打扰你吗。

杨帆说，真怕打扰我你就别老一趟一趟的，还敲起门来，好像我在里面干什么见不得人的事儿。

杨树林说，行，那我以后不敲了，推门就进。

杨帆说，你还是敲吧——敲门什么事儿？

杨树林说，作文写完了吗。

杨帆说，写完了，干吗？

杨树林说，给我看看。

杨帆说，为什么？

杨树林说，我是你爸，检查一下你的作业，是我的权利和义务，再说了，我还能指导指导你，作文本呢。

杨帆不情愿地拿出作文本，杨树林打开，在一旁看起来，时而紧蹙眉头，若有所思，时而摇头咂嘴，轻声叹息。

杨树林看完合上作文本，看架势有一肚子话要说。杨帆故意不看他，不给他开口的机会。

杨树林忍了一会儿，没忍住，说，你不想听听我的看法吗。

杨帆说，不想。

杨树林：别客气，又不是外人。

杨帆说，不是见外，真的不想听。

杨树林说，我觉得你应该听听，毕竟我经历的事儿比你多，看得比你远一些。

杨帆说，以后的吧，我数学作业还没写呢。

杨树林说，有问题还是及时解决吧，别过夜。

杨帆见杨树林不说点儿话不痛快，便成全他：那你说吧，言简意赅，今天数学作业留得多。

杨树林清了清嗓子，说，我觉得吧，有几个问题，首先，要切题，要题目是《我眼中的XX》，你选择的是北京——这个选择是正确的，没有选南京，因为你没去

过南京，北京是你熟悉的——那么就要写你眼中的北京，而不是别人眼中的，写你身边熟悉的事情，以情感人，杜绝编造，情是从哪来的呢，从真实中来。

杨帆在一旁听着，杨树林说，你别光听，拿笔记记，好记性不如烂笔头。

杨帆不记，说，你就往下说吧。

杨树林说，其次，文笔不够华丽，你应该多用一些修辞手法，比如拟人、排比、比喻，多用一些生僻的字词，一般人看了不认识，认识也不知道什么意思，这样就显得你有学问。

杨帆发出哼的一声。杨树林说，你哼什么，我说的不对吗。杨帆说，对，我刚才鼻子难受，你说完了吗。杨树林说，没有。杨帆说，那就继续说。

杨树林说，再次，再次……然后想了想说，再次，以后仔细点儿，少写错字别字。

杨帆说，还有再再次吗。

杨树林说，我想想，嗯，没有了。

杨帆说，那我可以写数学作业了吗。

杨树林说，我刚才说的话对你有帮助吗。

杨帆说，听实话吗。

杨树林说，当然，有就说有。

杨帆说，说了跟没说似的。

杨树林有些失望，但还是对自己充满信心，说：现在我说的话你还理解不了，慢慢消化，需要个过程。

本来杨帆不想和杨树林再就这个话题进一步展开讨论，但杨树林在离开杨帆屋的时候说了一句话：你现在的作文差强人意，让人看了觉得挺没劲的，你得努把力了，我发现这个问题不是一天两天了。

这句话伤及杨帆的自尊心，他不能忍受了，说，你老说我东西没劲显得你牛怎么着，我告诉你，我不这么认为。

杨树林见杨帆急了，又补充了一句才出门：良药苦口利于病，忠言逆耳利于行。

晚上杨帆在外屋看着电视洗着脚，杨树林悄无声息地溜进杨帆的屋，拿起桌上的东西就看。杨帆最近开始写起日记，没想到杨树林会进来看，写完本没收好，随手放在桌上，打算等睡觉前把还想说的话写进去再收。杨树林看到杨帆的日记，来了兴趣。

杨帆擦脚的时候，发现杨树林没了，警觉地回过头往屋里看，见他正捧着自己的日记本看得津津有味，勃然大怒，上前抢过日记，说，看别人的日记是不道德的行为，你都这么大的人了，也好意思。

杨树林不以为然，说，我看你日记没什么不道德的，我是你爸，要掌握你思想的萌动，刚才我要不看你的日记，我还不知道你对我有意见。

杨帆说，我已经不是小孩了，不用你管。

杨树林说，子不教，父之过，我不能犯错误。说着又翻桌上的东西。

杨帆收好日记本说，翻吧，没觉得不要脸你就翻。说完出了屋。

杨树林说，你别拿话激我，今天我还就翻了，给你来个彻底扫荡，看看你沾染了什么不正之风。拿起杨帆的书包，来了个底儿朝天，把里面的东西倾倒一空。

杨帆在一旁看着，满腔愤怒，对杨树林充满鄙视。

杨树林边检查边说，我知道你恨我，我这是为你好，你现在正处于思想波动期，很容易受社会上不良风气的影响，我的任务就是帮你矫正。

杨帆记得，书包里只有书本，昨天看的那两本古尤和全庸的黄色武侠小说已经还给同学，心想，看你一会儿什么都找不着还说什么。

但是有一样东西杨帆忘记了，不仅忘记从书包里拿出来，都忘了有这么一个东西了——鲁小彬给他的避孕套。

杨树林把杨帆的书包里里外外翻了个遍，能拉开的拉锁全部拉开，能打开的纽扣一律打开，最终从书包侧兜里掉出一个避孕套。

杨树林拿起看了看，当认出是什么后的第一反应不是愤怒而是喜悦，因为他抓住了杨帆的把柄——在翻出避孕套之前，杨树林心里也嘀咕：万一一无所获怎么办。

杨树林的嘴角掠过一丝胜利的微笑，随后表情严肃起来，他想，如果真是杨帆的，那么这小子干的事情已经超过自己预想的程度，太可怕了。

杨树林举着避孕套说，这是什么。

避孕套的出现也吓了杨帆一跳。

杨树林又问了一遍：这是什么！

杨帆心想，明知故问，好像你没用过似的。

杨树林扭曲着脸说，你你你，你气死我了。抢起手，给了杨帆一个嘴巴。

杨帆捂着脸，被杨树林的突然一掌打懵了。

杨树林说，小流氓，你才多大，就开始这个。说完看了看手里的避孕套，不知道是将杨帆当成倾听对象，还是自言自语：还是外国牌子的。然后继续斥责杨帆：别以为你上高中了我就不打你。

杨帆被杨树林的家庭暴力激怒，觉得不还以颜色杨树林不知道天高地厚，内心斗争了片刻，还是亮出杀手锏：别以为你的事儿我不知道，你也没干什么好事儿，作案工具就放在柜子的倒数第二个抽屉角，围脖还在那呢，下回把围脖给人家送回去，别冻着。

杨帆的话让杨树林深受打击。杨树林一直认为自己在儿子眼里无懈可击，即使不是完美无瑕，也是一尘不染，却万万没想到杨帆对自己已经了如指掌，而自己还蒙在鼓里，努力维持着完美父亲的形象。先前十几年的努力，被杨帆的这句话付之一炬。

杨树林后悔没听沈老师的话，当初她曾告诫过他，把东西收好，别让杨帆看见。杨树林不听，说杨帆不会乱翻东西的，看不见，再说了，也不剩几个了，过不了多久就用了。现在看来，女人的细心还是很有必要的。

杨帆说完那句话，觉得自己占据了主动权，洋洋得意地看着杨树林，像翻了身的农民在地主面前膨胀了勇气，并做好批斗的准备。杨树林在杨帆面前变得渺小、软弱、无力。

杨树林把手中的避孕套放回书包的侧兜，并拉上拉锁。

杨树林说，从今以后，我不管你了，你好自为之。

杨帆没接他的话，心想，你还真不是君子一言驷马难追的人，早晚会食言的。

此后的一个星期，杨树林果然说到做到。每天下了班做完饭，就自己看电视，看困了就睡觉，在家说的不多的几句话都是在接电话的时候。学校需要交钱的时候，杨树林就把钱摆在桌上，有沈老师给他通风报信。杨帆觉得这样的生活挺好，自己干什么事儿的时候杨树林不会再来打扰了，而且他确实也没什么需要和杨树林说的话。

大约过了半个月，杨树林养成对着电视说话的习惯。《新闻联播》结束时，播音员看着电视外面说，欢迎收看，再见。杨树林也对着电视说，好的，再见。看电视剧的时候，当杨树林先于主人公知道潜伏的危险，而主人公仍毫无所知并靠近危险的时候，杨树林会冲着电视喊道：别去，危险！看足球的时候，当中国队一次次被对手突入禁区而自己却无所作为的时候，杨树林对着电视骂道：怎么那么笨啊，白吃那么多农副产品了——之前杨树林看了一个介绍中国男足运动员伙食的节目，桌上全是肉蛋奶。

杨帆获得了极大的自由，放学不用立即回家了，爱玩到几点玩到几点，回去晚了也没人问干什么去了，写不写作业都行，晚上被人叫出去也没人管，几点回来都行，只要带上钥匙。

有时杨帆放学后会去陈燕家，陈燕家搬楼房了，两室一厅，俩人在陈燕的屋里写作业，写完说点儿各自学校好玩的事儿，然后杨帆想做点儿上回在电影院里做的那种事情，但因为是在陈燕家，客场，加上光线又挺亮，陈燕的心也不在这事儿上，天时地利人和一个都不占，便放弃了。聊到一半，陈燕去上厕所，厕所和卧室一墙之隔，杨帆能听到从墙那边传来的声音，这种声音让杨帆心跳加速。上完厕所回来，陈燕状态如初，杨帆却很难为情，涨红了脸。陈燕问他怎么了，杨帆说没事儿，这楼房的暖气就是比平房的炉子热，烤得慌。

晚上杨帆常被同学叫出去，他家旁边是一趟公共汽车的终点站，公共汽车的门关不严，他们就随便扒开一辆车的车门，在里面抽会儿烟，或者坐在司机的位置上，扳着方向盘玩会儿，有的人会坐在售票员的座位上，跷着二郎腿，胳膊搭在玻璃上，探出脑袋，嘴皮子不动地吆喝：进站了进站了，靠边儿靠边儿！玩够了，他们就各回各家。

杨帆回到家的时候，杨树林有时候已经睡了，有时候还在看报纸，杨帆不管他，自己倒水洗脸洗脚，然后上床睡觉，有时候睡前看点儿不健康的读物，还很小心翼翼，怕杨树林说话不算数，又来行使做父亲的职责。

这样的生活持续了差不多半年的时间，直到被出版社寄来的一个包裹打破。那天杨树林自己在家，收到一个包裹，是出版社寄来的，收件人写的是杨帆，里面的东西摸着像一本书，杨树林的第一反应是：这小子邮购了不健康书籍。于是烧了一壶开水，用蒸汽熏信封，熏了一会儿，信封开了，杨树林掏出书检查。

是一本高中生作文选，杨树林心想，这小子什么时候爱看书了。随手翻了翻，从书里掉出一张汇款单，上面写着稿费二十元，收款人后面印着杨帆的名字。

杨树林不相信书里会选上杨帆的作文，翻到目录看，果然清晰地印着"杨帆"两个字，所属的学校也正确。杨树林翻到杨帆的那篇作文，正是上回他看过的那篇《我眼中的北京》。读了一遍全文，杨树林没什么印象了，感觉行文中有自己教导过的影子，于是一种荣誉感和成功感油然而生。

　　杨树林看了三遍，觉得杨帆写得确实不错，入选理所应当，当然，自己更是功不可没，于是放下书，去菜市场采购，要为杨帆和自己庆祝。

　　杨帆回家后，看见桌上的作文书，旁边摆着出版社的信封，敞着口。这时候杨树林左手一只鸡，右手一条鱼，胳膊上还挎着一篮子菜进了门。

　　杨帆质问道：谁让你拆我信的。

　　杨树林笑嘻嘻地说：这种好事儿你怎么不告诉我啊。神态之自然看不出和杨帆之间有丝毫隔阂。

　　杨帆说：擅自拆他人信件是犯法的。

　　杨树林举起手里的鱼说，给你买了条胖头鱼，补补脑子。

　　杨帆说，你不是说不管我了吗。

　　杨树林又举起手里的鸡说，三黄鸡，炖个汤。

　　杨帆还想说点儿什么，见杨树林装傻，便拿起作文进了里屋。杨树林也拎着东西进了厨房，没一会儿，传出香味儿。

　　杨树林喊杨帆吃饭，杨帆说你先吃吧，我不饿。杨树林说不饿也得按时吃饭，对身体好，再说了，今天这顿饭就是给你做的，赶紧过来，趁热，凉了就不好吃了。见杨树林主动冰释前嫌，杨帆也不想让父子关系太僵硬，有个台阶便下了，搬了把凳子坐在桌前。

　　杨树林把鱼头夹到杨帆的碗里：多补补脑子，写出更好的作文来。还要给杨帆夹菜，被杨帆拒绝，杨帆说我自己来。

　　杨树林倒了一盅二锅头，咂了一口，问杨帆喝不喝，杨帆摇摇头。杨树林说喝点儿吧，今天是个特殊的日子。杨帆还是不喝，杨树林没再勉强，开始询问作文的事儿：你们班几个人的作文被选中了。

　　杨帆说，班里就我一个，学校有仨。

　　杨树林说，你们学校没表示表示吗。

　　杨帆说，表示什么。

　　杨树林说，给学校争得荣誉了，学校不发个奖状给点奖学金什么的吗。

　　杨帆说，不发。

　　杨树林说，我们厂的先进工作者还发奖状涨工资呢。

　　杨帆没说话，继续啃鱼头。

　　杨树林说，你今后有什么打算。

杨帆说，明天是星期日，我打算在家睡觉。

杨树林说，我说的是长远的。

杨帆说，没打算，该干吗干吗。

杨树林说，不想在写作方面有所造诣吗。

杨帆说，没想过。

杨树林说，你已经有了很好的开始，坚持下去，说不定能成功。

杨帆说，成功什么。

杨树林说，写作啊。

杨帆说，我还是喜欢数理化。

杨树林说，你的数理化至今没在奥林匹克竞赛获过奖，作文已经出书了，我觉得你还是应该走写作这条路。

杨帆说，到时候再说，我吃完了。撂下筷子就要走，被杨树林叫住：你坐下陪我说说话。

杨帆不情愿地坐下。

杨树林说，这次出书的作文是我上回看的那篇吧，我说的那些意见都在点儿上吧，你看，你以前的作文我没怎么看过，没怎么指导你，所以一直没入选，这次我说了说，你就入选了。

杨帆不愿打击杨树林，其实作文根本就没按他说的改，杨帆原原本本地交上去，被老师改了几个错别字，就送到组委会。

杨树林又和杨帆东拉西扯了半天，有一句话忍了半天，最后还是没忍住，不知道是当作事实告诉杨帆，还是自己感慨：每个成功儿子的背后都有一个默默无闻的父亲。说完一仰头，喝干盅里的白酒。

第二天一大早，杨树林骑着自行车去了新华书店，拿着杨帆的那本样书问有没有卖的，售货员往聚了很多人的柜台一指。杨树林走到跟前，身边一群和自己岁数差不多的人，都在购买此书，一买就是三四十本，喜悦溢于言表。

杨树林计算了一下亲友的数目，买了二十本，正要离开书店，突然想到薛彩云，应该把这个好消息传到大洋彼岸，于是又买了一本。月底，新华书店统计销售量，这本书成为畅销书，上了图书销售排行榜。

杨树林回到家，把二十一本书堆在桌子上，心情甚好。杨帆起了床，一睁眼，看到桌上摆满作文书，问，哪来的。

杨树林说，书店买的。

杨帆问，买这么多书干吗。

杨树林说，馈赠亲友。

杨帆说，一篇破作文有什么可送的。

杨树林说，让他们看看你的成就。

杨帆说，我的作文，不用你送。

杨树林说，我买的书，不用你管。

杨帆说，我不想让人看我的作文。

杨树林说，印成书就是让人看的。

杨帆说，那也用不着主动送给人家看。

杨树林说，你不送书人家看不到，让大伙一块替你高兴高兴。

杨帆说，你知道你这叫什么吗。

杨树林说，叫什么。

杨帆说，显摆。

杨树林说，作文是你自己写的，又不是抄的，没必要掖着藏着。然后就把书分成一堆一堆，每本夹了一张纸条，上面写了要送的人名，弄完觉得不够周到，又对杨帆说，你给签个名吧。

杨帆说，不签。

杨树林说，签上名送给人家显得礼貌。

杨帆说，你不觉得那样很傻吗。

杨树林说，不签就不签吧。忽然又想起什么，问杨帆：用不用给加拿大那边寄一本，上回那信封我还留着呢，你会英语，把地址抄上。

杨帆说，不用了，往国外寄挺贵的。收起自己那本，心想，幸好杨树林不在联合国工作，要不然这本书能在全世界畅销。

杨树林的高中同学聚会，带着各自的老婆孩子，杨树林也带着杨帆去了。来了二十多个人，二十多年没见了。当初插队的时候，都是一身军装猫着腰撅着屁股在地里干活，看不出区别，现在有的人西服革履，有的人大腹便便，腰都弯不下去了，屁股比以前大了两圈，也有的人还穿着当年的军装。

当年插队去了山西，所以找了一家山西饭馆，八张方桌拼在一起，二十多个人围成一圈，点了一桌牲畜肉类和粗粮野菜，喝山西老白干。

桌上话题先从忆苦开始，谁偷过老乡家的鸡吃，谁天天拍生产队长马屁，谁和老乡家的闺女谈过恋爱，推杯换盏，笑声不断。喝高兴了，又开始感叹命运，谁升官了，谁发财了，谁离婚了，谁二婚了，有两个因乳腺癌英年早逝的女同学进入大家的话题中，得到在座各位的同情。

说完自己的过去和现在，话题转入到下一代。之前杨树林一直得不到话语权，升官发财二婚和乳腺癌都跟他不沾边儿，唯一有点儿关系的就是离婚，但说到他的时候也是一笔带过，提到下一代，杨树林来劲了。

杨树林说，我儿子的作文出书了。

杨帆白了他一眼，杨树林不为其所动，坚持把话说完：他们班就他一个，全校才仨。杨帆脸白了。

一个同样看上去现状不是太好的中年妇女说，你儿子真有出息，我那小子就不行，职高没上完就退下来了，现在整天在家呆着也找不着工作。

一个中年男子叼着烟，说，老杨，你得请客。

旁边有人附和道：对对对，咱们这群人里，包括咱们的下一代，你儿子是第一个把文字变成铅字的。

另一个曾经的文学爱好者现在已经是公司经理的男胖子挺着肚子说，我给报纸杂志社投过十年的稿，一个字也没发表过，光邮票钱，都够买一辆自行车的了，发表东西，多少人的梦啊，你儿子小小年纪就实现了。

杨树林听了满脸喜悦，有点儿飘飘然，承诺日后给在座的每人一本作文书。有人说要拿回去让自己儿子向杨帆多学习，杨树林更忘乎所以，乐得脸上的肉都堆在一起，本来眼睛就小，这回眯成一条缝儿了。

后来结账的时候，服务员拿来账单，不知道给谁。在她向餐桌走来的时候，有大哥大的开始拨号，没大哥大的就看呼机，说出去回个电话，呼机也没有的就找旁边的人聊天，旁边的人积极配合，话语之密集容不得服务员插话。杨树林还沉浸在喜悦中，没发现势态的变化，服务员走到桌边的时候，只有他一个人闲着。服务员站在杨树林斜后方，问哪位买单，没人理会。服务员又问了一遍，然后低头看了看杨树林，杨树林这时候也抬头看了一眼服务员，两人的目光相遇了，杨树林很尴尬，觉得一桌人都在看着自己，自己有责任买单，自己儿子都出书了，别人儿子还待业呢。于是硬着头皮接过单子，一共六百多块，幸好这帮同学在山西插队，不是海南，

点的都是山西人民常吃的内陆的肉菜粮食，没点鱼虾蟹贝，也多亏自己昨天才发了工资。

杨树林交了钱，打大哥大的打完了，回呼机的也回来了，聊天的也没话了，桌上一片寂静，谁也都不提结账的事儿。沉默了片刻，杨树林说，吃好了咱们就走吧。

杨帆率先站起来响应，一桌人便陆陆续续站起来鱼贯而出，在饭馆门口告别。各回各家，有人开车，有人打车，有人骑自行车。

挺着大肚子的昔日文学青年问杨树林：老杨，你怎么走。

杨树林说，我家近，溜达回去。

大肚子说，那我不送你了。说完打开车门，钻进去之前还提醒杨树林：老杨，别忘了请客啊，还等着看你儿子的作文呢。

杨树林在夜色中站在马路牙子上挥挥手说，回头给你打电话。

杨帆没等杨树林，一个人先走了。

回到家，杨帆进门的第一句话就是：你不吹牛会死啊。

杨树林对杨帆并不生气，还没从刚才的喜悦中解脱出来，和蔼地说，哪来那么大气啊。

杨帆说，你干吗跟他们说我作文出书的事儿。

杨树林说，我又没无中生有，为什么不能说。

杨帆急了：有什么可说的，屁大个事儿，好像我怎么着似的！

杨树林的态度也变了：有什么不能说的，屁大个事儿，你真以为你怎么着了似的，还敢骂人。

杨帆说，我这是口头语。

杨树林说，平时不管你你都拿脏话当口头语了，不管你不行了。

杨帆说，你也就会管管我，有能耐自己混得好点儿，别老拿我臭显摆。

这是杨树林听到的最受打击的一句话，让他很伤心。被别人看不起，他觉得没什么，连自己儿子也看不起，他觉得很失败。

既然说到这了，杨树林不再遮掩，祖露心声：显摆怎么了，我混的不好，还不能让别人知道我孩子好啊，从你身上我得到点儿满足。

杨帆说，你这是自私，为了满足自己的虚荣，你考虑过我吗。

杨树林说，我从自己儿子身上得到点儿欣慰不对吗，我把你养这么大。

杨帆说，我都长这么大了，从没在你身上得到欣慰。

杨树林说，我就是没能耐了，你能怎么着。

杨帆说，我对你没什么要求，别逢人就说我作文出书了就行。

杨树林还是很不解：我就不明白了，又不是坏事儿，怎么就不能说。

杨帆说，算了，不跟你说了，和你有代沟。杨帆进了里屋，关上门。

没过多一会儿，杨树林不敲门就进来了，问杨帆：你那作文书呢。

杨帆说，干吗。

杨树林说，我买的那二十本都送完了，我们厂有个人知道你作文出书了，非管我要一本，拿回去教育他孩子。

杨帆说，不给。

杨树林说，我先把你的给他，回头再给你补上，反正我明天下了班还得再买二十本。

杨帆说，你不给不行啊。

杨树林说，答应了人的事儿，不给不好。

杨帆盯着杨树林看了看，焦虑地说，他们都说我不是你儿子，我现在也发现了，咱俩怎么这么不一样啊，我到底是不是你儿子呀。

这晚的谈话对杨树林产生了一定作用，知道杨帆有自己的思想了，不能再左右他了，唯一能左右的就是给他做什么饭，每月给他多少零花钱。让杨树林不能接受的是，自己在儿子心中竟然是那种印象。杨帆平静下来后意识到自己的话伤害到杨树林，尽管他对杨树林的那些不满都是事实，但不能从他嘴里说出来，因为他是杨树林的儿子。第二天见面后，两人都觉得很尴尬，于是两人的话又少了，每天的生活像一部无声的电影。

其间，杨树林几次想问问杨帆，又写作文了没有，但想想那晚杨帆对自己的批评，便把嘴边的话又憋回去了。

直到高考前该填志愿了，两人才开始正式的交谈。杨树林问杨帆，想报哪儿。杨帆心里已经有数，但是却说，不知道。

杨树林说，你模拟考试的分数够上什么学校。

杨帆说，北京的二类本，发挥好了，能上外地的一类本。

杨树林说，别报外地的，在北京多好，周末还能回家和我说说话。

别的同学报志愿的时候都是和家长谈论好几天，常常是彻夜到天明，最后才一

笔一画地把每个志愿栏里都填上北京的学校。杨帆恰恰相反，心想，只要不是北京的学校就行。填表的时候，他的耳畔响起杨树林的叮嘱，但还是毅然决然将外地大学写在志愿表的每一栏里，心想：我和你没有共同语言，就是因为你我才离开北京的。

高考前一天，杨帆特意没睡午觉，还打了一会儿篮球，让自己很疲惫，但晚上还是失眠了。他既不紧张，也不兴奋，就是睡不着。爬起来上厕所。这已经是他一个小时里第三次上厕所了，和前两次一样，并没有多少尿。

杨帆回到床上，没过多久又有了要尿的感觉。他并没有喝多少水，为了能睡个好觉，晚上才喝了半杯白开水，平时喝三杯茶水都不起夜，还挨枕头就着。

杨帆边尿边想，也许这就是紧张吧，不一定手心出汗、两腿哆嗦才是紧张。可是尿了半天，还是只有几滴。杨帆又回到床上，躺了半个小时，神志依然清醒。

夜太静了，静得让人睡不着。

这时外面有杨树林的动静儿，杨帆出去一看，杨树林正端着锅，里面盛着绿豆，在水下冲洗。

杨帆问：你干吗呢。

杨树林说，睡不着，起来干点儿活。

杨帆没再多问，躺回床上，听着杨树林弄出的动静儿，有了睡意，在杨树林清洗绿豆的水声中进入了梦乡，似乎还听见点煤气的声音。

第二天，杨帆吃完早饭，收拾了东西，准备奔赴考场。之前杨帆对杨树林提出过"两不要"的要求。第一，去考场的路上不要杨树林陪着，回来也不要杨树林接。第二，考完了杨树林不要问考得怎么样，不要说任何与考试有关的话题。杨树林说，你这孩子，怎么跟别人正好拧着，人家都希望家长陪着去，路上好有个照应。杨帆说，他们是他们，我是我。

杨帆拿上自行车钥匙，杨树林没有送他的意思，只是拿出一个保温壶：天儿热，把水带上。

杨帆接过保温壶，装进书包，走了。

路上，杨帆听见有人叫他，回头一看是陈燕和她妈。

陈燕赶上来，问，你一个人呀。

杨帆说，是啊，怎么了。

陈燕妈说，刚才我们看见你爸了。

杨帆问，在哪。

陈燕说，就在你家胡同口，问他干吗去，他也没说。

杨帆说，他可能是去单位了。

到了学校，还没到进考场时间，杨帆坐在操场上等。满场都是考生和家长，有的打着遮阳伞，有的拿着便携式电扇，有的抱着冰块。杨帆掏出保温壶，心说，大热天的，还让我喝开水。喝了一口，竟然清凉爽口，还有点儿甜，倒杯里一看，是绿豆汤。杨帆又喝了两口，不敢多喝，怕上厕所。

考完回到家，杨树林果然没问考得怎么样，只是说，绿豆汤够甜吗，用不用多放点儿糖，下午再带一壶。

第一天杨帆考得还行。第二天，杨帆刚到学校门口，听见杨树林叫他。杨帆说，你怎么来了，不是说不让你来吗，成心不让我考好吧。正要急，杨树林说，你没带准考证。杨帆一翻书包，果然没带。接过准考证，说，行了，你赶紧走吧。杨树林没再多说话，骑上车就走了。

第三天，杨帆的自行车在路上扎了，骑了才一半的路，附近也没修车的，杨帆正要锁上车步行去考场，杨树林出现了，把自己的车给杨帆，接过杨帆的车，让他赶紧走。杨帆也没多想，骑上正要走，被杨树林叫住，杨树林给了杨帆五十块钱，说要是再扎了，就打车去。

最后一门考的是化学，前面答得都挺顺，到最后一道大题的时候，杨帆突然冒出许多想法。他想，高考就这么结束了，以后上了大学就是玩了，学习时代也将随着一会考试结束的铃声而结束，以后再也不用看书，今天考完我回家吃什么啊，明天我去哪玩啊，突然，杨树林出现在杨帆的脑海中。杨帆想，他怎么会在我自行车坏了的时候突然出现，是不是一直在跟踪我啊。这个想法让杨帆气愤不已，以至于第一遍读题的时候居然没看明白。又看了一遍，还是不明白。看完第三遍的时候，杨帆意识到，正在参加的似乎是化学考试。看了五遍，杨帆确定了这是化学考试，但是不知道在考什么。一看时间不多了，就把能想到的和题目似乎有关的化学符号和方程式都写在卷子上，写完卷子上还剩一点儿地方，离考试结束还有时间，杨帆就把元素周期表搬了上去——反正多写也不扣分，说不定碰上个有爱心的阅卷老师，还能多得一两分。

化学没考好，杨帆回家就把气撒在杨树林身上，问他为什么要跟踪自己。杨树林矢口否认。杨帆说，第一天，我刚出家门你也出来，那天你请假了，你出去干什

么了。第二天，为什么到了学校门口才把准考证给我，难道真是那时候你才追上我，其实你早就发现我没带准考证了吧。第三天，为什么我自行车坏了的时候你就正好出现，怎么就这么巧。杨树林想了想说，是挺巧的，不过北京就这么大，就正巧碰上了呗。

杨帆说，我考不上大学就赖你。

杨树林说，那明年再考的时候，我肯定不跟踪了。

杨帆说，有本事你就继续跟踪，反正复读的学费你给我掏。

杨树林说，你别赌气，学费是我掏，可是青春是你的。

杨帆觉得，自己报外地大学的选择是十分正确的。

让杨树林纳闷的是，杨帆怎么知道自己第一天跟踪他出门了，那天杨帆骑车的时候并没有回头啊。

出分前，杨帆一直期待着这一天：把外地大学的录取通知书往桌上一拍，收拾好行李，不等杨树林反应过来，说一句，我走了，便推门而出。

分数出来了，够第二志愿那所学校的录取线，杨帆认为就要摆脱杨树林了，开始珍惜和杨树林在一起的每一天，并为自己的异乡求学做着准备。

但是，通知书上印的是北京的一所大学。杨帆想肯定是印错了，把自己的名字印在别人的通知书上了。去查，说没错。杨帆想，那就是把南京印成北京了。又去查，还说没错。杨帆想，自己填了服从分配，会不会是被分配的，但是分数不低啊，不至于被调剂。又去查，这所学校竟然是自己的第二志愿。

原来，杨树林听沈老师说杨帆报的都是外地院校，便赶到学校，掏出户口本，证明了和杨帆的父子关系后，擅自将杨帆的志愿都改成北京的学校。

得知真相后，杨帆气急败坏，横下一条心：不去报到。

杨树林看见杨帆拿着通知书回到家，心想，孙悟空再狡猾也逃不出如来佛的手掌心。

杨帆没理杨树林，把通知书往桌上一扔，飞到地上，也没捡。

杨树林说，我知道你对我有意见。

杨帆不说话。

杨树林说，北京是首都，政治文化中心，怎么着也比外地好。

杨帆还是不说话。

杨树林说，从生活上考虑，离家近洗个衣服改善个伙食也方便。

杨帆说，你的行为让我很瞧不起。

杨树林说，现在瞧不起就瞧不起吧，将来你就知道我这么做的好了，时间会证明一切的。

杨帆说，我现在明确告诉你，可以准备我复读的学费了，你报的学校我不上。

暑假即将结束的时候，杨帆改变了主意，他想，别跟自己过不去，一年的时间干点儿什么不好，不能浪费在复读上。于是拿着通知书坐公共汽车去报到。路上，杨帆想，虽然没去成外地，但我不回家就得了，既然学校是北京的，那我就把家当成在外地好了。

开学前的一天，杨树林早早叫醒杨帆，让他收拾收拾屋子，自己拎着一个硕大的菜篮子出去买菜。采购回来，杨帆问杨树林今天家里什么事儿，杨树林说插队的同学来家里吃饭，你考上大学了，让叔叔阿姨也替你高兴高兴。杨帆说，这没什么可高兴的，再说了，我也不用他们高兴。杨树林说，上回吃饭的时候，他们听说你作文出书了，不是让我请客嘛，我都答应人家了，正好现在你也考上大学了，一起请，双喜临门。杨帆对杨树林无话可说。杨树林拿着菜进了厨房，突然发出一声惊叫：哎呀。杨帆赶紧跑过去问怎么了。杨树林说，忘了一样东西。杨帆问什么东西。杨树林说，忘了买作文书了。

准备好饭菜，杨树林背上杨帆的书包，骑着自行车去了新华书店，又买了十本书。书店只有九本了，可是吃饭的是十个人，杨树林问售货员能不能再去库房找找，售货员说，这书真的有那么好吗。杨树林说，确实不错，尤其是一篇叫《我眼中的北京》的文章，很值得一看。

最后杨树林还是只背着九本书回家，觉得很愧对第十个人。回到家，杨树林说，少一本怎么办，要不我出去复印一下吧。

杨帆说，打住吧你，这又不是什么好东西，你当人家那么稀罕看啊，人家那是恭维你呢，别说两句好听的你就沾沾自喜，不知道姓什么。

杨树林说，至少他们孩子的作文没出版过吧。

杨帆说，你也太把这个当回事儿了吧，按说你也快五十的人了，应该经历过一些事儿啊，怎么还这么轻浮。

杨树林说，这你就不懂了。

吃饭的点儿到了，人陆陆续续地来了，坐下就开始吃喝，似乎并不是为了祝贺

杨帆，而是专程来吃饭的，但杨树林很开心，满面春光，拿着酒杯和人碰。

　　杨帆吃了一会儿，觉得别扭，就说有事儿，要出去。杨树林说，你再吃点儿吧，陪着说会儿话。杨帆看着杨树林脸上的笑容和一桌人的酒态，很不舒服，心想，就不能给你这个面子，要不你蹬鼻子上脸，以后更得把个人的快乐建立在他人的痛苦之上。

　　杨帆出了家门，门外能听到里面的欢笑声，杨帆觉得杨树林挺可怜的。在杨帆的记忆中，杨树林很久没有这样高兴过了。杨帆有些愧疚，觉得自己应该留下，应该给杨树林这个面子。尽管这样想，杨帆还是出了院。

Chapter 11

I am Your Son

　二〇〇一年十月七日，
中国男足终于实现了冲进世
界杯决赛圈的历史性突破。
那天晚上，球场内外一片欢
腾，人们积淀了四十多年的
世界杯之情在这一刻迸发，
中国足协专职副主席阎世铎
激动地宣称：中国足球写入
了新的历史。

　　杨帆上大学的时候，还不是每个宿舍都有电话，一栋楼只有一部，在一楼传达室。一栋楼住了一千多人，他们的亲友只能通过这一部电话找到他们，于是这部普普通通的国产电话机便肩负起不平凡的使命，从就职之日起，几乎没歇过，除了响铃，便是攥在某个学生的手心里，或夹在耳朵和肩膀之间，原本黑色的机身，现在都磨白了，因为有些人说话喷唾沫星子，话筒说话那端已经有了异味，在意的学生打的时候，把话筒离鼻子和嘴一拃以上，喊着说。学校并没有为此更换新的，除了保持艰苦奋斗的作风外，也知道换了新的用不了几天还得有味儿，所以仍让这部电话机服役，二十四小时为学生服务。

　　有些家长知道想把电话打进来比打市长热线还难，所以没什么急事儿就不打，而杨树林却有一种锲而不舍地精神，自己在家呆着无聊了，就以降温了、刮风了、闹流感了等事件为借口，打电话让杨帆加以防范，但每次打的时候都占线，于是杨树林举着话筒，不停地按重播键，导致该键磨损严重。四年后，当杨帆家换电话机的时候，这个键已经凹进去了，别的键还都鼓着。等到子夜或黎明时分，电话就打进去了。往往这时候，温度都回升了，风也停了，流感改猩红热了。

　　杨帆经常在三更半夜被楼下的老头通过传呼器叫醒，迷迷糊糊地下了楼，拿起话筒，以为杨树林有什么事儿，杨树林在电话那头说，没事儿，就是问问你干吗呢。

　　杨帆说，这个时候除了睡觉我还能干吗。

　　杨树林说了一些让杨帆照顾好自己的话。

　　杨帆不耐烦地听了一会儿说，以后别在这个时间打电话，你不睡觉啊。

　　杨树林说，我也想睡觉，可别的时间打不进来。

杨帆说，那就别打，电话费又不报销。

杨树林说，天亮了，我不是想嘱咐你该加衣服了嘛。

杨帆说，那你就大半夜地打啊。

杨树林说，不仅仅是这事儿。

杨帆说，还有什么事儿。

杨树林说，还想告诉你，晚上睡觉多盖点儿，别冻着。

杨帆说，我在被窝里睡得好好的，非让我爬起来接你电话，冻不着才怪。说完打了一个喷嚏。

杨树林说，那你赶紧回去接着睡吧。

杨帆说，下回没事儿别打了啊。

杨帆半夜被电话叫醒的时候，并不是每次都不乐意，因为有时候陈燕会在这时候打来电话。陈燕考入北京的另一所大学，两人的关系随着年龄的增长有了进展，已逾越两人当初在电影院做那些事情的阶段。

高考结束的那个暑假，俩人的家长都不在家，杨帆和陈燕串门频繁，不仅加深了接触，也加深了感情，水到渠成，走到了一起。

接陈燕电话的时候，杨帆精神抖擞，困意全无，两人能聊到该上课了。上高中的时候，因为杨树林在，每次两人打电话都不能尽兴，现在可以敞开打了，但每通话一次，都少吃好几顿小炒。

每到周末，杨帆便找各种理由不回家，要么班里秋游，要么去敬老院打扫卫生，或者开运动会。有时候是真有活动，有时候是因为去陈燕学校找陈燕，或者陈燕来学校找他玩，有时候是什么事儿也没有，就是不愿回家面对杨树林。

到了元旦，杨帆依然没有回家，理由是，快考试了，得复习。杨树林只好一个人在家过元旦，看了会儿晚会，没意思，便关了电视，屋里一点儿动静没有，感到有点儿寂寞，想了想，拿起电话，给杨帆打，但一直占线。又给沈老师打，她在家，两人说了会儿话。

两人关系暴露后，杨树林曾问过杨帆，说我一个人生活多年了，你也知道我和沈老师是怎么回事儿，现在你也上大学了，我俩想在一起生活，你同意的话，我就把她户口迁过来了。

杨帆说，你的事儿，别问我，爱怎么着就怎么着。

杨树林把杨帆的话原封不动告诉了沈老师，沈老师琢磨了琢磨说，如果杨帆乐意的话，就不会这么说了，咱俩的事儿还是等等再说吧。杨树林和沈老师便依旧生活在各自的家中，隔三差五见次面。

杨树林给沈老师打电话的时候，告诉她杨帆不在家，自己呆着没劲，问沈老师来不来。沈老师说不合适吧，杨树林说没事儿，走的时候收拾好了，留不下痕迹，那小子看不出来。还说新年来临之际，一个人在家实在太孤独了。然后再次向她发出邀请：来吧，我等你。

沈老师被说动，正要收拾东西出发，杨树林的电话又打来了，说还是算了吧，万一这小子想家了，突然跑回来，多尴尬啊。

沈老师说，要不你来我这。杨树林说，我怕他突然回来，又没带钥匙，进不了门，我这就睡觉了，一觉醒来，新的一年就来了。

元旦放了三天假。第二天，杨树林决定去学校看看杨帆，炖了一锅牛肉，盛在小盆里，骑着自行车，带上地图——学校坐落在城乡结合处，不好找，路都是近几年修的，之前杨树林只坐车来过一次，骑车不知道怎么走——向杨帆学校蹬去。

到了宿舍楼下，杨树林让传达室的老头喊杨帆下来。杨帆以为是陈燕，女生浪漫，爱搞突然袭击，下来看见的却是杨树林。

杨帆说，你怎么来了。

杨树林说，来看看你，挺长时间没回家了。

杨帆说，我又不是幼儿园小孩，几天不回家还需要看。

杨树林说，这不是过年吗，怕你孤独。

杨帆说，我不孤独，一宿舍同学呢。

杨树林心里说，那你就没想想我孤不孤独。嘴上却说，那就好，那我就放心了。然后把套着塑料袋的一盆牛肉交给杨帆。

杨帆说，这是什么。

杨树林说，给你炖的牛肉。

杨帆说，学校什么都有卖的。

杨树林说，还是自己家炖的香。

杨帆还真不这么认为，但没有说。

杨树林说，什么时候回家。

杨帆说，考完试吧。

杨树林说，宿舍暖气暖和吗。

杨帆说，还行。

杨树林说，有要洗的衣服吗。

杨帆说，水房有洗衣机，我都洗了。

杨树林说，学校的东西还挺全。

杨帆说，还有事儿吗。

杨树林说，没了。

杨帆说，那我上去了。

杨树林说，上去吧，抓紧复习。

杨帆听了有点儿难受，他不回家的理由是复习，而刚才下来之前正和同学打拖拉机。

杨帆端着搪瓷盆，上了楼，在二楼的窗口看了一眼杨树林，正骗腿儿上车，蹬了几下，消失在学校的林荫道里。

杨树林骑了一个半小时骑到家。在胡同口买了一个烤白薯，半张大饼，三两猪头肉，杨帆不在家，他懒得开火。

大学考试不像中学，集中在两三天，而是一考就俩礼拜，考完一门歇两三天，再考下一门，给学生们充裕的时间来临阵磨枪。杨帆决定在考试间隙回趟家，牛肉吃完了，他又馋了。

上次回家还是一个月前，杨帆坐在车上，看着夜色中的北京，觉得变化挺大的。原来还是一片胡同，现在拆成一片废墟，又一片楼要在这里拔地而起。灯也比以前亮了，光是暖色的，杨帆觉得此时此刻他的心里也应该是暖的，特别是一会儿就到家了，可是他的心里却怎么也热乎不起来，就像售票员报站的语调那样冰冷。

进了家门，一股熟悉的味道扑面而来。每座城市有每座城市的味道，每个家庭有每个家庭的味道，每个人也有每个人的味道。杨帆觉得，他们家的味道是房子味儿加菜味儿加杨树林抽的红梅烟的混合味儿，或许还掺杂着一点儿杨树林的脚丫子味儿。

杨树林正在边看电视边抠脚，椅子下面已经散落了一圈直径二十厘米的白皮儿，见杨帆回来了，很惊讶：你怎么回来了。

杨帆说，我怎么不能回来。

杨树林说，怎么也不提前打声招呼。心想，幸亏沈老师早走一步。

杨帆说，自己的家，打什么招呼，想什么时候回就什么时候回。

杨树林解释道，我的意思是要知道你回来，我就做点儿好吃的了。

杨帆说，我从学校吃完饭出来的。

杨树林说，再给你弄点儿吧，学校的饭，不顶时候。说着扫干净地上的皮屑，直奔厨房，没一会儿，端来一碗方便面，卧了俩鸡蛋。

杨帆拿起筷子刚要吃，突然想起一个问题，问杨树林：你洗手了吗。

杨树林说，洗了，这点儿好习惯我还是有的。说完在杨帆身边坐下，又抠起来。

杨帆问，上回那牛肉还有吗。

杨树林说，没了，都给你拿去了，对了，方便面是红烧牛肉的，你仔细找找，能找着肉丁。

杨帆说，明天再炖点儿吧。

杨树林得意地说，还是我做的比你们学校食堂的好吃吧。

杨帆说，你就不能有点儿追求吗，跟我们学校食堂比。

杨树林抠着脚说，既然学校的饭不好吃，没事儿就多回回家。说着从脚上撕下一块皮儿。

杨帆瞟了一眼地上，又落了一层白皮儿，便说，下回你垫张报纸不行吗。

杨树林一时没转过弯来，以为杨帆怕弄脏桌子，让他在桌上垫报纸，便说，没事儿，你吃吧，吃完我擦桌子。

杨帆说，我说的是你脚底下。

杨树林低头看了看，脚下一片白花花，说，冬天，干，爱脱皮。

杨帆说，你让它自然脱落不行吗。

杨树林说，看它摇摇欲坠我着急，帮它一把。

杨帆说，要是你在这吃饭，我抠脚，你吃的下去吗。

杨树林说，怎么吃不下去。

杨帆放下筷子，杨树林说，行，我不抠了，你吃吧。说完拿来扫帚簸箕打扫秽物。

杨帆吃完回了屋，摊开书复习，一页还没看完，杨树林进来，在杨帆跟前晃来晃去，杨帆知道他没事儿，就是来看看，所以也不理，杨树林自己在一边站着很尴尬，就从杨帆桌上拿了一块糖吃。糖是陈燕给杨帆买的，这个糖的广告语是把甜蜜献给我爱的人，陈燕就是冲这句话买的。杨树林把糖含在嘴里，觉得给自己来杨帆

屋找到了理由，可以走了，于是便出去了。看了没三页，杨树林又进来了，可能想和杨帆说话，但杨帆故意不理他，很认真地看书，杨树林觉得不宜打扰他，但进来看一眼就出去太傻了，于是又剥了一块糖才走。大约过了二十分钟，杨树林要睡觉了，觉得睡前应该看一眼杨帆，便又进来了，杨帆依然不理他，杨树林说，我睡了啊。杨帆说嗯。杨树林说，你也早点儿睡。杨帆说嗯。杨树林又耗了会儿，见杨帆并不想和自己说什么，便又拿了一块糖，显得自己不是没事儿找事儿，走了。杨帆心说，我看你能吃几块，也不怕龋着。

第二天起来，杨帆看桌上摆着一杯白色液体，有点儿黄，问杨树林是什么。杨树林说是豆奶，让杨帆喝了。杨帆说，怎么突然冲这个喝了。杨树林说，最近我开始看《健康报》了，上面说世界上最有利于人体健康的四类饮品就有豆浆和牛奶，豆奶把它们俩合二为一，你喝了受益匪浅，有营养，又补钙，能让你骨头硬，和别人打球撞上，他骨折你骨折不了。

杨帆说，你怎么这么狭隘啊。

杨树林说，我不是让你真和人撞去，我是为了强调它的效果好。

杨帆说，那两样是什么。

杨树林说，蘑菇汤和骨头汤。

杨帆说，你怎么不把这四样混在一起给我喝啊。

杨树林说，行啊，等哪天我把东西买全了，一块给你熬——你先把这个喝了。

杨帆喝了两口，觉得不好喝，放下杯子进屋看书去了。刚坐下，杨树林端着杯子进来了，把杯子放在杨帆面前，说，喝完了。

杨帆没喝，看了一个小时的书，出来看电视换脑子，杨树林又把杯子端来，说，又热了一遍，趁热喝了。

杨帆看出来了，如果不喝完，他到哪这杯子就到哪，于是端起杯子，一饮而尽，让杨树林把杯子拿走。

晚上吃完饭，杨帆想喝水，杨树林又要给杨帆冲豆奶，杨帆没让，要喝白水。杨树林说，白水没营养，喝豆奶吧，广告上都说了，早一杯，晚一杯，幸福一辈子。杨帆就是不喝，自己去倒开水，拿起暖壶，打开杯子盖一看，豆奶粉已经准备在里面了。

杨帆又找了一个杯子，倒了一杯开水，回了屋。

看了会儿书，杨帆正纳闷为什么杨树林今天没进来，杨树林进来了，端着杯子。

杨帆说，我不爱喝，拿走。

杨树林说，良药苦口利于病，喝吧，再说了，一点儿也不苦，我也喝了，挺甜的。

杨帆说，不是甜不甜的事儿，我就是不爱喝。

杨树林说，喝吧，早一杯，晚一杯，幸福一辈子。说完放下杯子走了。

杨帆觉得杯子在眼前碍事，就放到书柜里，继续看书。

半小时后杨树林进来，问杨帆：喝了吗。

杨帆说，喝了。

杨树林说，杯子呢。

杨帆说，放外面了。这样的杯子家里有好几个，反正杨树林也不知道哪个是哪个。

杨树林听了，放心地走了。

又在家睡了一宿觉，杨帆打算回学校了。早上起来，桌上又摆了一杯豆奶，杨帆没理会，洗漱完了，背上书包走了。在门口撞见杨树林，他买菜刚回来，问杨帆干吗去，杨帆说回学校，杨树林说吃完早饭再走，杨帆说不饿，杨树林让杨帆等一会儿，进了厨房，给杨帆拿了一饭盒煮鸡蛋。杨帆不带，说学校有卖的，杨树林说学校的没我煮的好吃，杨帆说，鸡蛋只要煮熟了谁煮都一个味儿，突然想起有本书忘带了，就让杨树林拿着书包，他进屋取书。取了书，拿过书包，杨帆说了一句走了啊，就往院外走。杨树林问，豆奶喝了吗。杨帆说，给你留着呢。

回到学校后，杨帆打开书包一看，里面塞了一个饭盒，又打开饭盒，里面装了五个鸡蛋，杨帆心想，我说回来的时候书包怎么这么沉呢。

杨树林经常利用这招偷偷给杨帆书包里塞吃的，有一次杨帆回学校前问杨树林又塞没塞鸡蛋，杨树林坚定地说，没塞，绝对没塞鸡蛋。等杨帆回学校后一看，大喊一声：我操！——果真不是鸡蛋，是五个鹅蛋。杨帆想，我说怎么比上回还沉。

从此后，杨帆养成每次从家出来前都要检查一遍书包并且检查完后绝不能让杨树林再碰书包的习惯。

五个鸡蛋一个还没吃，杨树林的电话就打过来了。杨帆问什么事儿，杨树林说，没什么事儿，就是问你昨晚给你冲的豆奶怎么没喝啊。

放寒假了，杨帆觉得自己需要一台电脑，向杨树林提出要求。杨树林耳畔回荡

着一句口号：再苦不能苦孩子，再穷不能穷教育。在这句口号的感召下，杨树林拿着存折去了银行。

电脑是 586 的，在中关村攒的，一万块钱。杨树林掏出钱，数了一遍，交给杨帆，让他再数一遍。杨帆以为杨树林怕多给人家一张，让自己检查，便数了一遍，当时杨帆数的感觉就是一百张一百的，后来当杨帆大学毕业上了班挣了钱开始花自己钱的时候，才悟出杨树林此举的用意：不当家不知柴米油盐贵，要对得起这一万块钱。

但是当时杨帆只沉浸在自己有电脑了的喜悦中，自打电脑搬回家，除了上厕所，基本没离开过电脑桌，成天就是帝国时代、红色警戒、FIFA98，觉都没怎么睡。

杨树林让杨帆休息休息，别连轴转，你不休息电脑还得休息呢。

杨帆说，新电脑买回来就得一直开着，检测配件是否稳定，有问题的话好及时换，学名叫烤机。反正电脑开着也走电字，别浪费资源，我利用上。

杨树林也不懂，杨帆说什么就是什么。之前杨树林不知道电脑能干什么，通过这个寒假杨帆的表现，他知道电脑就是玩游戏用的，但是比游戏机贵很多。

直到快开学，杨帆才关了电脑。杨树林问，机烤完了。杨帆说，完了，配件经受住了考验。

后来杨帆有了编程课，回家偶尔编几条程序，杨树林看了问道：你这次玩的是什么。

杨帆说，C 语言。

杨树林说，我还是第一次听说，以前只知道汉语和英语。

杨帆说，这是计算机语言。

杨树林说，它说的你听得懂吗。

杨帆说，有点儿费劲。

杨树林说，好好学，多会一门语言说不定什么时候就用上了，上回我们厂来俩俄罗斯专家交流，需要翻译，一天五百块钱，我就特后悔当初没好好学俄语。

每次杨帆回了学校，杨树林一个人在家无聊的时候，就想玩玩电脑，但是不知道怎么开，怕弄坏了。有一次呆着实在没劲，就打电话问杨帆电脑怎么开。这时候杨帆宿舍已经装了电话，杨树林找他方便了。杨帆让杨树林别乱动，等他回去再说，并把电脑说得很脆弱，坏了的后果说得很严重——电脑里存了一些黄色图片，怕杨树林看见。

　　回家后，杨帆干的第一件事就是把那些图片的属性改成隐藏文件，回家前他特意打听了如何能不让家长看到电脑里的文件。同学说改文件属性就行，杨帆说那自己不是也看不见了吗。同学说，可以设定是否显示隐藏文件，你看的时候设定成显示，你不看了再改成不显示。杨帆说，那家长要是会电脑呢，他们也可以改。同学说，那你就别存那些文件了。杨帆说，可是我又舍不得删。同学说，那就没办法了。杨帆说，不过幸好我爸什么都不会，连开机都得现学。

　　打开电脑后，杨树林说，接下来我干什么啊。杨帆说，你想干什么就干什么。杨树林说，我也不知道我要干什么，你教我一件能干的事情。杨帆说，你玩游戏吧。然后打开扫雷，告诉了杨树林游戏规则。杨树林开始扫起来，总是在点第十下鼠标之前踩在雷上。杨树林说，没劲，太难了，换个别的。杨帆说，这还是初级的。说完点了几下鼠标，全打开了。杨树林说，你敢情老玩，换个容易的。杨帆说，除了看盘，没有更容易的事情了。杨树林说，那就看盘吧。杨帆找出一张《碟中谍》，杨树林看了十分钟说，有中国的吗，他们说话我听不懂。杨帆说没有，下面不是有字幕吗。杨树林说，看字幕太费劲，盯着字幕就看不着画面了，那样我还不如看小说。杨帆说，那就没办法了。杨树林说，要不我练练打字吧。杨帆打开 WORD，问杨树林会什么输入法。杨树林说，都有什么输入法。杨帆说，你还是用拼音吧。杨树林说，我拼音还是自然灾害前学的，早忘光了，换一个。杨帆说，难道你会五笔会郑码。杨树林说，不会，有手写输入吗。杨帆说，快发明出来了。杨树林说，那我还是用拼音吧。

　　杨树林开始打自己的名字，问杨怎么打。杨帆说 Y-ang 杨，先打 Y 再打 ang。一分钟后，杨树林打出了杨字，欣喜若狂，让杨帆赶紧给存上，别丢了。杨帆又教杨树林如何存盘，存上后，杨树林伸了一个懒腰，说，今天就练到这里，然后问杨帆，你的字典呢。杨帆说干吗，杨树林说，我去补补课，把拼音捡起来。

　　杨树林拿着字典去一边看，杨帆玩起游戏。没一会儿杨树林又过来了，看杨帆玩，看了一会儿觉得好玩，也要玩。杨帆存盘退出，给杨树林新建了一个任务。进入游戏后，杨帆说，按任意键就行了。杨树林低头看着键盘发愣，半天不按。杨帆说，你干什么呢，按啊。杨树林说，着什么急，我这不是找任意键呢吗。杨帆说，那你先找着，我睡觉去了。杨树林说，你告诉我一声任意键在哪不就得了。杨帆说，键盘上哪个键都是任意键。杨树林说，嗨，这个任意啊，此任意非彼任意。

　　按了空格键，游戏开始，杨树林手忙脚乱，在杨帆的指导下，一会儿造工厂，

一会儿造电站，一会儿造坦克，还要造小人儿。杨树林顾不过来，说，一样一样地来不行吗。

杨帆说，不行，已经够慢的了，敌人马上就来了。

正说着，敌人的坦克来了，杨树林眼看着自己刚刚建造好的房屋工厂在隆隆炮火中倒下。屏幕弹出 GAME OVER。

杨树林说，这就完了？

杨帆说，对啊，完了。

杨树林从电脑前起身，说，我还是看电视去吧。

杨帆回到学校后，并没有摆脱杨树林的询问。杨树林打电话问杨帆，上回练打字的那个文件存哪了。杨帆说，你双击我的电脑。杨树林说，什么叫双击。杨帆说，就是按两下。杨树林照做。杨帆问，打开了吗，杨树林说正启动呢。等了一会儿，杨树林说，进去了。杨帆说，双击 D 盘。杨树林说，哪呢，没有啊。杨帆说，C 盘旁边那个就是 D 盘。杨树林说，C 盘也没有。杨帆说，不可能，现在有什么。杨树林说，就是刚开机那样。杨帆说，我不是让你双击我的电脑了吗。杨树林说，双击了。杨帆说，双击就打开了。杨树林说，是打开了。杨帆说，打开了就有 D 盘。杨树林说，可是我确实没看见。杨帆说，那就是没打开。杨树林说，可是你的电脑确实开着呢。杨帆说，你刚才双击的不是鼠标吧。杨树林说，你让我双击你的电脑，没让我双击鼠标啊。杨帆说，那你按了两下什么。杨树林说，按了两下你的电脑的开关。杨帆说，桌面上有个图标，下面写着我的电脑，我让你用鼠标双击它。杨树林说，桌面上就一个杯子啊，没有写字的图标。杨帆说，桌面就是电脑屏幕上。杨树林说，噢，我看见了，我的电脑，还画了一台电脑。杨帆说，你双击它就行了，打开后能看见 D 盘，D 盘里有个文件叫乱七八糟，再双击它就能打字了。杨树林说，这回知道了，刚才我还纳闷呢，咱家买的电脑，你干吗老你的电脑你的电脑的。

挂上电话后，杨帆躺床上看书，刚躺下，杨树林的电话又打来了，杨帆又从上铺下来。杨树林说，北京的京字打不出来了，有一个字母找不着。杨帆说哪个字母。杨树林说，就是第一个字母。杨帆说就在 H 旁边。杨树林说那个不是，第一个字母应该是：点儿竖弯勾，而 H 旁边的那个字母只有竖弯勾，没有点儿。杨帆说，你就按吧，肯定有点儿。说完不耐烦地挂上电话。正要上床，杨树林的电话又来了，杨帆问，你还有什么事儿一次问完不行吗。杨树林说，没事儿了，就是告诉你，是那个字母，有点儿。

经过近半年的摸索，杨树林终于完成那篇打字练习，长达六百余字。

到了夏天，杨树林所在的胡同拆了，搬楼房了。杨树林得到一套六十平米的两居室，大的那间卧室给了杨帆，采光好，杨帆得看书。

装修的时候，杨树林和杨帆就风格问题产生了分歧。其实也算不上装修，就是刷刷墙，铺上地砖，买了点儿家具，但是在这些东西颜色、图案的选择上，两人没能达成一致。杨帆觉得杨树林挑的太怯，杨树林觉得杨帆选的太轻佻，都不肯让步，导致装修迟迟没有开工，别人都要入住了，他们还在为到底谁的审美正确而争论。直到再不开始装修等平房拆了就没地儿住了的时候，两人才协调好：自己的屋按自己的想法弄，客厅折中。搬进去后，杨帆同学来玩，看三个屋三个样儿，便说，我怎么觉得这不是一个家庭啊，而是三个。

家是搬家公司帮着搬的，杨树林和杨帆指挥调度。那天突然下起太阳雨，当时东西正堆在楼下，为了不把电脑淋着，杨帆也动起手来。杨树林被杨帆的行为感染，觉得自己不能袖手旁观了，同时为了表现自己并不老——之前搬家工人对杨树林说，老师傅您歇着，我们来——杨树林撸胳膊挽袖子，猫下腰，抬起一箱子书就要往楼上搬，只听身上嘎巴一声，杨树林哎哟一声，又放下箱子。工人问，怎么了老师傅。

杨树林说，腰闪了。

杨帆说，净逞能。然后搬起杨树林放下的箱子上了楼。

杨树林觉得别人都在忙乎，自己什么也不干实在说不过去，刚搬点儿东西还把腰闪了，会不会在别人眼中显得很废物，为了改变留给别人的这种印象，杨树林拎起一个板凳，另一只手按着腰，艰难地上了楼。

家搬完了，工人走了，雨也停了。暂时还开不了火，杨树林要带杨帆下楼吃饭。

杨帆说，你那腰行吗。

杨树林说，怎么不行，刚才我还往楼上搬东西呢。

杨帆心想，您搬的那也叫东西。

两人下楼找饭馆。因为是新小区，周围的路还没修好，都是土路，下完雨就成泥路了，不好过。正好有几截电线杆躺在泥里，杨帆踩着走过去，如履平地。杨树林觉得自己也行，也在上面走，头两步还像走路，后面就成了走钢索，摇摇晃晃，小心翼翼，特别是走到电线杆细的那头的时候，还展开双臂保持平衡，杨帆在一旁无奈地看着。走到两截电线杆交界处的时候，走不过去了，得蹦，杨树林微蹲下身，

铆足劲，腾空而起，瞬间便落了地，没蹦好，踩在泥里。杨帆看了摇了摇头。杨树林站在泥里说，早知道这样，我就直接在下面走了。

从泥里走出来，杨树林在路边捡了一根棍，坐在马路牙子上刮鞋底的泥，杨帆在一旁等着。刮完杨树林说，行了，走吧。走了几步，杨树林说，没有泥，轻盈多了。

两人走了半天，没找着吃饭的地方。杨帆向一个头发有点儿花白的人打听路：大爷儿，问一下，哪有饭馆啊。

老头指着一个方向比划了半天，杨帆没听明白，杨树林过来说，大爷儿，您再说一遍。

老头一愣，看了看眼前的两个人，看不出是哥俩。

老头又比划了一遍，杨树林似懂非懂，说了一句：谢谢您啊，大爷儿。然后带着杨帆走了。

杨帆问杨树林，你是不是觉得你还很年轻啊。

杨树林说，怎么了。

杨帆说，你管他叫大爷儿，人家比你大不了几岁。

杨树林说，他看上去都快成老头了。

杨帆说，你俩看上去差不多。

杨树林，是吗，我看上去有那么老吗。

杨帆说，你不会认为你们还是两代人吧。

杨树林听了很受打击，难道自己真的那么老了吗，刚才那个人背都有点儿驼了，脸上也有老年斑了，头发从远处看都是灰色的了，曾几何时，自己还年少轻狂，意气风发，浑身坚硬，现在却被儿子说成和他差不多，唉，这只能说明一个问题：岁月不饶人啊。

杨树林捏了捏自己的胳膊，果然没以前硬了。这个发现让他很伤感。

吃饭的时候，杨树林看着杨帆吃完一碗米饭又要了一碗，而自己才吃一碗，很不甘心，于是也要了一碗，可是实在吃不下去了，松了一圈皮带，不管用。杨树林想，廉颇老矣，果然不能饭矣。

从饭馆出来，太阳暴晒，街上巨热。杨帆要吃冰棍，问杨树林吃不吃。杨树林本来不想吃，为了表现自己和杨帆这个岁数的人一样，也吃了一根。两人一人举着一根雪人，边走边吃。杨帆几口吃完了，杨树林嫌凉，吃得慢，被太阳一晒，雪人成了残疾人，流了一手黏汤儿。杨树林去舔，但是舔的速度没有化的快，手上越来越黏糊。杨帆实在看不过去，说，吃根冰棍磨磨叽叽的，跟个老头儿似的。说完杨帆觉得不妥，杨树林差不多已经是老头了，本体喻体不能是一样的。

搬进来后，杨树林要把电视放在客厅，杨帆没让，说杨树林看电视的时候声音太大，吵，让他放卧室，两人的卧室中间隔着客厅。杨树林说声音不大我听不见，杨帆想，这可能也是杨树林开始衰老的标志，耳背。

电视需要重新搜一遍台，杨树林不会，让杨帆搜。杨帆搜好了，没过两天，一些频道没了，杨树林又让杨帆调，过了没几天，调好的频道又没了。居委会对此的解释是，新小区，信号不稳定。杨树林又让杨帆调，杨帆觉得不能这么下去，必须让杨树林独立，要不然他就像一个不会穿衣服不会吃饭的孩子，老得让家长伺候，于是教他怎么调，告诉他遥控器上按哪个键是手动搜台，哪个键是自动搜台，哪个键是微调，但是杨树林就是学不会。杨帆说算了，以后还是我调吧，心想，孩子学不会穿衣吃饭也没办法，家长受点儿累，自认倒霉吧。可是杨树林看电视心切，有时候足球比赛看着看着突然变成一片雪花，他就着急，自己瞎调，经常把有信号的台调没了，加大了杨帆的工作量。杨帆说，等我回来调不行吗，你就那么着急。杨树林说，你不知道看一半没影儿了有多难受，就跟吃不饱饭似的，还不如不吃。杨帆说，可是调你也调不出来，还把别的台调乱了，下回再这样我就不管了。杨帆费半天劲给调好了。可是下次再回家的时候，台还是乱的。杨树林说，没办法啊，实在是太想看了。杨帆说，我说了，再这样我就不管了。说完进了自己屋玩电脑。等再出来的时候，见杨树林正笨拙地调着台，头上都冒汗了。调了半天，还是调不出来，杨树林放弃了，把遥控器扔在一边，去洗脸刷牙准备睡觉。杨帆拿起遥控器，趁他洗漱的工夫儿，调好了电视。杨树林进来一看，电视上有影儿了，便说了一句自以为幽默并能调节气氛的话：到底是大学生啊。

杨帆下次再回家的时候，杨树林正躺床上看书，说，你回来得太及时了。杨帆说，台又没了吧。杨树林说，现在频道多了，精神生活丰富了，也挺麻烦的。

幸好没过多久小区的电视信号稳定了，杨帆不用每到周末的时候就得回趟家了。

大四毕业前，学校和电台做一期关于毕业生的节目，杨帆被同学拉去参加。节目内容就是主持人和即将毕业的大学生们互动，问一些诸如理想、职业方向、是否考研、是否出国这类的问题。最后一个问题是，大学是思想形成的重要时期，哪些

人给了你们较大的影响。有人说是霍金，自己日后也要投身于科学研究中，有人说是李嘉诚，自己的理想也是成为大款，有人说是学校的某个讲师，因为受女生喜爱，所以他要考研，争取留校任教。轮到杨帆，杨帆想，年轻的时候还受点儿港台文化和歌手影星的影响，现在觉得那帮人真就那么回事儿，教授大款科学家他觉得没什么的，仔细想了想，好像除了杨树林，想不出别的人了，于是杨帆说，我爸。主持人问为什么，杨帆也不知道为什么，反正觉得如果非选一个人的话，只能是杨树林，并不是因为从他身上学到了什么，或者被他的某种品质所感染，相反，杨帆厌恶他的很多做法和习惯，但是，两人在一起生活了二十多年，自己身上多少都会留下一些对方的印记，比如杨树林一直对当官的很有看法，不知道从什么时候起，杨帆也对领导有了一种排斥。杨帆觉得杨树林像一块磁铁，自己像一块铁，在一块久了，虽然没有变成磁铁，但也有了磁性。主持人又问，你父亲做的哪些事情影响了你。杨帆开始回忆，在这一瞬间，他想到了很多往事，从幼儿园——大概是从那时候开始有记忆的——到现在，甚至到今天上午杨树林打电话问他工作找的怎么样了，杨树林的音容笑貌浮现在他眼前，想到这里，杨帆声音哽咽了，他说，我想不起来了，反正我是这么认为的。

主持人说，能不能说一说你和父亲一起生活时的情景，让我们感受一下那些温馨的场面。说着把麦克风往杨帆跟前推了推。这个动作将杨帆积累起来的感情淋漓尽致地释放出来，他觉得众人的注意力都在自己身上，包括现场的参与者，还有将来听这个节目的观众，于是对杨树林的那种微妙的感情莫名其妙地被释放，眼泪溢了出来，在眼眶里打转。这似乎是主持人想要的效果，本着对节目质量负责的敬业精神，主持人觉得应该让杨帆的眼泪掉下来，于是深情起来，似乎和杨帆的心贴在一起，循循善诱：看来这位同学和父亲的感情很深厚，那么，你能不能对父亲讲几句话，或许你的父亲会收听这个节目。

一想到杨树林会听，杨帆积累起来的感情顿时烟消云散，眼泪又像撒在海绵上的水，瞬间就不见了。

主持人显然很失望，见杨帆的状态也不像能回到刚才那样了，便不再继续，开始说节目结束语。

离开电台前，杨帆特意询问了节目播出时间。到了播出那天，杨帆回了家，将杨树林的半导体藏了起来，直到该节目重播也结束了，才拿出来。

毕业典礼那天，很多学生叫来家长，分享自己的快乐，当然也有人出于这种目的：让你们看看，给我交的学费没白花。他们和家长站在草坪上，站在礼堂前，站在教学楼前，站在宿舍楼前，站在操场前，凡是能站人的地方，差不多都站了学生和他们的家长，在那照相。

杨帆没有叫杨树林来，他觉得这不是什么大不了的事情，无非就是宿舍不让住了，每天不用再去课堂上答到了，杨帆不明白为什么有人管这叫里程碑，还全家总动员，选个有纪念意义的或者是有点儿风景的地方，特正式地站在相机前，挺事儿的，而且一些男生还和父母做出亲热状，太傻了，都二十多岁了，也好意思。

很多学生家长开着自家车或者单位的车来帮孩子拉行李，杨树林问杨帆，用我骑自行车帮你拉点儿东西回来吗。杨帆没用，自己找了一辆黑面包，把四年下来还有保留价值的东西拉回家。

杨帆大包小包地进了门，杨树林说，回来了？杨帆说，回来了。杨树林说，这回就在家住了吧。杨帆说，嗯。透着一股无奈。

Chapter 12

I am Your Son

二〇〇三年七月，第一批扩招本科生进入就业市场，毕业生成倍增长。大学生们发出"毕业了，我们的工作在哪里"的呼喊。年末全国有一百九十五万国有企业下岗职工进入再就业服务中心，按时足额领到了基本生活费和代缴了社会保险费。

    杨帆第一天在家睡觉很不适应。虽然床比宿舍的上下铺宽敞，被褥也软和，但是杨帆躺在上面很陌生，臭脚丫子味儿没了，夜谈没了，取而代之的是杨树林的唠叨：早睡早起身体好。

    早上，杨树林趿拉着拖鞋在客厅里走来走去，杨帆被吵醒，用枕巾盖住耳朵继续睡，刚有睡意，杨树林就来敲门，让杨帆起来吃早点。杨帆不吃，要再睡会儿。杨树林说，别睡了，困了中午再睡，作息得有规律。杨帆说，我的作息一直很有规律，就是饿了吃困了睡睡够了起，你破坏我的规律我难受，这一天什么事儿也干不了。杨树林不再强求，却把早点端到杨帆屋里，说赶紧吃，哪怕吃完接着睡，要不一会儿豆浆凉了。杨帆说凉就凉吧，豆浆我就爱喝冰镇的。

    杨帆没起，躺着接着睡，可是满屋子都是煎鸡蛋味儿，冲淡了睡觉的气氛。杨帆困意全无，只好爬起来吃早点。

    吃完早点，杨帆并没有别人那种吃完早点觉得新的一天开始了的生机勃勃的感觉，因为起猛了，整整一天他都很恍惚。杨树林说，调整调整就好了。

    自打搬回家住后，杨帆觉得生活很不习惯。原来想几点起床就几点起，想什么时候吃饭就什么时候吃，现在不行了，一切时间都要以杨树林为准，比如早上八点的时候，肯定已经吃完早饭了，中午十二点的时候，肯定是在吃午饭，晚上七点的时候，肯定已经吃完晚饭了，晚上十一点的时候，杨树林要上床睡觉了，肯定会嘱咐杨帆也早点儿睡，杨帆因为没事儿干，便也就睡了。

    杨帆说，我这哪是在家啊，整个儿一坐牢。

    半个月下来，杨帆竟然每天能在七点的时候自然醒，中午十二点就饿，晚上十

一点就困。

　　杨帆毕业前没找到工作，他学的是通信工程，上大学那年正好赶上扩招，但是四年后工作单位没扩招，杨帆不想进小公司，大公司又进不去，于是便成为那部分差额。

　　杨帆觉得不公平，很多同学还不如他呢，有的连毕业证都没有，就是因为父母说了句话，便进大公司了，进去后什么活都不用干，每月好几千挣着，还经常出差，住星级酒店，成天在里面看电视，或者游山玩水，而他的工作却要自己找，一点儿指不上杨树林。

　　杨帆知道文革时候插队的知青里流传一副对联，上联：老子无能儿务农，下联：老子有能儿返城，横批：比爹。杨帆觉得，只要是在中国，这副对联放在任何地方和年代都适用。

　　杨树林也想帮杨帆找份好工作，但苦于没有门路，自己的工作尚且如此，如何帮得上杨帆。

　　一天杨树林在街上碰到一个插队时的女同学，她父母是高干，所以比杨树林他们早好几年回北京，后来还上了大学，现在在电视台某栏目当主编。杨树林认出了她，她看着杨树林愣了半天才想起来。女同学因为还有事儿，和杨树林闲聊了几句便走了，给杨树林留下一张名片。

　　杨树林回家后，看见杨帆还在网上投简历，便想起刚才的女同学，不知道她能不能让杨帆去她那工作。

　　杨树林给女同学打了电话，介绍了杨帆的情况。女同学问杨帆有没有工作经验，杨树林说参加过学校的勤工实习和社会实践。女同学说，我们这里以编导为主，偏文科，你儿子的专业是理工科，不对口。杨树林说，我儿子高中的时候作文出过书，回头我送你一本看看吧。女同学说先不用了，你儿子的情况我知道了，等有合适的岗位我给你打电话，我马上要开个会，就不和你多说了。杨树林还要再描述一下杨帆的优点，话筒里已经传出忙音。杨树林举着话筒自言自语：用不用再打过去客气几句。

　　杨帆拿过话筒，挂上说，不用上赶着。

　　杨树林说，求人的事儿，难道你还让人家主动。

　　杨帆说，那也犯不上这么低三下四的，你还跟她说我作文出过书，都哪辈子的事儿了，说这个有什么用。

杨树林说，有这个经历总比没有好。

杨树林认为女同学会把这件事儿放在心上的，一个栏目的主编安排一个工作不是太困难的事情，但是迟迟等不来女同学的电话。杨树林经常在无论正干着什么的时候，突然冒出一句：我那女同学怎么还不给我打电话啊，他们那怎么还没有合适的岗位啊。

原来杨树林不怎么看那个栏目，当听说女同学在那当主编并希望她给杨帆安排个工作后，杨树林开始每期必看，当看到女同学的名字出现在片尾的时候，杨树林对杨帆说，将来你的名字也能打在上面。

杨帆说，你现在说这个有用吗，早点儿吧。

杨树林说，说着玩呗，闲着也是闲着，不说干吗，还不许人家畅想一下啊。

可是一个月过去了，女同学的电话还是没有打来。杨树林想，会不会她把电话号码弄丢了，已经有合适杨帆的工作了，但找不着自己，正着急呢。于是他给女同学打了手机，女同学没接，又按名片上的号码打栏目的电话，是一个女秘书接的，问杨树林是谁，杨树林想了想说，是她的同学，女秘书叫来主编，女同学接了电话，知道是杨树林后，问什么事儿。杨树林说，还是孩子那事儿。女同学问孩子什么事儿，杨树林说找工作的事儿，女同学说别着急，等有了合适的自然会告诉杨树林。杨树林说让杨帆去她那实习也行，不拿工资，先试试看。女同学说她得问问制片人。杨树林说，我家电话你还有吧，女同学说，要不你再告诉我秘书一遍，我现在忙，然后就把电话交给了秘书。杨树林重复了三遍电话号码，让女秘书确认无误，然后叮嘱她说：您费心，一定把号码告诉主编。女秘书声音甜蜜地说，好的。杨树林感觉很悦耳。

又一个月过去了，还是没有答复。杨树林按捺不住了，问杨帆：你说她还会给我打电话吗。

杨帆说，肯定不会了，她压根儿就没把这事儿当回事儿，真要上心的话，能两个月没信儿吗。

杨树林说，再等等，说不定人家那真的不好安排。

杨帆说，就是再等两年也没信儿。

杨树林，毕竟我们是同学，这点儿忙她还是会帮的。

杨帆说，同学多了，都找她帮忙的话，她安排得过来吗，再说了，要是那天你们没碰见，你俩和陌生人有什么区别啊，关系没到那，人家根本不愿意帮你这个忙。

杨树林说，那你说怎么办。

杨帆说，工作我自己找，你也甭托人了，没用。

杨树林说，找个熟人总比你自己生找容易。

杨帆说，还真没我自己找容易，同样的工作，他宁可给不认识的人，也不会让我干。不认识的人干不好了，她还能骂两句，我干不好，她是骂还是不骂啊，你和她的关系又没到她能包容我犯错误的程度，你也别替我费心了。

此后杨树林不再操心杨帆工作的事儿，只管打点好杨帆的日常生活，如吃饭睡觉洗衣服等问题，俩人一起呆的时间长了，问题又出来了。

杨树林经常给杨帆收拾屋子，杨帆每次回来看见屋子又干净了，便一肚子气。他跟杨树林说过多次，他的屋子不用收拾。杨树林说你弄得太乱了，找东西都不好找。杨帆说，我那是乱而有序，东西放哪我都知道，你收拾了我反而找不着，再说了，我多大了，要收拾也不用你收拾啊。杨树林有意把话题往那方面引：对，应该找一个人替你收拾了，你和陈燕怎么样了。杨帆说，你的事儿我都不问，你也别打听那么多。

陈燕毕业后进了家民营大公司，俩人一直磕磕绊绊，中间闹过若干次小矛盾，也吵也闹，吵完了闹完了，平静些日子，俩人又好了，反复多次，习以为常。

杨树林和沈老师感情日益深厚，不是一家人胜似一家人，俩人加一块快一百岁了，平平淡淡，也挺幸福。杨帆毕业后住在家里，影响了他俩来往，所以每隔几天，杨树林总要加一次班，让杨帆自己吃。杨帆知道杨树林他们厂要倒闭了，不要说加班，就是工作时间内都没事儿干，但对杨树林的加班也是睁一只眼闭一只眼。

一天，杨帆有个本找不着了，上面记了重要的电话，着急用。杨帆气急败坏地对杨树林说，我跟你说多少遍了，别动我屋里的东西。

杨树林正在看电视，装得很无辜：我没动。

杨帆说，你肯定动了。

杨树林说，我说没动就没动。

杨帆说，没动怎么没了，咱家又没来过外人。

杨树林死咬没动过，杨帆没办法，就去干别的事儿。其实本就在杨树林那，他帮杨帆收拾屋子，看见这个本，上了记了很多电话和公司，出于关心杨帆的目的，杨树林把本拿到他的屋看，看杨帆最近都联系什么人和公司了，看完忘了放回去。

后来杨树林趁杨帆睡午觉的时候，悄悄溜进他的屋，正要把本放下，杨帆坐起来了，咳嗽了一声，吓杨树林一跳。

杨帆说：你干吗呢，手里拿的什么。

杨树林看着手里的本愣了愣说，我帮你找本呢，你看，不就在这呢吗，你真粗心。

晚上吃面条，杨树林先给杨帆盛了一碗，杨帆端走，杨树林又盛自己的，问杨帆够不够，用不用再来点儿，杨帆说够了。杨树林端着碗坐在杨帆旁边，刚要吃，又说：还是给你拨点儿吧。杨帆说，我说我不要了。杨树林开始吃，还剩半碗的时候，杨帆吃完了，杨树林说，再给你挑点儿吧。杨帆站起身，说，你烦不烦，说一遍得了，别没完没了的。杨树林说，我让你多吃点儿有错吗。杨帆说，我都说我够了。

杨树林说，我不是怕你想吃不好意思嘛。

杨帆说，我有什么不好意思的，想吃我就说了，不像你们这代人，想干什么不说，掖着藏着，虚伪。说完把碗拿到厨房。

杨树林吃着面条自言自语：从一口面条上升到虚伪的问题上，到底是大学毕业啊。

这句话让杨帆很不舒服，他联想到自己最近的状况，觉得杨树林另有所指，好像嘲笑他大学毕业还找不到工作，这么大了还吃家里，于是急了，说：我不就没找到工作吗，你等着，等我挣了钱把你给我花的钱都还你。

杨树林说，我说什么了，让你觉得我跟你要钱，我没这意思。

杨帆说，你给我的感觉就是这意思。

杨树林说，你是不是压力太大了，什么都往那儿想。

杨帆说，我没压力，以后我找工作的事儿你少提。

杨树林说，你太敏感了，还不让人说，有压力就是有压力，没事儿，别太往心里去，慢慢来，面包会有的。

杨帆受不了杨树林句句话都刺在自己心窝里，但表面上还很豁达的样子，说，我的事儿你少管。

杨树林确实没想招惹杨帆，只是把自己的真实想法告诉杨帆，并不知道这样的话会刺激到他，而且看不出杨帆生气，依然想说什么就说什么。

两人经常因对事件的态度不同而争吵，嚷嚷半天，谁也说服不了谁，杨帆觉得俩大男人这样挺没劲的，杨树林却乐此不疲，似乎将此事当成生活中的一种乐趣，

闲得没事儿，就故意招惹一下杨帆，让他说两句话，然后自己再说几句火上浇油的话，杨帆便开始还击，于是一场争吵又开始了。要不这样，杨帆基本不主动和杨树林说话，杨树林会感觉很孤独。

为了躲避杨树林，杨帆开始白天出去，晚上也不怎么回家吃饭。杨树林经常在杨帆出门前问他晚上是否在家吃，语气大有对杨帆老不回家吃饭的不满。杨帆说，我毕了业不是为了在家吃饭的，你好意思做饭我还不好意思吃呢。杨树林说，那你每天都出去忙什么啊。杨帆说，不用你管，反正没干坏事。这样一来，更加重了杨树林对杨帆每天都干了什么的好奇和对他回家吃饭的期望。杨帆对这种现状很满意：在父子关系中，自己已经占据了主动。

毕业后运动少了，杨帆买了一对哑铃在家练。杨树林又坐不住了，跃跃欲试。杨帆在阳台练完，放下哑铃正要走，杨树林过来了，问：举了多少个。

杨帆说，三十。

杨树林说，我怎么数是二十九啊。

杨帆说，多少我自己还不知道啊。

杨树林说，你给我数着，我也练练，看咱俩谁多。

杨帆知道杨树林想在数量上压倒自己，从而获得心理上的胜利，他觉得有必要和杨树林比一下，彻底打击杨树林的信心，有时候老骥伏枥还志在千里不是很受人欢迎的一件事情。

杨树林开始举，杨帆在一旁数着。当举到第十五个的时候，杨树林已经很费劲了，动作开始变形，举到第十八个的时候，杨树林举了一半就放下了。

杨帆说，这算半个。

杨树林说，我举过肩了。

杨帆说，举过头才算。

杨树林说，那你不早说。

杨帆说，行，给你算一个，算俩都行，接着举。

杨树林强努了两个，脸上的表情已经扭曲，实在举不动，无奈地放下哑铃。

杨帆说，二十个一共。

杨树林说，你没数错吧。

杨帆说，二十以内的加法我还是很自信的。

杨树林摆摆手说，今天状态不好，改日再比。

第二天，杨帆活动自如，杨树林胳膊抬不起来，菜也切不了。俩人吃了一天面条，平时杨树林还问杨帆黄瓜是整条吃还是切丝，这次根本不问，黄瓜整根就拿上来了。

杨树林并不甘心没有杨帆举得多，经常趁杨帆不在家的时候偷偷练习，当他能举三十五个的时候，一天晚上，假装无意地对杨帆说：好久没锻炼了，举几个啊。

杨帆给杨树林拿来哑铃，让他先举。杨树林说，还是你先来吧。

杨帆举完三十个，杨树林忍住胜利的微笑接过哑铃，举了三十五个，然后放下哑铃，若无其事地去看电视。

杨帆并不就此事发表意见，胜利后无人喝彩，杨树林觉得有点失落，也看不进去电视，忍不住了，说：我说了，我那天状态不好，要不然也不会比你少的。

杨帆说，我压根儿就没想和你比。

杨树林说，因为你知道实力差距。

杨帆拿起哑铃说，这可是你自找的。说着举了五十个。

杨树林有点儿后悔，没想到杨帆有所保留，但话说到这了，只能硬着头皮上了，他喝了一口水，拿起哑铃，也举了五十个，憋得面红耳赤，放下哑铃说：我低估了你的实力，咱俩旗鼓相当。

杨帆拿起哑铃说，谁说的。说着又举了五十个。

杨树林傻了，但杨帆鄙夷的目光刺激到他，让他又充满能量，毫不示弱地接过哑铃，举到第三十个的时候，杨树林不得不承认一个事实：在这方面自己已经被杨帆远远地甩在身后了。幸好电话响了，杨树林放下哑铃就去接电话，故意延长了通话时间，接完电话，又拿起哑铃对杨帆说：你接着数，三十一，三十二……

杨帆说，你这不算，中间断了，我是一口气做了五十个。

杨树林说，那我刚才做的那三十个怎么办。

杨帆说，行，给你算上，接着做。

杨树林又举了二十个，在完成任务的那一瞬间，心想：看来明天又做不了饭了。

杨树林不希望看到的一幕还是发生了，杨帆又拿起了哑铃。杨树林说，你要干吗。

杨帆说，接着举啊。

杨树林说，不举了，我该睡觉了，到点儿了。

杨帆说，我要是没你举的多你是不是还不困呢。

杨树林说，你比我多举两个是应该的，你个儿还比我高呢。

杨帆说，那你晚饭还比我吃得多呢。

杨树林说，我那是怕浪费才吃的，其实我吃不了那么多，吃了也吸收不了——咱俩今天就算打个平手。

杨帆说，你就不能正视自己吗。

杨树林说，我看待自己挺客观的。

杨帆想，何必和杨树林一般见识呢，他都那么大岁数了，便说，行，不分上下，你睡觉去吧。

杨树林说，你要不服，改天咱俩再比。

杨帆说，我服了。

杨树林说，我知道你这是口服心不服，有这种精神就好。

第二天，两人的胳膊都抬不起来了，当电话响了的时候，谁也不接，都说肯定是找对方的，杨帆担心是工作单位打来的，强忍着胳膊的酸痛拿起话筒，一听，是电话局，让交这个月电话费。

没过多久，杨帆找到工作了，在一家生产手机的外企做研发。杨树林欣喜若狂，觉得这是一份非常好的工作，原因是，他听过这个手机品牌，常在电视上看见他们的广告。

杨帆是经过了笔试、口试、面试三层筛选后上岗的。杨树林一直替杨帆捏了一把汗，当通过了前两关后，杨树林叮嘱杨帆：跟经理说话的时候态度好点儿，别像跟我说话似的，有点儿眼力劲儿，不该说的别说，别说人家的手机不好，就是真不好也不要说，二十四拜都拜完了，就差最后这一哆嗦了，可别功亏一篑。

杨帆说，在外面怎么做我知道，现在招聘不兴你们那一套了，不是谁听话用谁，而是谁有本事才用谁，招你进来不是让你占着那个地儿什么都不干，光会来事儿没用。

杨树林说，古往今来，当官的都不喜欢用乍刺的。

杨帆说，我要是领导我就不用会来事儿的，没本事的人才会来事儿。

杨树林说，我小时候也像你这样，特看不惯一些东西，特气愤，特想改变，但这么多年严酷的事实证明，这样是行不通的。

杨帆对杨树林的话很不满，自己都二十好几了，杨树林还说是小时候，便说，是不是等我四十了，你还认为我是小时候啊。

面试杨帆的是一个外国人，问杨帆是否用过他们的手机，恰好杨帆的手机就是这个牌子的，杨帆拿出来，挑了诸多弊病，并结合中国人的使用习惯，提出了改进办法。

回家后，杨树林问杨帆怎么样，杨帆叙述了经过，杨树林说，我觉得你悬了，准备找找别的工作吧，别一棵树上吊死。当天晚上，杨帆接到让他第二天去上班的电话。杨树林说，外国人就是不一样。

杨帆的工资是试用期三千五，转正后五千。杨帆挣钱了杨树林并不是很高兴，甚至有些失落：儿子刚上班就比自己干了一辈子挣得还多。

从这一天起，杨树林在杨帆面前的自信与日俱减，原来每个月杨帆还张口管杨树林要生活费，每当这个时候，杨树林强烈感受到作为父亲的尊严，但是现在这个时刻已经一去不复返了，杨帆不但不要钱了，还开始给杨树林钱，让杨树林喜欢什么就买点儿。杨树林感觉很悲哀：自己的时代就要过去了。

杨树林还没有从杨帆给他带来的阴影中走出来，又遭受到人生的另一沉痛打击：下岗了。

杨树林所在的工厂倒闭了，他从此后不用再去上班了，阔别了和他朝夕相处近三十年的工厂。当杨帆得知这个消息后的第一反应就是，以后杨树林去沈老师那不能再用加班的理由了。

杨树林回到家后，话终于不像以前那么多了，杨帆练哑铃他也不跃跃欲试了，为了不让他伤心，杨帆都躲着他练，当看不惯他的某些做法时，杨帆也不和他饻饻了，把杨树林当成一个易碎的花瓶，小心翼翼地保护起来。

但杨树林却把自己当成已经破碎的花瓶，再也粘不上了，每天愁眉苦脸。杨帆安慰杨树林：没事儿，虽然你下岗了，但我现在有工作了，就当咱们和了一把大牌，然后又点了一个屁和，整体上还是赢钱的。

杨树林听了更加难过，自己在杨帆眼里居然就是一个屁和。

蹉跎了几天后，杨树林觉得虽然自己五十多了，但不应该丢掉男儿本色，不能被眼前这点儿小困难吓倒，要重新振作起来，开始新生活。杨树林认为，自己的新生活就是做好杨帆的后勤服务工作，让他专心工作，干出一番事业。杨树林想，自己的时代或许真的过去了，但他坚信，每个成功的儿子背后都有一个把成功的机会

让给了儿子的父亲。

杨树林把每天买菜做饭当成上班，变着花样给杨帆做，力求味道独特，营养丰富，并参阅报刊上罗列的白领们常见的不健康症状，制定相应菜谱，予以食补。

杨树林想，现在各个公司都讲究改革和创新，他也要在烹饪上进行创新，发明了好几道新菜。每当他把一盘融入了自己的智慧和创造的菜端到杨帆面前的时候，心情是喜悦的，异常满足，满怀期待着杨帆的称赞。但杨帆经常尝过一口后，说，先保质保量，再推陈出新。或者：先打好地基，再更上一层楼。或者：先学会走，再跑。

这并没有动摇杨树林创新的决心和信心，他将获得杨帆的表扬作为自己现阶段的使命，在革新菜谱的道路上奋发图强。

杨帆觉得有必要让杨树林培养点兴趣爱好，转移其对烹饪的注意力，否则在家里吃不上顺口的饭了。

杨帆问杨树林是不是养个鱼养个鸟什么的，找点儿乐趣。杨树林说，没兴趣，养鱼吧，养不好，老死，怪心疼的，还不如吃了呢，养鸟吧，叽叽喳喳的，闹心，还得给它收拾屎尿。

杨帆说，那就去老年班学点儿书法什么的，我给你交学费。杨树林说，现在学晚了，写一手好字又有什么用。杨帆说，可以陶冶你的情操。杨树林说，我又不是少年，陶冶什么情操。

杨帆问杨树林那你喜欢什么，杨树林想了想说，除了做饭，没什么喜欢的。杨帆说，你活了这么多年就没喜欢过点儿什么。杨树林说，没条件喜欢，年轻的时候插队，整天干活，回屋就睡觉，后来回北京结了婚，有了你，开始照顾你，一眨眼就这岁数了。杨帆想，既然如此，杨树林想干什么就让他干什么去吧。

又吃了一个礼拜稀奇古怪的菜，杨帆受不了了，让杨树林规规矩矩地做，家常就行了，不用标新立异。杨树林说，做事切忌浅尝辄止，执著才能成功，昨晚我又梦见好几种茄子的新吃法，明天我就付诸实践。杨帆说，你这不是执著，是一条道走到黑。杨树林说，我宁可撞了南墙再回头，也不临阵脱逃。

杨树林在创新美食的道路上辛劳地耕耘着，每天早上出现在菜市场，和小贩讨价还价，精挑细选各类果菜主副食，回到家悉心加工，等待杨帆下了班回来品尝。

但并不是一分耕耘就一定会有一分收获。杨树林的付出，并没有得到杨帆的肯定。杨帆经常抱怨菜要么咸了，要么没味儿，要么太辣，要么太甜。杨树林的期望落空了，在屡次受到杨帆批评后，自信心和自尊心受到严重打击，终于有一次不堪忍受，说，别老说我，要不你试试。

杨帆说，我是做手机的不是做饭的，手机做不好别人可以说我，既然你把做饭当成自己的事业，就应该虚心接受吃饭人的意见，否则永远不会进步。

杨树林说，凑合吃吧，我觉得还行。

杨帆说，没法凑合，我都说过多少遍了，你怎么就改不了呢，人家是色香味俱佳，你是色香味俱不佳，上班的时候没起色也就算了，下了岗连个饭也做不好，唉。说着深深叹了一口气。

杨树林觉得自己深深地受到伤害，他放弃了自己也许还可以重新开始的事业，抹杀了自己尚存的一丝理想，就为了让杨帆能在家吃上可口的饭菜，并为此付出了很大的努力，到头来却被杨帆这样奚落。一股怒火在杨树林心里燃烧起来，他把筷子往桌上一拍：不吃就放下，哪那么多废话。

杨树林的突然爆发让杨帆措手不及，以前两人争吵的时候，都是斗嘴，谁也不急，要急也是杨帆耍点儿脾气，杨树林从来都是和颜悦色，杨帆攻击他的那些话他并不认为对自己构成伤害，但是这次他确实被杨帆伤害到了，一个男人的尊严被儿子几句话无情地击垮了。

杨帆意识到这一点，但他并不想说些弥补的话，而是把碗放下，抹了一把嘴下了楼。

二十分钟后，杨帆拿了一把羊肉串上来，还拎了一瓶啤酒，往茶几上一摆，吧唧吧唧吃起来，都不用余光看杨树林，就知道此刻他的心中肯定满是愤恨。

杨树林确实很生气，但更多的是无奈和感慨：孩子经济独立，再也不用指望父亲了。

杨帆洋洋得意地吃着羊肉串，从杨树林落寞的神情中，悟出一个道理：从儿子挣钱的那一刻起，父亲在这个世界上作为父亲的价值便消失了。想到这里，他收敛了很多。

从这天起，杨树林的想法发生了改变。尽管自己做出很多牺牲，却仍不能得到杨帆的认可，自己的价值无法得以证明，为了实现自身价值，他重新安排了自己的道路，决定出去干点儿什么。

杨树林并没有把自己的计划告诉杨帆，第二天杨帆刚去上班，他便出了门。杨帆下班回家后，发现家里没人，以前这时候肯定杨树林在家，把饭都做好了。杨帆

去厨房看，毫无即将做饭的迹象。

杨帆看了会儿电视，杨树林回来了。杨帆问他干什么去了，杨树林轻描淡写说，出去溜达溜达，说完进了厨房，做了一顿很简单的饭，煮速冻饺子，买了俩凉菜，一荤一素。

杨帆吃着挺舒服，说，以后饭这么做就行，不麻烦，还顺口。

杨树林没说什么，心想，你倒想让我麻烦呢，以后不会了。

白天杨树林在街上逛了一圈，考察自己能干点儿什么，他想了若干条道路：开小饭馆，开烤串店，开小卖铺，开水站等一些无需太多资本和技术含量的行业。他去了这些地方消费，观察别人怎么经营，然后又假装毫无目的地和老板闲聊，从中套出能有多少利润的信息。经过一天的考察，杨树林觉得自主创业行不通，因为竞争对手太多，自己又毫无经验，况且这些行业并没有太多利润，而自己的目标是多挣点儿钱，以体现出应有的价值。

杨树林决定找工作，挣工资的不一定比那些小买卖的老板挣得少。看杨帆找工作的时候做了一份简历，他也要给自己做一份。杨树林在学历后面给自己写了高中，政治面貌后面给自己写了群众，年龄后面给自己少写了几岁，写的是五十，工作经历后面给自己写的是插过队，吃过苦，用过车床，当过钳工，伴随新中国的工业事业一起成长。

杨树林带着一打简历信心十足地去了招聘会，夹在一群大学生中间，买了一张门票，挤进会场。

会场门口一组大学生在做毕业生就业调查，看杨树林也拿着简历，便拦住问，是您找工作还是帮孩子找工作。杨树林想了想说，帮孩子找。学生们又问，您孩子自己为什么不来找。杨树林说，他病了，在家休息呢。

进了会场，杨树林直奔外企会场，逛了一圈，没看懂用各国语言写的招聘信息，又去了国内公司的招聘会场。一家一家地逛，转一圈居然没发现适合自己的工作。杨树林认为是自己逛得太快了，漏掉了一些公司，于是又逛了一圈。当有差不多沾边儿的职位时，杨树林就凑上去，递一份简历。招聘人接过简历，先看一眼杨树林，再扫一眼简历，便退了回来。

杨树林被拒绝的主要原因是年龄和学历的问题。那些二十一二岁的应届生抱怨自己年龄小，没工作经验，而杨树林那点经验太微不足道也太低级了，还面临年龄过大的问题。招聘单位不是不招四十五岁以上的，招这么大岁数的人都是来当总经理或者执行董事的。

又转了半圈，杨树林手里的简历一份也没发出去，之前他还怕自己带的不够，担心自己太抢手。

杨树林觉得既然花十块钱买了门票进来，不投出去几份简历太亏了，投出一份就是一份希望，没准就会被某个正苦于无千里马可寻的伯乐发现。于是当简历再被拒收的时候，杨树林就说，您留下多看看，需要的话就给我打电话。一些招聘单位看杨树林这么大岁数了，觉得他不容易，便收下简历，并给他一个微笑。这个微笑让杨树林产生很多联想，觉得自己大有希望。

杨树林满怀憧憬地从招聘会回到家，杨帆见他异常兴奋，以为他又发明了什么新吃法，当一碗朴实的热汤面出现在杨帆面前，杨帆悬着的心才踏实下来。

接下来的一个礼拜杨树林一直在等待应聘公司的电话。他在简历上留的是手机号码，这个手机是杨帆公司研发的新型号，尚未投入生产，只是作为样机拿给员工及其家属试用，找出不足。杨树林从杨帆手中接过这个手机的时候，拿着看了看，又还给杨帆说，这样不好吧，公家的东西，多少我给点儿钱吧。杨帆说，公家免费让个人用，到时候我还得交使用报告呢。杨树林说，那我不用了，还给你找麻烦。杨帆说，我的工作就是试用样机，写体验报告。杨树林说，那我就先用着了，有什么感受我告诉你。

使用后的第一个星期，杨树林告诉杨帆：你们的手机操作太复杂了，前两天手机没电了，我充完电直到现在还没找着开机键。杨帆说，不是我们手机复杂，是你头脑太简单。

学会开机后，杨树林一直不会用短信。一次他给杨帆做好饭，等杨帆回来吃，直到十一点杨帆才回来。杨树林抱怨说，你不回来吃饭也不告诉我一声。杨帆说我不是给你发短信了吗。杨树林说，我不会用短信。杨帆说，不会发还不会看吗，按一下不就看了。杨帆拿过杨树林的手机，给他示范怎么用，发现短信已经打开了，便说，你这不已经看过了吗。杨树林说，我又不知道是你发的，也没署名。杨帆说，那我的号码你还不认识吗。杨树林说，十多位数字呢，我怎么记得过来。杨帆说，除了我谁还会告诉你不回家吃饭。杨树林说，那要万一是别人发错了呢。杨帆觉得杨树林永远能找到理由，不再和他争论，把自己的号码存在杨树林手机里。第二天，杨帆下班回家，杨树林还没做好饭，见杨帆回来，很意外，问杨帆：你不是不回家吃饭了吗。杨帆说，我没说啊。杨树林说，你发短信说的。说着把手机拿给杨帆看，

杨帆看了后说，这是昨天的短信，你看看时间。杨树林看了日期，果然是昨天的，便说，我还纳闷呢，怎么收到你短信却没听见手机响，还以为调静音了呢。

此后几天，每当杨帆下班的时候，杨树林就用手机给杨帆打一个电话，一是确认杨帆到底在不在家吃饭，二是为了练习一下使用手机打电话。接了几次，杨帆烦了，说，手机是免费给你用的，话费中国移动可不免费。

等不到招聘单位的电话，杨树林问杨帆，你们这手机没毛病吧。杨帆说，这手机是我做的，这点儿自信我还是有的。

终于有一天，杨树林的手机响了，杨树林迫不及待地接通电话。对方说找一个叫马什么什么的人，杨树林没听清，问对方找谁，对方又说了一遍名字，杨树林说我姓杨，不姓马，你们是不是找我。对方说不是，我们就找马某某。杨树林说，你们是哪里，是不是招聘单位。对方说是山东某单位，不招人，找马某某要账，马某某欠了他们几十万。杨树林问你们要找的那个马某某电话是多少，对方说了一遍号码，和杨树林的差一位。杨树林说，以后你们打电话不要马虎，毕竟中国移动没有实现单向收费，我接电话也花钱。话还没说完，对方就把电话挂了。

打电话的时候，杨树林基本上是冲手机喊着说话的，还指手画脚，杨帆觉得难看，告诉杨树林下次打电话的时候小点儿声，就说是长途也不用喊着说，手也别比划，对方根本看不见，自己把话说清楚了就行了。杨树林说，我那样不是为了让他听清楚，是为了让我说清楚。

杨帆对杨树林要找工作一事，持反对意见。他不想让杨树林出去工作，并非为了让杨树林安享晚年，而是知道他找也找不到，纯粹是受累不讨好。杨帆阻止杨树林，说，我现在的工资够咱俩花的，你就在家呆着吧。

杨树林说，我在家闲着也是闲着，出去找点事儿干充实一下。

杨帆说，即使找着了，你那么大岁数了，还得给人打工受气。这让杨帆很不舒服。

杨树林说，人在屋檐下，谁能不低头，受点儿气就受点儿吧，还能挣着钱呢，你将来结婚还得用钱。

杨帆说，我的事儿不用你操心，再说了，你挣那点儿钱解决不了什么问题。

杨树林还是坚持要工作，挣了工资，就是对自己存在价值的证明。现在他的心气已经不那么高了，目标是能挣多少是多少吧。

招聘单位的电话一直没有打来，杨树林继续给自己寻找希望，又参加了几场招聘会，结果都一样。他觉得去招聘会并不是适合自己的方法，那里适合自己的职位太少，而且置身于和杨帆一样大的孩子中，感觉不是很好，于是去了中介公司。

杨帆阻拦杨树林去中介公司找工作，说那种地方全是骗人的，收了你的钱，不给你介绍工作，电视上报纸上说过多少次了。杨树林不以为然，觉得反正要签合同，白纸黑字，抵不了赖。交了五百块钱中介费，杨树林放心地回了家。

两天后，中介打来电话，让杨树林去某单位面试。杨树林去了，面试也通过了，但是工资太低，刚够往返的路费，杨树林觉得不划算，便推掉了。中介介绍了第二家公司，离杨树林家很近，工资比前一家高，还有提成，是贴小广告，贴得越多提的越多，杨树林没干。中介又介绍了第三家，工资尚可，工作也不违法乱纪，可是对方没看上杨树林。接下来的几份工作都让杨树林大失所望，不是保安就是看车的，要么就是在外地。合同规定的是签订后的一个月，中介公司连续给杨树林介绍工作一直到他上岗为止，一个月过去了，杨树林仍处于待业状态，认为中介公司不守承诺，去理论，中介说，不是没给你介绍，是你自己不干。

杨树林说，你们给我介绍的都是什么工作啊。

中介说，你这样的还想干什么工作啊，正视现实吧。一改让杨树林交钱时的温柔可亲。

杨树林说，你们不能不讲理，合同上面写着要给我介绍满意的工作。

中介说，什么叫满意，美国总统你满意，我介绍的了吗。

杨树林说不过中介，要诉诸法律，中介说你去吧。杨树林觉得有必要争一口气，就去律师事务所咨询，律师说这种事儿不值得打官司，也许你会赢，但至少得搭进去几个月的时间，我劝你还是算了，有这工夫儿，好几个五百块钱挣出来了。杨树林说那我这次怎么办，律师说，就自认倒霉吧，吃一堑长一智，以后少找中介。

杨帆见杨树林不出去面试了，问他中介怎么不给介绍了。杨树林说闹掰了。杨帆说，钱退你了吗。杨树林说，没有。杨帆说，早我说什么来着，你不听啊。杨树林说，人无完人，谁不犯错误啊。

被中介骗过后，杨树林开始有什么事儿都和杨帆商量了。找工作的过程中，他认识了几个和他岁数差不多大的要么下岗要么退休在家没事儿干的人，其中有人干起传销，介绍杨树林也干。杨树林以前听说过传销是骗人的，但一听说谁谁谁挣了多少钱就不由心动，便问杨帆对此有何看法。杨帆说，他说的那个挣钱的人你见过吗，问过他真的挣那么多钱吗，把身边一个人描绘成靠传销发了财以此引诱别人上

当，这是传销惯用的伎俩，再说了，传销靠发展下线挣钱，你能发展谁。

杨帆的话确实在杨树林心中产生了一定效果，在别人劝他加入传销的前几天，他立场坚定，毫不动摇。但是随着越来越多人挣钱的故事传入他的耳中，杨树林坐不住了，也想尝试一下。传销的东西是营养品，杨树林想，卖不出去大不了留着自己吃，于是花了几百块钱买了一包号称能强身健体，滋阴壮阳，祛暑解热，还能防辐射的保健品。买到手后，杨树林试图卖出去，能挣四十块钱，可是没人买。放了一个月，杨树林有点儿后悔，心想只要不赔本就行，改按进价卖，还是卖不出去。

卖给杨树林的那个人，可能也一直找不到买主，终于碰着杨树林这么个冤大头，便缠住他不放，经常打电话找杨树林，叫他出去聊聊，开个会。杨帆接过好几次这个人的电话，一听语气和说话方式就知道是干传销的，很反感，没好气地挂了电话，问杨树林是不是参与传销了。杨树林说没有，他想发展我被我严词拒绝了。

过了些日子，杨帆找东西，从柜子里找出那盒保健品，拿着质问杨树林怎么回事儿。杨树林不好意思地说，人家让我帮着代卖。接着问杨帆，你们同事儿有吃这个的吗，据说效果挺显著的。杨帆把东西扔下说，我还想在我们那多干几年呢。

杨树林捡起保健品，不舍得吃，更不舍得扔，藏到了更隐蔽的地方。但是没过多久还是被杨帆发现了，杨帆说，代卖不至于代一辈子吧，都快过保质期了。杨树林说，忘给人家了。杨帆说，你说这话自己信吗。杨树林见事已败露，只好实话实说，但否认自己有损失，至少吃了能身体好，说，你留着吃吧，上班挺累的。

杨帆说，我怕吃完了我更累，这东西都是假的，屁用不管。说着就要扔。

杨树林阻拦：别扔啊，挺好的东西，扔了怪可惜的。

杨帆说，这种东西留着干吗。说着就一包包撕开，倒进马桶。

杨树林没拦住，痛心疾首，在一旁说，你不吃给我吃啊。

从决定找工作到传销什么也没干成，半年过去了，杨树林不得不接受这个事实：自己的时代真的过去了。

Chapter 13

I am Your Son

二〇〇四年八月七日晚，亚洲杯足球决赛在北京举行，中国队迎战卫冕冠军日本队。日本队率先进球，十分钟后中国队扳平比分，下半时日本队利用"上帝之手"再下一城，该进球很大程度上影响了中国队此后的发挥。最终，中国队一比三败北。

　　为了让杨树林不再什么都干，杨帆把杨树林介绍到自己的公司上班。杨帆的公司在一个大院里，设计研发生产都在里头，有两个人看大门，其中一个人肝癌死了，得再找一个，没有年龄和学历限制，只要是男性，北京市户口，踏实肯干即可，杨帆便想到了杨树林。

　　听说能去杨帆公司上班，杨树林兴奋得一晚上没睡着觉，翻箱倒柜找衣服。第二天一早，他穿了一身不知是什么时候买的西服，站在镜子前面自我欣赏，见杨帆走过来，问道：怎么样。

　　杨帆说，什么怎么样。

　　杨树林说，我这身打扮。

　　杨帆说，不怎么样，脱了脱了，穿什么西服啊。

　　杨树林说，那穿什么。

　　杨帆说，平时穿什么你还穿什么，你又不是应聘经理，再说了，你那西服穿上跟民工似的。

　　杨树林换上一身便装，和杨帆下了楼。坐电梯的时候，杨树林问杨帆，你说我到了那都说什么啊。

　　杨帆说，有什么说什么，不用虚构，也不用隐藏。

　　杨树林说，我总觉得应该美化自己一下。

　　杨帆说，没必要，你不是那么美的人把自己说得那么美，别人一听就假，是什么样就是什么样。

　　到了公司，杨帆带着杨树林去了领导办公室，让他们谈，自己去工作。五分钟

后，杨帆收到杨树林的短信：谈完了。杨帆算了算，这条短信三个字，按杨树林发短信的速度，差不多一个字一分钟，也就是才谈了两分钟。杨帆回了一条短信：怎么样。三分钟后杨树林回了一条：不知道。杨帆又回了一条：你先回家吧。

下午的时候，杨帆被领导叫去，说你父亲还行，挺实在的，我们决定录用他，让他过几天来上班吧。回到家，杨帆把领导的话转告杨树林，杨树林问领导还说什么了，杨帆说没了，就这些。杨树林又问当时领导什么表情，是坐着还是站着，是喝着茶还是抽着烟，为什么不让我明天就去上班，夜长梦多，过几天别人顶替了我怎么办，把杨帆问得不耐烦。杨帆说，领导把我叫进去总共说了没一分钟我就出来了，这点事儿你已经让我说了十分钟了，你不烦啊。

近些日子，杨帆觉得杨树林进入了男性更年期，症状为：话多，啰唆，事儿。一点儿鸡毛蒜皮的小事儿，他能唠叨半天。菜市场买个菜，多砍下来几毛钱，或者被小贩缺斤短两了，他都能津津有味地当成显赫功绩或是表现得饱受伤害以此赢得杨帆的表彰或安慰，不说就难受。

有一天，杨树林正发着牢骚，杨帆忽然对杨树林的面孔陌生起来。他仔细辨认了一下眼前正唠唠叨叨的这副面孔，好像不认识一样，这一瞬间，他不相信杨树林和自己是父子关系，两人在一起已经生活了二十多年，并且还要生活下去。

杨树林不仅面对杨帆的时候话多，只要有人的地方，他就忍不住要说话。一次他和杨帆打车，上了出租车，杨帆觉得奇怪，他竟然没和司机说话。杨帆想，开不出一百米，杨树林肯定会张嘴的。果然，车一拐弯，出了小区，杨树林就问司机：师傅，今天活儿多吗。杨帆一看计价器，正跳到零点一公里。接下来杨树林的话匣子就打开了，问人家每月挣多少钱，车子耗几个油，孩子多大了，媳妇在哪上班，把司机都说烦了，差点儿闯红灯违了章。

几天后，杨树林正式上岗。上班的第一天，两人一同出了门。上班突然让杨帆觉得是一件痛苦的事情，杨树林却一路喜洋洋，觉得美好生活从这一天就开始了。

两人上了公共汽车，没座，站着。中途有人下车，腾出座，杨帆让杨树林坐，杨树林不坐，让杨帆坐。杨帆觉得即使自己想坐，有杨树林在，他也不能坐，车上那么多双眼睛看着，儿子坐着居然让老子站着，像什么。但是杨树林并不认为自己应该坐，他把自己想成和杨帆一样，年轻健康，充满活力，既然杨帆可以站着，他也可以。

就在两人谦让的时候，一个外地民工钻了空子，从两人中间挤过去，一屁股坐下。杨帆的气顿时就上来了，不是对民工，是对杨树林，瞪了他一眼。从家到公司，要坐一个小时的车，原本可以坐着度过这一个小时，现在却将座位让给一个比自己还年轻的肢体健全的素不相识的民工，而自己却要在拥挤的人群中煎熬一个小时，全都因为杨树林那毫不必要的自尊心。

杨树林也似乎后悔刚才没有坐，故意往民工身边挪了挪，意思是告诉民工：有老同志在，您起来吧。民工也知道自己做得操蛋了点儿，头不敢抬，假装睡觉。

站了一会儿，杨树林实在看不过去了，似乎是在跟杨帆说，但嘴冲着民工：还有这种人，真好意思。

杨帆和民工都没反应。杨树林又说，也真坐得住。

杨帆看了杨树林一眼说，你早干吗去了。然后又把脸扭向一边。

两人一路无语，杨树林还想着等民工下了车他就坐，但是直到他们下车，民工也没下。杨树林想，给我儿子坐我儿子不坐，就当给我孙子坐了吧。

到了公司，杨树林进了传达室，问杨帆进来坐会儿不，杨帆说，这是上班的地方，别把哪都当成自己家。杨帆告诉杨树林食堂在哪，让他中午自己去吃。杨树林问，那你呢。杨帆说，不用管我。然后就走了。

十一点半一到，杨树林就去了食堂，买了两份饭，坐在进口处等杨帆。吃饭的人陆陆续续地来了，没有杨帆。食堂十二点半关门，快到点的时候，杨帆和几个他这么大岁数的人说说笑笑地进来了，没看见杨树林，被杨树林叫住。杨树林说，你怎么才来啊，饭早就给你买好了。

杨帆的笑容没了，说，我不说让你自己吃了吗。

杨树林说，俩人吃能丰盛点儿，一个人吃俩菜，两个人就能吃四个菜。

杨帆看了一眼杨树林打的菜说，你买的我不爱吃。说完就走了，自己又打了一份，打完也没往杨树林这边看，和同事坐在一起。

杨树林端着饭凑到杨帆身边，招呼大家一起吃，刚才杨帆和同事们还聊得热火朝天，现在都没话了，几个同事礼貌性地叫了杨树林一声叔叔，便闷头吃饭，几口吃完，又说了声"叔叔慢慢吃"，便相继离开。

只剩下杨帆和杨树林，杨树林往杨帆的盘里拨菜，杨帆挪开盘子说，你来这是上班的，不是过日子的。说完扒拉干净盘里的饭菜，也走了。

快下班的时候，杨帆收到杨树林的短信：我在门口等你。

杨帆回短信说，你先走，我还有事儿。

杨树林问，那我等会儿你。

杨帆说，我早着呢，忙着呢，别烦我。

晚上回到家，杨帆一进门就听杨树林说：明天我带点儿饭吧，食堂的饭不好吃。

杨帆说，跟你说几遍了，你是上班去了，不是过日子去了，别把哪都当家，不好吃老板也天天去食堂吃。

杨树林说，老板又没说不许自己带饭。

杨帆说，那你带吧，别给我带，当初让你去面试的时候我就有点儿犹豫，担心你这事儿那事儿，要不是怕你在社会上吃亏上当，我才不让你去我们那呢，还有，以后你上你的班，我上我的班，别总扯在一块。

杨树林说，你是不是嫌我给你丢人现眼了。

杨帆说，既然你意识到了，就老老实实地看好大门，别老是想这想那的。说完回了屋。

第二天杨帆起来，杨树林正在穿鞋，说，我先走了，饭在桌上。换好鞋便出了门。

杨帆吃完早饭到了公司，见杨树林正在传达室整理信件，抬头看了杨帆一看，没说什么，接着整理。直到下班，杨帆也没收到杨树林的短信，他离开公司的时候，传达室已经由另一个人接班了。杨帆想，看来我的话起作用了。

昨晚杨树林也想通了：我这么大岁数了老跟孩子掺合什么啊，挺没劲的。

此后杨树林在公司和杨帆形同陌路，两人迎面走过时，离老远杨树林就将目光转向别处，或选择别的道路躲开。

有时候杨帆想向杨树林表示一些亲热，毕竟还有父子关系在，但杨树林故意避开，让杨帆感觉很无趣。杨帆想，自己之前做的是不是有点儿过，杨树林毕竟是自己的父亲，也许伤到他了。

杨帆想向杨树林表示歉意，好几次话都到嘴边却说不出来，尽管是真诚的，自己却觉得说出来很别扭，反而会让两人的关系进一步尴尬。

一次杨帆和同事加班，等一个试验结果几个小时后出来，正好赶上亚洲杯半决赛中国对伊朗那场球。会议室有电视，杨帆就和同事在会议室看，上半场中国队一比零领先后被对手扳平，杨帆和同事觉得需要喝点儿酒为中国队提提气，中场休息，杨帆出去买酒，经过大门口的时候，看见杨树林正在传达室拿着半导体听球。杨树林是夜班，看见杨帆过来，把头低下了，装作不知道。经过窗口的时候，杨帆放慢脚步，往传达室里看了看，杨树林佝偻着腰，趴在桌上，耳朵贴着半导体，屋里没空调，一台落地扇在旁边转着。

杨帆买完啤酒和吃的，拎到办公室，又下了楼，来到传达室，敲了一下门。杨树林抬头看了一眼，杨帆推门进去，说，我替你盯会儿，我那有电视，你上去看吧，反正也下班了，领导都走了。杨树林说，不用，我听这个挺好的。正说着半导体传出一阵噪音，杨树林拍了拍，又好了。杨帆坚持让杨树林去，杨树林就是不去，杨帆便自己回去了。

下半场，杨帆看得心不在焉，觉得杨树林挺可怜的，便拿着两瓶啤酒，带上吃的，下去找杨树林。

杨帆打开酒，递给杨树林一瓶，杨树林不喝，说上班呢。

杨帆说没事儿，都快夜里了，没人管。说完拿起自己的瓶子喝了一口。

杨树林吃了块豆腐干，有点儿辣，便拿起瓶子喝了一口。

杨树林坐椅子上，杨帆坐在床上，人手一瓶啤酒，两人也不说话，听着收音机，偶尔抬起胳膊，喝一口啤酒，或者伸手捏口吃的放进嘴里。

呆了一会儿，杨树林说，你上去吧，在这什么也看不见。

杨帆说，没事儿。

俩人接着听球，基本保持沉默，说的话还没有中国队的射门次数多。

下半场双方均无建树，进入加时赛。啤酒喝完了，杨帆说，我上去再拿两瓶。杨树林没说什么，杨帆上去了。

又拿来两瓶啤酒，杨帆启开递给杨树林，俩人保持着刚才的姿态，边听边喝。

酒精在杨树林体内发挥作用了，让他绷着的弦松了下来，逐渐恢复常态，话多了起来。杨树林说，你说中国队能赢吗。杨帆说，没准能，伊朗比咱们少一个人。杨树林说，我觉得悬，上次金州十强赛，也是主场，二比零领先，最后还是被人家灌了四个。说完喝了一口啤酒，叹了一口气：中国足球，不看难受，看了，更难受。

加时赛结束了，还是一比一，进入点球决战。中国队门将将伊朗队的最后一个点球扑出，中国队获胜，闯入决赛。杨树林伸出瓶子，和杨帆碰：来，喝一个。杨帆举着瓶子碰了碰。

杨树林说，这回中国队没准能创造历史，二十年前亚洲杯上拿过一次第二。

杨帆说，决赛碰日本，没戏。

杨树林说，不一定，中国队恐韩但不惧日，咱们还是主场呢。

杨帆说，实力在这摆着呢，即便是客场，日本也能赢中国队两个球。

杨树林说，你怎么这么不爱国。

杨帆说，这和爱不爱国有什么关系，再说了，你刚才还说中国队这场也输呢。

杨树林说，我那是怕他不争气，故意那么说刺激他。说完举起酒瓶，发现空了，让杨帆上去再拿两瓶。

杨帆又拎了两瓶，下楼的时候，一想，还是算了，杨树林已经亢奋了，再喝不定什么样呢，便把酒放回去，空手下了楼。

杨树林问杨帆怎么空手回来，杨帆说酒没了。杨树林掏出十块钱，让杨帆去门口的小卖部买。杨帆说懒得去，上一天班了，累。杨帆真的腰有点疼。杨树林说你不去我去。杨帆不让杨树林再喝了，说你还得值班。杨树林说，反正领导也下班了。杨帆说，院里有监视器。杨树林说没事儿，把帘拉上。杨帆说，要喝你喝，我不喝了。杨树林说那我也不喝了，咱俩干聊吧，我给你讲讲中国足球的悲惨历史。杨树林喝了酒原形毕露，杨帆不想再呆下去了，说，我困了，回家了。杨树林说，着什么急回去，聊会儿再走，要不你就睡我这。杨帆说，我洗漱的东西都在家呢。杨树林说，那怕什么，用我的。杨帆说，我不习惯睡不是自己家。杨树林说，你出差还老睡宾馆呢。杨帆说那是不得已，今天我腰有点儿疼，可能是一直站着做实验累的，得回家睡个舒服的觉。杨树林说，那好吧，等决赛的时候咱俩再长聊，刚才你上楼的时候我已经查过日历了，决赛那天我还是夜班。

第二天杨树林下了夜班到家的时候，杨帆还没起，往常这时候都出门了。杨树林推开杨帆的房门说，你可该走了啊。

杨帆躺在床上没反应。

杨树林说，昨天才喝那么点儿就不行了。

杨帆还是没反应。

杨树林走到跟前，见杨帆蜷在一起，表情痛苦，问道：怎么了。

杨帆有气无力地说，腰疼。

杨树林说，你昨天都干什么了，疼了一宿。

杨帆很不满杨树林的问话，但无心争辩，只是痛苦地叫了两声。

杨树林说，带你看看去吧。

杨帆说，先什么都别管我，让我自己躺会儿。

杨树林说，那你班还上不。

杨帆说，我已经打电话请假了，你出去吧，让我自己躺会儿。

杨树林说，我给你蒸个鸡蛋羹吧。

杨帆说，哎呀，你出去吧，别烦我，难受着呢这会儿。

杨树林说，那你不行了就叫我啊。

杨帆说，行了，你出去吧，把门带上。

杨树林出去了，关门前又嘱咐了杨帆一句：你可别忍着啊，有病就治，别耽误了。

杨树林做了早饭刚吃完，回屋正准备睡会儿觉，杨帆捂着肚子猫着腰进来了，说，不行了，带我去医院。说完窝在椅子上，痛苦万分。

杨树林架起杨帆就往门外走，杨帆挣脱开，要自己走。俩人打车去了医院，杨帆坐在椅子上等，杨树林去挂号，大夫问挂哪个科，杨树林又问杨帆哪儿疼，杨帆说腰，杨树林转告大夫，大夫给挂了外科。外科在二楼，杨帆疼得直不起腰，杨树林说，我背你上去吧。杨帆拒绝了，但他听到这句话后有一瞬间感觉疼痛削弱了。

外科大夫问杨帆怎么了，杨帆说可能是把腰抻着了，大夫让杨帆做了几个弯腰和撅背的动作，问杨帆疼痛有没有加重，杨帆说没有，大夫说那就不是拉伤，可能是肾结石，让杨帆去泌尿科检查。

泌尿科大夫还没听杨帆介绍完病情就诊断为肾结石，问杨帆最近是不是喝水少，又比较劳累。杨帆一想，确实如此，最近一直在给准备上市的手机做测试，天天泡在实验室里，想不起来喝水，每天还都加班到挺晚。大夫说，人体每天要排毒，你不喝水，没有尿，毒素排不出去就堆积成一块石头，卡在输尿管，下不来，所以你会感觉疼。

杨树林说，那和尚火化以后留下的舍利子是不是也是因为活着的时候喝水少。大夫说，我对那个没研究，然后告诉杨帆，回去多喝水，如果结石小的话，就会被尿冲到膀胱，分解掉随尿排出，如果太大了，卡在输尿管下不来，就只能手术化石了。杨树林说，那是不是得开刀。大夫说，必要的时候会的。杨帆说，那您看我这个是大的小的。大夫说，可能不太大，大的话比这疼多了。杨帆说您还是给我一个准信儿吧，这样踏实。大夫说，那就照个 X 光。

照完片子，大夫看了，说没事儿，两三天就能好，给杨帆开了些化石的中药，一再叮嘱杨帆回去后多喝水。杨树林问用不用多喝点儿醋。大夫说干吗，杨树林说，醋是酸的，石头属碱类，酸碱中和，把结石化掉。大夫说，您家要不吃饺子，就不

用特意在饭桌上摆碗醋，这和中学化学是两码事儿。

出了医院，杨树林买了瓶水让杨帆路上喝，然后俩人上了出租车。杨帆疼得直叫唤，在后排打滚，杨树林叹了一口气说，昨天晚上你要跟我多喝两瓶，多尿几泡尿，也不至于结石。杨帆闭着眼睛痛苦地说，你能不能不说话，我这会儿疼着呢。

杨树林闭了会儿嘴，憋得难受，摇下窗户，自己唱歌，唱的都是八十年代的老歌。杨帆听了心烦，说，你非弄出点儿动静来啊。杨树林说，我唱的都是你耳熟能详的歌，当初给你把尿的时候，我唱的就是这些歌，我这是为了让你尽快尿出尿，把石头排出来。杨帆说，你现在发出的每一个声音，都会加剧我的痛苦。杨树林说，你是结石，又不是中耳炎。杨帆说，你不说话会死啊，闭嘴行不行。杨树林知道杨帆难受，不再争辩。

到了家，杨帆回屋躺下，杨树林去熬药。熬好了端给杨帆，又沏了一杯茶，拎来一个暖壶，还拿来一大桶可乐，让杨帆想喝哪个就喝哪个。

结石顺输尿管下移的过程中疼痛加重，疼得杨帆大颗大颗地流汗，直拿脑袋撞墙。杨树林进来了，问杨帆什么事儿。杨帆说我没叫你。杨树林说，我听见你敲墙了。杨帆说，我那是疼的。杨树林说，疼也别撞墙啊，撞了不是更疼吗。杨帆往墙上撞得更狠，说，你能不能不烦我，听不见你说话我还没这么疼。杨树林说，要不咱们中午吃饺子吧，我给你找棵白菜剁，既减轻了你的痛苦，馅也剁了。杨帆说，你什么都甭管就是对我的最好照顾，赶紧出去，行吗。杨树林说，那中午吃饭叫你不。杨帆说，不用，我要是不出去，你就别进来。

杨树林走后，杨帆又在疼痛中挣扎了会儿，疼累了，便睡着了。

晚上杨树林上班前叫醒了杨帆，杨帆很不乐意，说，我不是说不用叫我吗，睡着了就不疼了，现在醒了又开始疼了。杨树林说，我怕你有什么意外，一下午没个动静，你也该起来撒泡尿了，别让石头在里面呆着了。

杨帆起来上了趟厕所，杨树林问杨帆听没听见"扑通"一声。杨帆说，没有，怎么了。杨树林说，那说明结石出来了。杨帆说，不仅听见了扑通一声，还听见吧唧一声。杨树林说，什么声。杨帆说，石头把马桶砸碎了。杨树林说，真的？那漏水了吗。说着就要去修马桶。杨帆说，你说呢，你以为这是天上掉陨石啊，还扑通一声，大夫说石头会自己化掉，溶解在尿中。杨树林说，那你感觉现在化没化掉。杨帆说没呢，还疼，不过疼痛部位转移到下面了。杨树林说，估计快下来了，基本到终点了。杨帆说，万一路窄，堵车了呢。杨树林说，应该不会这么倒霉的，再多喝点水，可能明天我下班回来，你就活蹦乱跳了。

杨树林临走前，告诉杨帆饭做好了，都还热着，饿了就吃，并一再叮嘱杨帆，多喝水，多撒尿。杨帆听得不耐烦了，说，哎呀，你烦不烦啊，赶紧走吧。

杨树林走后，杨帆一个人在家看了会儿电视，还是疼，看不进去，又回到床上躺着。家里寂静无声，杨帆感觉有些孤独，突然想念起杨树林制造出来的各种声音，平时认为这些声音无异于噪音，但此时，却异常渴望听到，觉得它们的存在，会让家里温暖，有生机。疼痛还在继续，杨帆的孤独渐渐变成无助，让他感到绝望。

这个时候，电话响了，杨帆去接。是杨树林打来的，没什么事儿，就是问问杨帆吃没吃饭，还疼不疼，并再次嘱咐多喝水，多撒尿。这回杨帆并没有觉得烦，一一回答了杨树林的问题，态度良好。以前杨帆觉得自己坚强、独立，杨树林的关爱对他来讲纯粹是多余的，现在发现，其实自己挺脆弱的，真没有杨树林了，他还是想。放下电话，杨帆感觉心里舒服多了，疼痛也有所缓解，不知道是不是结石化了。

夜里杨帆被尿憋醒，起来上了一趟厕所，感觉不疼了。

病好后，杨帆对杨树林的态度有所转变，不再说几句话就急，也不再不耐烦了，他发现自己并没有想像得那么强大，原来藐视杨树林，是不对的，说不定什么时候就需要他了。

杨树林这段时间也胖了。刚下岗的时候，虽然他天天呆在家里，却日渐消瘦，人也无精打采的，自打又上了班后，虽然早出晚归，有时候还值夜班，人却胖了，他对杨帆说，如果下个月我的皮带还得松一个眼儿的话，我就开始节食了。

Chapter 14
I am Your Son

二〇〇五年，这一年也
发生了很多事情。

　　近来杨树林的身体出现了一些异常，总感觉特乏，没劲，困倦。开始他没往心里去，以为是岁数大了值夜班不习惯，后来出现了恶心、呕吐等症状，小便逐渐频繁，且尿液像矿泉水一样无色无味，但沫多，像猛倒在杯子里的啤酒。

　　杨帆让杨树林去查查，杨树林不去，说人老了，尿也老了，当然和你的不一样了，加上血压也高点儿，没事儿。有一天，杨树林突然感觉背部酸痛，疼得受不了了，才去医院看，以为自己也得了肾结石，还想着没事儿，像杨帆似的，疼两天就过去了，但是检查结果让他傻了：肾功能衰竭晚期，即尿毒症。

　　杨树林拿着化验单问大夫：这是我的吗，您没弄错吧。

　　大夫说，我们这可是三级甲等医院。

　　杨树林的脑袋嗡地一声炸开了，感觉天旋地转，自言自语说，操，我怎么这么倒霉。

　　大夫说，你也别着急，病还是有治的，所有得这病的人的第一反应都和你一样，你现在需要平静下来，接受治疗。

　　杨树林坐在医院门口的马路牙子上，脑子里一片空白，点了根烟，看着过往的人群，心想，为什么这么多人，这病偏偏摊上我。

　　抽完一根，杨树林又续上根，看着眼前或快乐、或忧伤、或忙碌、或清闲的各色路人，觉得无论他们怎么样，至少健康，这就够了。

　　此时，没有人注意到这个坐在马路牙子上的已经迈过中年的男人，没人能体会到他内心的莫大绝望。

　　天慢慢黑了，杨树林抽完了手里的烟，肚子饿了——多年来养成的好习惯，到

点儿就饿——脑子里渐渐有了意识，起身，拍了拍屁股上的土，装好病历，向家里走去。

快到小区口的时候，一想到该怎么和杨帆说，杨树林腿又软了，坐下歇息。

实话实说，怕影响杨帆，他刚在工作上有点儿起色。掖着藏着，毕竟不是感冒发烧，耽误了后果更严重。自己也没干什么坏事儿，一辈子安分守己，老老实实，怎么他妈的这么倒霉啊。杨树林捡起路边的一块石头，把路灯打碎了。一个骑车路过的人看了杨树林一眼，骑远了说：什么素质。

杨树林在小区口徘徊了一会儿，转身向沈老师家走去。在那里，他能获得安慰。这些年来，杨树林隔三差五就会去沈老师那里坐坐，他们的关系，堪比红军和老百姓，不是一家人，胜似一家人，

从医院出来后，杨树林的精神世界已经坍塌，需要一个人帮他支撑起来，这个人，只能是沈老师。杨树林也想到过杨帆，但他还难以胜任，虽然身体强健，却不足以肩负杨树林这张病历的重量。

杨树林像回家一样，来到沈老师家。沈老师正要吃饭，见杨树林来了，便拿来一副碗筷，说，你怎么突然来了，也不打个电话，没吃呢吧。杨树林接过碗筷，放下说，我不饿。

刚才杨树林确实饿了，是肚子想吃饭，而不是精神上想吃饭，现在肚子被精神感染，也不知道饿了，六欲全无。

杨树林说，你先吃，吃完我跟你说个事儿。

沈老师见状，撂下碗：我不吃了，你说吧。

杨树林说，还是等你吃完我再说吧。

沈老师说，出什么事儿了。

杨树林说，你先吃饭。

沈老师说，你说完我再吃。

杨树林说，怕你听了吃不下。

沈老师说，你不说我更吃不下。

杨树林掏出已经被他攥湿的病历单，放在桌上。沈老师拿过来，目光落在上面的瞬间，脸色骤白。

杨树林说，我之前就有症状了，没在意，现在确诊了。

沈老师没说话，拿起碗继续吃，吃着吃着，一颗硕大的眼泪掉进碗里。随即撂

下碗，捂住鼻子，哽咽起来。

杨树林喃喃自语：我怎么这么倒霉。

沈老师哽咽了一会儿，抹了一把鼻子，给杨树林盛了一碗饭，摆到他面前说，有病更得注意身体，吃饭。说完自己也端起碗，扒拉起来。

杨树林的手机响了，是杨帆打来的。杨帆下了班，见家里没人，杨树林既没留条，也没发短信，晚上他还得值夜班，杨帆不知道他干吗去了，便打了电话。

杨树林挂掉手机，对沈老师说，出了医院我就上你这来了，还没把这事儿告诉他。

沈老师说，你打算怎么办。

杨树林说，不知道，我就是来问你怎么办的。

沈老师说，实话实说，有病别瞒着，看。

杨树林说，我怕这孩子受不了。

沈老师说，这种事儿出了，就得面对，等你严重了，他更受不了，现在就回家告诉他，我跟你回去。

杨帆见杨树林和沈老师明目张胆地一同出现，便感觉有问题，当得知杨树林的病情后，杨帆目瞪口呆，心里说了一句：我操，不会吧。自从上次说脏字挨骂后，杨帆从不在杨树林面前说脏字，见了杨树林，脏字系统就自动关闭了。

杨帆不相信这种影视剧里的事情会发生在自己父亲身上，认为肯定是医院弄错了。立即上网搜索相关病症，看是否和杨树林吻合，结果均相符，杨帆后悔自己忽略了杨树林平时不正常的现象。半年前，那时候除了老起夜，杨树林还没有出现其他症状，杨帆常被吵醒，让杨树林以后睡前少喝水，但是不管用，即使从傍晚开始，杨树林就不怎么喝水了，夜里还是会起来。当时杨帆工作压力大，睡眠不好，情绪也不好，就把气撒在杨树林身上，让他晚饭连汤都不要喝。杨树林几十年养成的饭后喝汤的习惯因此戛然而止了。

杨帆并不清楚这个病的厉害程度，以为是不治之症，急得哭了，说，我让你早点儿看去你不去。杨树林低着头不说话，杨帆一个劲儿地埋怨。沈老师说，还是说说治病的事儿吧。

杨树林的病已经到了需要透析的程度，杨帆和沈老师一致认为，必须让杨树林立即住院，全面接受检查和治疗。沈老师替杨树林收拾了东西，然后三人开始商讨一个严峻的问题：医疗费。

　　杨树林现在上班的地方，只是把杨树林当作临时工聘用，没有任何保险和医疗费用，当初签合同的时候，白纸黑字写的清楚。而杨树林的原单位，倒闭好几年了，杨树林早就从那下岗了，按规定，医药费只能找再就业中心报销。沈老师决定，等杨树林住了院，她就去再就业中心办理此事。

　　所有事情定下来后，已经深夜了。沈老师要回去，杨树林不放心，让她留下，杨帆没表态，沈老师还是决定走，杨树林死活不让走，最后杨帆也说留下吧，沈老师才没走，睡了沙发。但是三人谁也没有睡着，早上起来看了对方的眼睛和脸色，知道都也没睡好，但谁也不说。

　　杨帆请了假，给杨树林办理住院手续。问大夫杨树林为什么会得这病，大夫从医学角度和生活习惯方面做了一番解释，杨帆听不懂，问大夫根本原因是什么，大夫说，如果你非要一个答案的话，那么我只能告诉你，这就是命。杨帆听了，不再说什么。

　　杨树林住下院，开始接受透析。杨帆看着一根根管子在杨树林身上进进出出，心如刀绞，躲到病房外等候。大夫治疗完，从病房出来，告诉杨帆，杨树林的病情很不乐观，一对肾脏只要有百分之三十以上的肾细胞尚且正常的话，丝毫不会让人感到不适，当感觉难受的时候，肾的损害已到了相当严重的程度。杨帆让大夫说实话，杨树林究竟能怎样。

　　大夫说，现在透析虽然能维持，但只是一种过渡方法，年轻人的话最长也就十年到二十年，而且这期间，病人是在极度痛苦中度过的，透析的人，不能像正常人一样喝水，吃水分大的东西，否则随时会有生命危险。杨帆说，那怎么办。大夫说，换肾，换了肾，你爸就和正常人没什么两样了。

　　杨帆听了这两个字浑身的毛孔都张开了，他难以想象把一个和杨树林毫无关系的肾放入他的体内会是什么样子，不敢想像那个血腥的场面。大夫说这是疗效最好、长期费用最低的治疗方法，也是目前公认的最好的治疗手段。杨帆问有多大把握，大夫说手术倒没什么难度，难的是如何找到一个和你爸匹配的肾源。

　　杨树林每天的生活极其痛苦，渴了不敢喝水，只能含在嘴里，然后吐掉。每天沈老师做好饭给杨树林送来，不敢做面条，多以馒头烙饼为主，馒头还得用微波炉转转，如果吃米饭，也得炒一下，杨树林家的水费省了不少，以至于让查水费的误以为这家没人住了，可是查电费的却坚信他们家有人。杨树林的嘴唇每天都是干裂的，沈老师切了黄瓜片贴在他的嘴上，等黄瓜干了再扔掉，杨树林无奈地说，太浪费了。

杨帆看了很心酸，和沈老师商量后决定，以最快的速度给杨树林换肾，早换一天他就少受一天的罪。

换肾的费用十万多，加上后期的抗排斥治疗，大约二十万左右，沈老师已经向再就业中心申请报销，对方还没有答复。只有凑足钱，交给医院，才能找到肾源，开始手术。杨树林拿不出这么多钱，他至今的积蓄只有六万，前期光检查、透析就花了两万多，杨帆上了一年班，攒了三万块钱，沈老师有点积蓄，也不多，三人的钱加在一起，勉强够前期换肾的，但必须把后期费用落实了才能开始手术，否则一旦钱断了，抗排斥药没接上，后果就很严重。

最近一段，杨帆上网不再看八卦，改查看尿毒症的相关信息。虽然大夫说手术基本能确保万无一失，但杨帆还没有消除对手术的恐惧。听说很多人换了不止一次肾，术后身体对新肾源排斥，不得不取出新肾等有更合适的再换上，有人两年内就换了三次，杨帆不忍看着自己父亲的肚子一次次被拉开，掏出一个肾再装进去另一个，肚子不是取款机，受不了这么进进出出的。

杨帆觉得只有自己对全过程和术后可能出现的各种情况足够了解，才能放心地让杨树林进手术室，于是又改变了让杨树林立即换肾的决定。

医院的大夫没有做到对杨帆有问必答，说自己还有很多病人需要治疗，给杨帆留下一个个疑问和困惑。

杨帆问同学有没有认识肾病专家的，想打听点事儿。同学不知情，以为杨帆给自己找，便开玩笑说，不用找专家，那事儿以后少干点儿肾就没事儿了。杨帆听完就跟说这话的人急了，别的同学拉开，说至于吗，逗着玩儿的。杨帆说，以后少拿这事儿开玩笑。后来知情者讲明缘由，众人才明白，买了东西去看望杨树林，还说杨帆要是缺钱就说话，别见外。

杨芳知道杨树林病了，从国外赶回来。十五年前，当杨芳还是护士的时候，一个加拿大人肺病住院，以为自己就要见马克思了，但是在中国医院的全力治疗和中国护士的悉心照顾下，不久后康复了，肺活量比以前还大。加拿大病人心存感激，送来两面锦旗，一面夸奖中国大夫医术高明，送给医院，一面称赞中国护士业务精通，训练有素，温柔体贴，知书达理，漂亮贤惠，送给杨芳，并掏出一千块人民币塞到杨芳手里，对她把自己的命又捡回来予以重谢，当时该病人所在病房归杨芳负责，自打实行计划生育后，生孩子的人少了，医院便将妇产科的一些护士分到其他

科室，杨芳被调去内科。杨芳收下了锦旗，婉拒了人民币。加拿大病人说，看来我低估了中国护士，还应该在锦旗上加上一条：秉公执法，公正廉洁。杨芳说，这是我应该做的，当初白求恩也是这么对待中国人民的。老外说，中加人民友谊万岁，可是白求恩是谁。从此以后，加拿大病人没事儿就故意得点儿小病，来让杨芳照顾，顺便找她普及一下中国文化。杨芳开始还纳闷：按说加拿大也是第二世界国家，怎么人口体质比中国还差，动不动就病，一病就住院。两人接触时间长了，杨芳了解到加拿大人的真正意图，觉得他人还不错，摒弃了资本主义社会的糟粕，吸收了社会主义的精华，便说，住院费也挺贵的，你在中国也报不了销，以后找我不用住院了，在医院门口接我下班就行了。两年后，杨芳变成了加拿大的儿媳妇，跟他回了加拿大，进了一所医学院学习，毕业后变成大夫，就职于加拿大某医院。

杨芳告诉杨帆，换肾是这种病最好的治疗方法，目前全世界都这样，即使术后排斥，也比不换效果好。杨芳的一句话，给杨帆吃了定心丸。他看见自己的姑姑的工作证上印着主任医师。

杨芳带回来的不仅有先进的医务知识，还有杨树林的前妻，薛彩云。她们是在加拿大的医院碰见的。薛彩云来看病，挂的号正好是杨芳的。薛彩云说，果然是你，我觉得杨芳这个名字熟悉就挂了。杨芳不知道叫薛彩云什么好。薛彩云说，就叫我Cloudy吧。杨芳知道，这是云彩的意思。薛彩云看病、交费、化验、拿药都是一个人干，杨芳问为什么没人陪着，薛彩云说，我目前单身。杨芳问，他呢。薛彩云说，分了。杨芳抑制住好奇心，没问为什么。薛彩云主动说，不是同一阶层的两个人，还是生活不到一块。看完病，离开医院前，薛彩云说，这已经不是你第一次给我看病了。然后留了一张纸条，写了电话，说，他们爷俩儿要是有事儿需要帮忙，尽管找我。

这回杨树林病了，杨芳回国前告诉了薛彩云，薛彩云说，替我也订张机票，咱俩一起回去。

薛彩云的出现，让杨树林大吃一惊。沈老师看出薛彩云的身份，悄悄退出病房，杨帆也跟着退出来，又被沈老师推回去：你在里面坐会儿吧。杨帆又不情愿地回去。

说了些无关痛痒的话，薛彩云和杨树林没什么话说了，又问了杨帆的情况，杨帆有问必答，不问没话。薛彩云的脸上始终没有表情，不知道是悲伤，还是无奈。

这个曾经的三口之家，二十多年后，在病房里相聚了。气氛憋闷。薛彩云在这里坐着很难受，从包里拿出一摞钱，说，看病用吧，昨天刚换的人民币。

杨树林看了看那些钱，比自己这辈子攒的钱还多，心想：怪不得那么多人想出国，看来国外还是有发展。

杨树林说，还是你留着吧，我们在这边还有医保和社保，你们那边可能没有吧，得个病闹个灾的不好办，你又是一个人。

薛彩云说，虽然那边还是资本主义生产关系占统治地位，但在这方面做得还挺人性的，钱你留着用吧，这些年你照顾杨帆挺辛苦的，我也没尽什么责任，觉得挺对不住的。

杨树林说，你不要内疚，我没觉得自己吃什么亏，这些年我一直挺幸福的。

薛彩云说，幸福就好，我走了，你好好治病，会好的。说完没拿桌上的钱，推门而出。

杨树林让杨帆把钱给人家，杨帆拿起钱去追薛彩云。

过了一会儿杨帆拿着钱回来了，说，她没要，哭着跑了。

杨树林说，那咱们也不能用，把钱存起来，下次见面的时候给她，让她享受一下中国银行的利息。

杨帆见到越来越多的成功病历，很多得了这个病的人术后三个月便同正常人一样，杨帆觉得杨树林可以接受手术了，这时候，钱也凑得差不多了。

接下来就是寻找肾源，医院的肾源很紧张，杨树林前面还排了好几个人也在等，不知道猴年马月才能轮到杨树林。此时杨树林的情况已经很糟糕，每天都在身体缺水的痛苦中煎熬，每个礼拜的透析费用就两千多块，还不能解决实质问题。大夫说，别光指着医院，自己也想想办法。

杨芳和薛彩云都回了加拿大去寻找肾源。那边人口少，病人也少，有爱心的人还多，捐肾的人也多，不那么供不应求。

一天天过去了，什么时候才能有合适的肾还遥遥无期，看着杨树林得不到治愈，杨帆也很痛苦。一天，杨帆在车站等车准备去医院的时候突然做出一个决定，把自己的肾给杨树林用。这么做，不仅为了消除杨树林的痛苦，也是为了减轻自己的痛苦。做出这个决定后，杨帆豁然开朗。

在去医院的路上，杨帆眼前浮现出很多画面：小学开学第一天，杨树林骑着自行车把自己放在大梁上去报到；自己带着杨树林车的陀螺去学校赢得同学们的羡慕；杨树林替自己开家长会，挨老师批评；中考的时候，杨树林趴在桌上给自己写鼓励

的信；上大学的时候，杨树林骑自行车给自己送牛肉、和自己比举哑铃，一幅幅画面，过电影似的在杨帆眼前一一闪现。杨帆觉得，自己这么做是应该的，必须的。他责备自己为什么没早点儿这样想。

杨帆没有立即把这个决定告诉杨树林，而是先跟沈老师说了，沈老师听完没有表态，而是说，你还得问问其他人。

沈老师说的其他人，指的是大夫、陈燕和杨树林。问大夫，是从可行性的角度考虑。问陈燕，沈老师知道杨帆和陈燕的关系，这件事情不得不考虑陈燕的态度。问杨树林，他是否接受自己儿子的肾。

大夫说，如果杨帆能捐肾，那再好不过了，活体肾优于尸体肾，亲属肾优于非亲属肾，而且从健康角度考虑，一侧肾摘除后，另一侧肾仍能担负身体所必需的全部生理功能，只要以后减少体力劳动，加强锻炼身体，依然能保证身体健康。

陈燕知道杨帆的决定后，丝毫没有阻拦，她认为杨帆的决定是正确的。这些年，陈燕对自己父亲的死一直耿耿于怀，她爸爸是在一场交通事故中丧生的，没有合适的血源，失血过多，没抢救过来，陈燕至今后悔自己那时候还小，给爸爸献不了血。现在，这样的事情发生在杨帆身上，除了支持他，陈燕没什么好说的。

但是杨树林没有答应，理由是：你还年轻。杨帆说，所以我的身体允许我干这件事情。

杨树林说，我的痛苦自己承担，不用你分担。

杨帆说，你好不了我会更难受，这种痛苦比少一个肾以后要面临的痛苦更痛苦。

杨树林说，可是你这样我会很痛苦。

杨帆说，那就让你痛苦吧。

杨树林说，你为我不用这么奉献。

杨帆说，这根本不是奉献，我这么做其实很自私，完全是为了我自己，为了我还能有一个父亲。

杨树林说，如果是你的肾，这个手术我不做了。

杨帆说，你不做我也捐，到时候掏出来你不用就浪费了。

杨树林说，浪费了我也不用。

杨帆说，行，到时候咱们就走着瞧。

在这件事情上，父子二人无法心平气和地达成共识。杨帆是必须捐献，杨树林是坚决不用，两人的态度都毋庸置疑，没有半点儿商量的余地。沈老师从中调解，给杨树林做工作，说大家都盼望他早点儿好起来，早换一天肾，不仅他少痛苦一天，所有人也都少担一天的心，特别是杨帆。杨树林说，但是我不能用杨帆的肾，否则即使我好了，我也会后悔的。沈老师说，可是杨帆如果不这样做，他也会后悔的。杨树林说，宁愿让他后悔，我也不能后悔。

杨帆并没有因为杨树林的拒绝而改变决定，他做了检查，肾型基本和杨树林的匹配。杨树林知道杨帆做了检查，出结果前，他希望二十多年前住平房的时候邻居王婶传的那句谣言是真的：杨帆不是杨树林的亲生儿子。这样，肾型就有可能不匹配，杨帆的计划就无法实现。但是检查结果让谣言不攻自破，也让杨树林的希望落空。虽然检查结果没有断了杨帆给杨树林捐肾的念头，但也让杨树林洋洋得意了一番：让你们再瞎逼说——搬家后王婶和杨树林住在一栋楼里，现在老了，整天在小区里溜达，比以前更八卦了，没事儿的时候还不忘提起二十年前薛彩云的绯闻，传传杨帆和杨树林的可疑关系，她总说，我怎么看他们爷俩儿，怎么觉得不像。现在，检查结果让王婶哑口无言了。杨树林觉得挺残酷的，断了老太太一辈子的乐子，有点儿于心不忍。王婶知道真相后，从原来的唠唠叨叨，变得沉默寡言，别人问她怎么了，她说没事儿，我成熟了。

透析了一段时间，杨树林的病情得到了控制，为了节省治疗费用，从医院搬回家住，透析的时候再过去。

杨树林不在家的这段日子，杨帆对自己和杨树林的关系有了崭新的认识。原来每天早上，杨树林起得早，穿着拖鞋趿拉趿拉地走来走去，吵得杨帆睡不好觉，杨帆异常反感这个声音，但是杨树林住院后，每天这个时候，杨帆都会自然醒来，听不到这个声音，心里空落落的，想睡也睡不着了。原来家里都是两个人，现在杨树林住了院，杨帆感觉世界塌了一半。

杨帆一个人在家的时候，门坏了也不会修，杨树林回来后，换了个合叶，几下就弄好了，让杨帆自愧不如。杨帆也不知道及时买电，天刚黑，家里的电字就没了，杨帆陷入一片黑暗中不知道该怎么打发一晚上的时间，杨树林在的时候，这种情况从没出现过。杨树林刚下岗的时候，杨帆认为他的价值从此便消失了，但是这段时间，杨帆改变了看法，认为父亲的价值永远不会消失，他的存在，会让自己心里永远有一份挂念。以前杨帆一直认为自己长大了，独立了，但是这次他发现，自己并没有长大，无论从生活上还是情感上，都离不开杨树林。

一天杨帆下班回家，见杨树林仰头倒在沙发上，张着嘴，电视开着，煤气上的

水壶响着，没人管，杨帆急忙跑到杨树林跟前，使劲晃悠，以为他怎么着了，喊了好几声爸。这个称谓让杨帆觉得很陌生，上次管杨树林叫爸可能是好几年前的事情了。不知道从哪一时刻起，杨帆不管杨树林叫爸了，有事儿就直接说，当需要加个称谓作为对话开始的时候，就用诶、嘿等字代替。此时，杨帆不由自主地又改口叫起爸。

杨树林被晃悠醒，先闭上了嘴，然后睁开眼睛，问杨帆：你干吗。

杨帆见杨树林没事儿，便放心了，去厨房关煤气，但还是很后怕，出了一身冷汗，觉得必须让杨树林早点儿手术，要不每天都提心吊胆的。

杨帆和沈老师商量后，决定施计让杨树林接受手术。一天沈老师拎着菜和肉来杨树林家，做完了正准备吃，杨帆说想和杨树林喝点儿啤酒，家里没了，得出去买。杨帆慢吞吞地换鞋，准备下楼，这时候手机响了，其实是他上好的闹钟，杨帆去接，对着电话说起来没完。沈老师让杨树林帮她解开围裙，她下去买，围裙系了死扣，半天解不开，杨树林便说，我下去吧。

杨树林拿了啤酒瓶下去换，十分钟后上来了，刚进门，沈老师就说，告诉你一个好消息，有肾了。

杨树林放下啤酒说，哪儿的。

杨帆说，刚才医院的大夫来电话了，说有肾源了。

杨树林并没有表现出意外的惊喜，他看了看杨帆和沈老师，说，家里的电话昨天停机了，我还没交费。

杨帆急忙补充说，打的是我的手机。

杨树林说，把你的手机给我看看。

杨帆没有表现出不情愿，怕杨树林察觉到，心想反正他也不怎么会用手机，给他看吧。但是杨树林翻出了通话记录，拨打了最近一次通话的号码，对方接通后上来就说：你丫吗呀。杨树林知道这是杨帆同学或同事的声音，肯定不是大夫的，挂了电话，说，你们骗不了我。

杨树林把手机还给杨帆说，住院的时候，我没事儿就鼓捣你给我的那手机，咱俩的手机虽然型号不一样，但大同小异，别忘了，我是车工出身，和机床打了二十多年交道，高科技难不倒我。

沈老师说，杨帆也是一片孝心。

杨树林启开啤酒，倒了三杯，说，吃饭吧。

　　三人就坐，谁也不说话，光夹菜吃。吃了会儿，杨树林举起杯子说，咱们仨喝一个。杨帆和沈老师也端起杯子。杨树林说，我得了这个病，很不幸，但幸运的是有一个好儿子和一个好……顿了一下说，一个好伙伴，我的前半生活得没什么意思，但从今天起，因为你们两个，我的后半生会活得很有意思，杨帆给我捐肾，我接受。说完仰头干了杯里的酒。

　　公司听说杨帆要给杨树林捐肾，觉得很有教育意义，有利于公司的精神文明建设，内部刊物便去采访杨帆，问他为什么会这样做。杨帆说，不为什么，我爸就我这一个儿子，我不捐谁捐，谁让我是他儿子呢。内刊记者让杨帆再多说几句，他们准备给杨帆做一版专题。杨帆又说，移植完了，我爸就是正常人了，可以该喝喝，该吃吃了，大夫说他不能吃水分大的东西，他那么爱吃面条，我不能让他以后只能吃馒头烙饼。内刊记者让杨帆从更高层次的角度说说，杨帆想了想说，人有一个肾就够了，为什么要长两个，有一个就是奉献用的。内刊记者引导杨帆，问他这么做是否受到公司价值观的影响，杨帆想了想说，那倒没有，是个人应该就会这么做，和他是干什么的没关系。记者又问，现在如果有肾源了，你还会捐吗，杨帆说，应该会吧，我爸可能会对非亲属肾排斥，就像给电脑装个新硬件，不一定兼容。记者又问，你现在最大的愿望是什么，杨帆说，当然是我爸的病能彻底好了，他住院期间饭量锐减，我们家的粮食吃不完都长虫了，大夫说，等换完肾，效果好的话，我爸肯定会比以前能吃，到时候我家的米就不够吃了，我希望这天早点儿到来。

　　杨树林生病以后，吃不下什么东西，杨帆换着口味给杨树林弄吃的，经常带他出去吃。杨树林不舍得，说看病还得花钱呢，吃饭就省着点儿吧，杨帆说，有病更得吃好了。杨帆带着杨树林去后海的饭馆吃饭，杨帆曾和同事在这吃过，味道还不错，环境也好。饭馆把桌子支在外面，围着什刹海，湖上有风吹过来，舒服惬意。杨帆点了菜，最后又要了一份炒田螺。

　　杨帆说，小时候你带我来吃饭吃的就是这个。

　　杨树林说，你还记着呢。

　　杨帆说，人这一辈子会忘掉很多事儿，也能记住很多事儿。

　　吃完饭，风凉了，吹得杨树林有点儿冷。杨帆脱下外衣，让杨树林穿上。杨帆比杨树林高，也壮，杨树林穿着他的衣服有点儿大，跟着杨帆，俩人在湖边溜达。

　　杨帆说，那时候你告诉我，生活就像这湖里的水，谁也不知道它的深浅，当时

我还以为你不会游泳，怕淹死，现在才知道什么意思。

杨树林说，以后你也会对你的儿子说这句话的。

杨帆想，以后我不会要孩子的。作为一个从孩子那时候过来的人，杨帆深知孩子有多难管，老子在儿子心中是什么印象。

大夫定了手术的日子，杨树林提前住进医院，杨帆在公司请了假，陪护杨树林。

医药费能否报销的问题还没有落实，为了让杨树林术前有个好心情，沈老师骗杨树林说，人家已经答应了。杨树林听了很感动，说，还是咱们社会主义好啊。

杨帆经常给杨树林描绘美好的前景，说，等你病好了，咱家买辆车，到了周末就出去玩玩。杨树林说，买个排气量小的，省油，然后说了一通都什么车省油。杨帆在一旁听着，没有打断。其实杨树林说的这些都是从电视上看来的，那天杨帆和他一起看的。

原来杨帆说话故意逆着杨树林，即使知道杨树林是对的，也顶着说。现在杨树林明明是错的，杨帆也顺着说，一改从前不屑一顾和评判的口气。

杨帆借来一个DV，拍摄杨树林每天的生活。一次他把拍摄的素材在电视上放，杨树林的脸被放大了，第一次如此近距离、清晰地呈现在杨帆面前：斑驳的老年斑、褶皱的皮肤、还附着皮屑、染过了又长出来的白头发，看到这些，杨帆的心酸了起来，想哭。

杨树林输液的时候，想上厕所，杨帆准备了盆，说，小时候你天天给我端屎倒尿，我也给你倒一回吧。杨树林不用，非要去卫生间，杨帆拉他起来，他也不用，要自己起，折腾了几下，终于从床上起来，进了卫生间。杨帆举着吊瓶，要跟进去，杨树林挡住，说，你在外面就行了。

手术的前一天，杨树林突然变得沉默，一言不发。杨帆很不适应，原来杨树林絮絮叨叨他烦，现在杨树林不说话了他又害怕。杨帆坐在病床边说，爸，你说点儿什么吧。杨树林说，我没什么好说的，还是你说吧。杨帆就没话找话，说，等二〇一〇年，咱俩去趟南非。杨树林说，去那儿干吗呀。杨帆说，看世界杯。杨树林说，我能不能活到那时候还不一定呢。杨帆说，怎么活不到，明天手术一完，你就是一个正常人了，咱俩回家后还比举哑铃。杨树林叹了口气说，唉，我这病耽误你不少事儿啊。杨帆说，咳，说这个干吗，谁还能不得病啊，我小时候这毛病那毛病的也不少。

晚上，杨帆睡在杨树林旁边的病床上。杨树林背对着杨帆，月光照在他的身上，杨帆从他随呼吸起伏的身躯，知道他并没有睡着。杨帆看着月光下的这个背影，知道朱自清为什么会写《背影》了。

看了一会儿，看得杨帆很难受，便转过身。没过多久，杨帆感觉到杨树林冲自己这边转了过来，杨帆的呼吸紧张起来，也许杨树林也能从自己起伏的身躯中知道他并没有睡着。

不知道过了多久，杨帆听到杨树林的呼噜声。很快，杨帆也睡着了，睡得很香甜。

第二天早上，两人被沈老师叫醒，洗漱吃饭，准备手术。在杨树林去卫生间的时候，杨帆掏出多年前藏起来的那条红围脖，交给沈老师，并改了称谓，说，沈阿姨，等我爸做完手术，你们就结婚吧。

沈老师看着手里的围脖，眼圈红了。

准备完毕，父子二人上了手术车。在等待推往手术室的时候，杨帆问杨树林：爸，你说咱们会好吗。

杨树林说，会好的，我感觉会好的。

杨帆说，可是感觉这东西不靠谱。

杨树林说，但是我的感觉很准，当初他们说你不是我的儿子，可我感觉是，结果真是。

杨帆说，爸，我相信你。杨帆拉住了杨树林的手。

这一瞬间，杨帆很震撼，没想到杨树林的手竟然这么粗糙、坚硬，像一块树皮。这双手，让杨帆对杨树林有了更多理解。

大夫过来了，看了一眼表，早上八点四十五分，手术的时间到了。杨帆将先进入手术室，一个小时后，杨树林进入。

杨帆紧紧握了握杨树林的手，然后松开，冲杨树林微笑了一下，在心里说了一句：爸，我是你儿子。

新出图证(鄂)字 3 号

图书在版编目(CIP)数据

我是你儿子 / 孙睿 . 著

武汉：长江文艺出版社，2007.8

ISBN 978 - 7 - 5354 - 3530 - 9/Ⅰ·1085

Ⅰ. 我 ...

Ⅱ. 孙 ...

Ⅲ. 长篇小说 – 中国 – 当代

Ⅳ. I247.5

中国版本图书馆 CIP 数据核字(2007)第 111838 号

sina 新浪读书
http://book.sina.com.cn   新浪读书强力推荐！

选题策划：金丽红　黎　波

创意支持：草样年华（北京）文化传播有限公司

责任编辑：赵　萌

助理编辑：张　维

图片绘画：臣　子

装帧设计：余一梅

媒体运营：赵　萌

责任印制：张志杰

出　版：湖北长江出版集团
　　　　　长江文艺出版社　　　　　电话：027 – 87679301
　　　　　　　　　　　　　　　　　　传真：027 – 87679300

地　址：湖北省武汉市雄楚大街 268 号湖北出版文化城 B 座 9 – 11 楼

邮　编：430070

发　行：长江文艺出版社北京图书中心

电　话：010 – 58678881　　　　　传真：010 – 58677346

地　址：北京市朝阳区曙光西里甲 6 号时间国际大厦 A 座 1905 室

邮　编：100028

印　刷：北京京师印务有限公司　　　北京人教方成彩色印刷有限公司

开本：710×1000 毫米　1/16　　　印张：16

版次：2007 年 8 月第 1 版　　　　　印次：2007 年 8 月第 1 次印刷

字数：260 千字　　　　　　　　　　印数：0001 – 200000 册

定价：23.00 元